Utwory wybrane
Maria Konopnicka

Utwory wybrane
Copyright © JiaHu Books 2015
First Published in Great Britain in 2015 by JiaHu Books – part of
Richardson-Prachai Solutions Ltd, 34 Egerton Gate, Milton Keynes,
MK5 7HH
ISBN: 978-1-78435-113-7
A CIP catalogue record for this book is available from the British Library
Visit us at: jiahubooks.co.uk

ROTA   5

NOWELE

DZIADY   6

MENDEL GDAŃSKI   12

NASZA SZKAPA   31

Z WŁAMANIEM   59

OBRAZKI WIĘZIENNE

I. PODŁUG KSIĘGI   83

II. "JESZCZE JEDEN NUMER"   93

III. ONUFER   103

MIŁOSIERDZIE GMINY. Kartka z Höttingen   115

ZA KRATĄ   133

WIERSZE I OBRAZKI   164

Z WIERSZY DLA DZIECI   196

Z TEKI ARTURA GROTTGERA: WOJNA   204

ROTA

Nie rzucim ziemi, skąd nasz ród,
Nie damy pogrześć mowy!
Polski my naród, polski lud,
Królewski szczep Piastowy,
Nie damy, by nas zniemczył wróg...
- Tak nam dopomóż Bóg!

Do krwi ostatniej kropli z żył
Bronić będziemy Ducha,
Aż się w rozpadnie w proch i w pył
Krzyżacka zawierucha.
Twierdzą nam będzie każdy próg...
- Tak nam dopomóż Bóg!

Nie będzie Niemiec pluł nam w twarz
Ni dzieci nam germanił.
Orężny wstanie hufiec nasz,
Duch będzie nam hetmanił,
Pójdziem, gdy zabrzmi złoty róg...
- Tak nam dopomóż Bóg!

NOWELE

DZIADY

- A wy, Mikołajko, nie pójdziecie to dziś na Zaduszki? - zapytałam stając w progu ogrodniczej izby, do połowy zawalonej świeżo wyciętą kapustą. W izbie szarzał już po kątach wczesny mrok listopadowy, surowa woń jarzyn i ogrodowizny napełniała jej wnętrze. Pod zatkanym słomą okienkiem siedziała na niskim zydlu "stara", jak ją zwykle zwano we dworze, w przepasanym grubą płachtą tołubku, z szeroko wyłożonym na ramiona kołnierzem zajęczym, obierając wielkie, przemarzło nieco kapuściane głowy. Ręce jej, zgrabiałe z zimna, trzęsły się przy tej pracy, żelazny wąski nożyk skrzypiał w soczystych głąbach, a głowy padały z głuchym łoskotem na coraz rosnącą kupę.

Biała królica przysiadła na nogach "starej", grzejąc je swym puchem i ogryzając lecące spod nożyka liście: kilkoro młodych goniło się z piskiem i tupotem po ubitej z gliny podłodze.

Smyrgnęły, gdym weszła, pod przycieś, a "stara" podniosła głowę i wypatrzyła się na mnie zblakłymi oczyma.

- Nie pójdziecie to dziś na zaduszki? - powtórzyłam głośniej, wiedząc. że Mikołajka nie dosłyszy nieco.

Rzuciła ramionami.

- A mnie co po zaduszkach? - rzekła. - Będzie tam i beze mnie gawronów dość...

- No, przecież pacierz zmówić, popatrzeć...

- Iii... Paciorek święty to ja i tu sobie, nie wymawiając Panu Jezusowi, odmówię; a patrzeć na co ja ta będę? Jak się baby popiją, albo i chłopy? Uderzyła energicznie nożykiem po głąbie, kilka liści opadło jej z kolan. Naraz westchnęła.

- Oj, widziałam ja, pani moja, zaduszki nie takie! - przemówiła po chwili.

- Ale to nie tu, nie tu! Tam się to ono nawet inaczej nazywa. "Dady" tam się nazywa, nie zaduszki. Już takie ludzie tam żyją, co wszystko inaczej nazywają.

Przysiadłam się do starej.

- I gdzie to Mikołajka te "Dady" widziała?

- Ono to, proszę łaski pani, jest Wołynie takie, a tam wieś taka

Kanonicze. niby taki kraj. na podób naszego; ale że nie ze wszystkim... To jak my na owo Wołynie z nieboszczką panią z Zielonek, świeć Panie nad jej duszą, wyciągali, to się tam człowiek różnych rzeczy napatrzył! Bo to i naród inszy jest, i obrządzenie wszelkie takoż insze...

Na cmentarzu, na ten przykład, to nie tak, jak u nas, co to krzyż jeden duży na wpośrodku. a już te mogiłki wedle niego, jak mogą, tak się tulą Tam krzyż przy krzyzie sterczy, jakoby las jaki. co go śmierć z liścia otrzęsła i z zieloności wszelakiej; a wysokie to wszystkie jeden w jeden, z sośnie takich wyrobione, że to ha, jako że lasów tam dostatek i o drzewo nie ma skrętu. To drugi krzyż stoi, stoi, aż i zgnije, i obalić by się rad, a nie majak i którędy; to się ino na ramieniach tych inszych zeprze i tak trwa... A na każdym krzyzie, proszę łaski pani, przewiązana płócienna zapaska, ot, fartuch taki, czasem długi, jak zwyczajnie dla niewiasty, a czasem jakby dzieciński, taki krócieńki... Ot, jak się tam kto przepomóc może ze swoją biedą. Ale że na każdym wyszyty w rogu albo na wpośrodku krzyzik, albo i dwa, i trzy krzyziki czerwoną wełną, jako że to niby ochfiara jest za tego nieboszczyka, co tam leży. To jak się czasem wiater pod noc porwie, a tymi krzyżami skrzypieć zacznie a zapaskami łopotać, to taki świst, taki jęk, taki lament, że aż psi wyją. To nie daj Boże iść człowiekowi w pobliskości, taki strach. A w cichość, jak miesiąc zejdzie, to tak one płótna bieleją jak żywe... Właśnie jakby te duszyczki spod ziemi wynikły i w giezłeczkach śmiertelnych po onych mogiłkach swoich stały... Ot, nie trza pod wieczór wspominać...

Przeżegnała się stara nożykiem w ręku trzymanym, szepcząc ,,Wieczny odpoczynek".

Po chwili tak mówiła dalej:

- A że choć i mogiły, to tam sobie naród inaczej funduje. Tu sobie mogiłka zwyczajna, z piasku sypana, zarośnie darnią, to i dobrze, a nie zarośnie, to się w ziemię wdepce i do cna rozsypie... A tam, pani moja, to sobie mały duży "przykładziny" funduje.

- Cóż to za "przykładziny"?

- Ano, to taki, proszę łaski pani, kloc sosnowy albo i dębowy, siekierą z gruba ociosany po wierzchu, jakoby to wieko trumienne, mający u góry gałąź jedną ostawioną i przyciętą w głowach nieboszczyka na maluśki krzyzik, co z onej przykładziny samorodnie wynika, jakoby rosnął. To jak na on cmentarz człowiek zajdzie, a po onych przykładzinach pojrzy, to właśnie jakoby ziemia się otworzyła i trumny na wierzch wyszły, a umarli wstawać mieli... A jeszcze spod onej przykładziny sterczy wiechetek ze żytniej słomy, co nim trumnę pokropują święconą wodą... To z jednej strony kłosy sterczą, a z drugiej słoma, a w pośrodku przykopane ziemią, a nad wiechetkiem gałąź od onego kropidełka. Drugi raz, jak gałąź wierzbowa je, a mokry czas przyjdzie, to i basiorów dostanie jak żywa, i liść puści, właśnie jako ta różdżka Aronowa, co to o niej w godzinkach stoi. że się stała kwitnąca i owoc rodząca...

Spuściła głowę i zaszeptała z cicha: "Zdrowaś Panno Mario". Mrok po kątach coraz gęstniał, króliki poszły spać w jamę, ręce starej opadły. Chwilę trwała cisza.

- No dobrze, moja Mikołajko, ale te „Dziady"? - zapytałam, gdy skończyła szeptać zdrowaśkę.

- A cóż, "Dziady", jak "Dziady"... Nie daj Boże takich "Dziadów" nikomu

- I jakże to było? - nalegałam, widząc, że stara w zadumę zapada.

- A to, proszę łaski pani, tak było, że jak my tam z nieboszczką panią do owej Kanoniczie wyciągli. to tam przy dworze było chłopczysko, niby do pasenia. Niedolelnie to jeszcze było, ze szesnaście lat może, chude, delikatne, bladawe, że to nie z chłopskiego stanu szło, tylko z takich Mazurów, co tam koloniami z dziada pradziada siedzą i do szlachty się piszą wszelaki oporządek inszy niż ten prosty naród mają, czy to w imieniach, czy w ubierach swoich, czy w każdej najmniejszej rzeczy. Tak temu chłopakowi było Justyn, ale że na niego czeladź wołała po prostemu "Ustim".

Z pół roku już ono chłopaczysko służyło przy dworze, kiedy mu matka, z onych Mazurów szlachcianka, od rodu, męża odbiegła i z dwojgiem dziatek małych do Cygana, co w trzeciej wsi kowalował, mieszkać poszła. Gdzie ona ta tego Cygana uznała, tego nie powiem, bo nie wiem; ale że okrutnie się w nim rozmiłowała, choć tam ludzie powiadali, że i nie było niczym, bo to Cygan jako Cygan, czarny na gębie, a jeszcze że był i dziobaty. Ano, jak się też to do nas doniosło, tak mego Ustima jakby z nóg ściął. To caluśki dzień, pani moja, w czeladni się nie pokazał, ani na południe. ani na kolację, tylko jak bydło przygnał, tak się rżnął o ziemię w oborze, kożuchem się z głową nakrył, musi płakał, bo się ono kożuszysko tylko na nim trzęsło, ale że głosu nic z siebie nie puścił. taką ambicję miał. Dopiero na drugie południe jeść przyszedł- To aż mnie coś przenikło, jakim na niego spojrzała, taki na twarzy bledziuśki był, taki zmizerowany, a te oczy to mu się tylko świeciły spode łba, choć ich ta wielce od miski nie podnosił. Ale co! A bo mu to dali spokojnie zjeść? Zara go ta obsiedli, zara prześmieszki, zara dogadywki, tak też rżnął łyżkę, zabrał się i poszedł. Wyleciałam za nim. wołam: "Ustim! Ustim!" Chciałam mu ta kawałek sera pódetknąć na pocieszenie... Ale gdzie! Ani się obejrzał, tylko czapkę nacisnął, oczy pięścią zatkał i dalej do obory... I tak sumował, pani moja, więcej niż przez dwie niedziele; to wyschnął jak ta drzazga, sczerniał jak ta święta ziemia, a gadać to jakby zapomniał... Jednej niedzieli urwała się ona matka od swego Cygana i przyleciała do syna. Jak ją najrzał z daleka, tak wlazł na strych w słomę i siedzi. Chłopaki za nim: "Ustim! złaz do matki. Matka przyszła". On nic. "Cyganicha przyszła!" - krzyknął któryś. On nic! Aż i ona matka do drabiny podeszła. "Justyś! - woła - Justyś, synku! A zleź ino! Niech cię moje oczy uwidzą!" On nic. Zapłakało sobie tedy ono kobiecisko, niech ją ta Bóg sądzi, położyło na szczebelku bułkę pszenną i parę jabłek dla syna, zabrało się i poszło. Pod wieczór dopiero chłopak ze strychu zlazł, bułkę i jabłka dzieciakom oddał, a sam jak się nie puści gościńcem, jak się nie rzuci na drogę, co nią matka odeszła, jak nie zacznie tę świętą ziemię całować, jak nie ryknie: "mamo! mamo!...", to, pani moja, aż się wnętrzności przewracały w człowieku słuchający... Ano nic. Przeszedł znów tydzień, przeszedł drugi. Co ono chłopaczysko trochę porzeźwieje w sobie, to znów mu tam który oczy owym Cyganem wykluje, to znów mój Ustim nie je, nie pije, od ludzi ucieka, a po kątach płacze tak, że w tych łzach swoich umyć by się mógł. Oj, nie daj Boże takiego życia nikomu! A ona kowalicha równo musiała syna tego bardzo miłować, bo co i raz to do niego zabiegała, to mu płótniankę przyniosła, to nową koszulę, a to posilenie jakie...

Ale się z chłopakiem nigdy zobaczyć nie mogła, bo jak tylko zasłyszał, że matka, tak uciekał w ostatnie kąty, dziw, że się pod ziemię nie wkręcił. Dopieroż kiedy odeszła, to w pole jak zapomniały leciał i po swojemu wołał: "mamo! mamo!" A jedzenia, co przyniosła, to nigdy nie tknął, ani tego obleczenia na siebie nie brał... Obdarł się, obłachmanił, a nie brał. A ta żorota to go tak zjadła, zniszczyła, że chodził jak ten cień, sam sobie niepodobny, skóra tylko a kości. A te oczy to mu się tak świeciły, jak to próchno leśne. To insze chłopaki idą w święto do kościoła, a potem do karczmy na tańce albo w kręga grają, albo tam jakie niebądź przepowiadki gadają, a on nic. Ani jemu pacierz w głowie, ani kompanija, tylko się z tym swoim żalem jak z wilkiem mocuje, od ludzi stroniący. nijakiego

pocieszenia nie szukający. Przychodziła matka - źle; przestała przychodzić
- jeszcze gorzej. Ten cierń kolący więcej w sobie miazgi ma niżeli on ciała.
Dziw, mu te kości skóry nie przebiją. Mocowało się tak ono chłopaczysko
w sobie, mocowało, aż też pod jesień jakoś wzięło się i utopiło, nie
mogący zwyciężyć tej swojej żałości.

Ano, dobyli go ta koniarki drągami z onej wody, zjechała komisyja,
opisała, co i jak. i dobrze. Z pięć dni to ta było tego rejwachu, aż go też i
pochowali na rozstaju pod lasem w nie święconej ziemi, zwyczajnie, jak
takiego samozbójnika, co sam sobie śmierć robi. Ino żem mu obrazik dała
w ręce, żeby już tak całkiem bez Pana Jezusa z tego świata nie schodził, i w
tę koszulę nową go oblekłam, co mu matka przyniosła i co jej za żywota
nosić nie chciał. Ot. żal się Boże takiego pochowu! Mogiły mu też ta
wielce nie fundowali, tylko wedle tamtego obyczaju siaki taki naręcze
chrustu przyniósł i cisnął. A dzieci, chłopaki, to gałęzie ciągały suche, to
badyle wszelakie, co kto mógł. A nie opodal stał krzyż choleryczny,
zwyczajnie jak na rozstaju, że tam mór kiedyś był i ludzie się od nagłej
śmierci krzyżem warowali.

Przeżegnała się stara i znów szeptać pacierz zaczęła.

- A cóż matka?

- Matce to my ta nijakiego orędzia nie dawali. Nie przychodziła, to i nie
przychodziła. A co? Chora może, a może się już tak od onego nieboraka
odbiła, że to do niej gadać nie chciał. Ano, wyszło tak kilka niedziel, a
ona Ustimowa mogiła jak rosła, tak rosła. Kto do lasu albo i z lasu szedł,
to każdy bodaj gałązkę, bodaj szyszkę dorzucił. Taki już tam obrządek
ludzie mają. Aż też przyszły Zaduszki, niby te ich "Dziady", co się w ten
dzień po cmentarzach naród tamten modli za ojców-rodzicieli, za
dziadów, pradziadów...

Szli na one "Dziady" pańscy ze dworu, poszłam i ja, bo to w takim dniu
zawsze lepiej kupą się trzymać, broń Boże jakiego przestrachu.

A droga na cmentarz wypadała jak raz koło onego cholerycznego krzyża i
onej Ustimowej mogiły. Dochodzim, patrzę, kopiec okrutny. Tak ludzie
do niej. Powiadają, że Ustimowa duszę oczyścić trzeba. Ano, nie
wiedziałam nic, jakie to oczyszczenie. Chrustu naniesiono tyle, że to
więcej niż półstoże siana. A pod krzyżem na przydrożu dziad pacierz
mówi głośno i krzesiwem o krzesiwko krzesze. Tak go zaraz ludzie
obstąpili dokolusieńka, dzieciaków się też tam nabrało skądciś jak
mrowia. A mnie zara coś tknęło. Tak pytam starego Neściora, co to

będzie? Jeszczem przerzec nie zdążyła, a tu mi, pani moja, w oczach cości zaświeciło... Pojrzę ja, a tu z onego dziadowego krzesiwa padła iskierka jedna, potem druga, zatrzeszczały badyle, spełgły w górę, jakby kto pióro osmalił. Dziad znów ognia krzesze, a modli się głosem... Lecą iskry w chrust, jak te ptaki złote, lecą, przelatują, chrustu się chwytają, a gdzie szczelinka jaka, tam się dobywa dym siny, gryzący... Trzeszczą gałęzie, tleją, zwijają się w sobie jakoby gadziny, skwierczą szyszki, smolna żywica syczy, kapie... Aż jak nie buchnie naraz całe płomienisko, jak nie ogarnie onej mogiły, jak się nie zaczną iskry siać, trzeszczeć, pryskać, jak nie wywalą się dymy czarnym słupem, aż pod samo niebo...

To, pani moja, drugi raz i chałupa się pali, a takiej łuny, takiego ognia nie ma. Pojrzę ja na on krzyż, w czerwieni cały stoi, a te rany Chrystusowe jakby żywe, a ten bok jakby krwawiący... A ludzie też czapki pozdejmowali, pacierz mówiący. Tak mnie zaraz ogarnęła taka żałość, taka skrucha, żem na kolana padła, jakby mi kto nogi podciął, i bić się w piersi zaczęłam. Boże, bądź miłościw grzesznej duszy jego! Boże, bądź miłościw...

Wołam ja tak do tego Pana Jezusa, pani moja. kajać się za duszę onego chudziatka, a tu wrzask: Justyś! Justyś! Synku! Justyś! Patrzę ja, leci ona kowalicha nieboga, jakby ją wicher niósł, koszula na piersiach rozerwana. chustka z głowy spadła, ręce rozciągnięte... Na pożar leci wprost, na oną ognistą mogiłę synowska. Rozstąpili się ludzie, ten i ów szepce: "maty" - że to niby matka, więc jej przystęp wolny. A ona jak nie krzyknie raz jeszcze: "Justyś! Justyś!" - jak się nie zaniesie wielkim, nieludzkim rykiem, jak się nie rzuci w ono płomienisko... Pani moja, żem ja tam trupem, patrząc na to, nie padła, to cud boski! Runęła tak jak ta kłoda - w sam środek ognia, w sam środek, jak ta powięź słomy... Zrobił się wrzask, krzyk; odciągnęli ją ta ludzie, zaczęli wodą z rowu lać, ale co... Głownia to już tylko była. Na twarzy, na rękach, na piersiach sczerniała jak sadze. Już tam w niej nie stało ani tchu... Tylko te nogi bose, niedogorzałe, co nimi te swoje dróżki odprawowała do syna. z daleka się bieliły... A spod onego mogilnego chrustu, spod ostatniej warszty. kiedy to już dobrze przygrzało, wypełznął żmij- rozciągnął się. skurczył, znów się rozciągnął, podniósł łba i do boru poszedł... Tak zara ludzie powiadali, że to on grzech przeklęty... Takie to ja, pani moja, "Dziady" widziałam.

Podparła ręką stara zwiędłą swoja głowę i zaszeptała: "Wieczny odpoczynek".

MENDEL GDAŃSKI

Obrazek

Od wczoraj jakiś niepokój panuje w uliczce. Stary Mendel dziwi się i częściej niż zwykle nakłada krótką łajkę patrząc w okno. Tych ludzi nie widział on tu jeszcze. Gdzie idą? Po co przystają z robotnikami, śpieszącymi do kopania fundamentów pod nowy dom niciarza Greulicha? Skąd się tu wzięły te obszarpane wyrostki? Dlaczego patrzą tak po sieniach? Skąd mają pieniądze, że idą w pięciu do szynku?
Stary Mendel kręci głową, smokcząc mały. silnie wygięty wiśniowy cybuszek. On zna lak dobrze tę uliczkę cichą. Jej fizjonomię, jej ruch. jej głosy, jej tętno.
Wie, kiedy zza którego węgła wyjrzy w dzień pogodny słońce; ile dzieci przebiegnie rankiem, drepcąc do ochronki, do szkoły; ile zwiędłych dziewcząt w ciemnych chustkach, z małymi blaszeczkami w ręku przejdzie po trzy, po cztery, do fabryki cygar na robotę; ile kobiet przystanie z koszami na starym, wytartym chodniku, pokazując sobie zakupione jarzyny, skarżąc się na drogość jaj, mięsa i masła; ilu wyrobników przecłapie środkiem bruku, ciężkim chodem nóg obutych w trepy, niosąc pod pachą węzełki, a w ręku cebrzyki, kielnie, liny. siekiery, piły. Ba, on i to nawet wie może. ile wróbli gnieździ się w gzymsach starego browaru-który panuje nad uliczką wysokim, poczerniałym kominem - w gałęziach chorowitej, rosnącej przy nim topoli, która, nie ma ani siły do życia, ani ochoty do śmierci i stoi tak czarniawa, przez pół uschnięta, z pniem spustoszonym, z którego na wiosnę wynika nieco bladej zieloności. On, może nawet nie patrząc w okno, samym uchem tylko rozpoznałby, czy Paweł, stróż, zamiata ulicę nową swoją, czy też starą miotłą.
I jak tego wszystkiego nie ma Mendel Gdański wiedzieć, kiedy już od lat dwudziestu i siedmiu w tej samej izbie pod tym samym oknem swoi warsztat introligatorski ma i tak już przeszło ćwierć wieku przy nim w fartuchu swoim skórzanym stoi. a podczas kiedy sucha, żylasta, a dziś już nieco drżąca ręka dociska drewnianą śrubę prasy, oczy jego spod brwi gęstych, nawisłych, siwych, patrzą w tę uliczkę, która jest wśród wielkiego miasta jakby odrębnym, zamkniętym w sobie światem.
Świata tego drobne tajemnice zna Mendel na wylot. Wie, kiedy się powiększa, a kiedy zmniejsza kaszel starego archiwisty, który mu przynosi

do oprawy grube, pełne kurzu foliały zatęchłych papierów, wie, jak pachnie pomada małego dependenta, któremu zszywa akta pana mecenasa; wie. kiedy przyjdzie Joasia od pani radczyni z żądaniem, aby jej za "śkło pięknie wsadził" laurkę z powinszowaniem, na której złocisty anioł odkrywa się i pokazuje kawalera z bukietem róż w ręku; wie, kiedy nie je obiadu student mieszkający na strychu, wie, z której strony nadbiegnie zdyszana pensjonarka żądając, aby jej "niebiesko i ze złotymi sznurkami" oprawił przepisane na listowym papierze poezje Czesława i Gawalewicza.

On wszystko wie. Wszystko, co można widzieć na lewo i na prawo siwym, bystrym okiem, co można na prawo i na lewo usłyszeć uchem i co przemyśleć można długimi godzinami, stukając jak dzięcioł młotkiem introligatorskim, równając i obcinając wielkie arkusze papieru, warząc klej, mieszając farby.

I jego też znają tu wszyscy. Obcy człowiek rzadko zajrzy; każdy jakby swój, jakby domowy.

Stary, łysy zegarmistrz z przeciwka przez otwarte okno krzyczy mu latem „dzień dobry" i pyta o Bismarcka; suchotniczy powroźnik zaczepia o jego klamkę swoje długie, konopne sznurki, które dysząc kręci w wąskiej wpółwidnej sionce kamieniczki; chudy student z facjatki, z nogami jak cyrklowe nożyce, wsadza zmierzchem w jego drzwi głowę na długiej, cienkiej szyi i pożycza od niego łojówkę, którą „zaraz odda, tylko jeszcze z godzinkę popisze"... Straganiarka poda mu czasem przez okno rzodkiew czarną w zamian za kolorowe skrawki papieru, z których sobie jej chłopaki sporządzają latawce, słynne na całą ulicę; synek gospodarza całymi godzinami przesiedzi u niego, czekając na wolną chwilę, w której Mendel da mu tektury do podklejania wyciętych z arkusza żołnierzy, a tymczasem dziwuje się wielkim uszom nożyc, waży w ręku młotek, wtyka nos w garnczek z klajstrem, próbując go niemal. Wszystko to tworzy jakąś atmosferę ciepłą, poufalą, atmosferę wzajemnej życzliwości. Staremu Mendlowi dobrze w niej być musi. Mimo sześćdziesięciu i siedmiu lat rześki jest jeszcze w sobie. Spokój i powaga maluje się na jego typowej, zawiędłej w trudach twarzy.

Włosy jego są mocno siwe. a długa broda zupełnie biała. Pierś zaklęsła pod pikowanym kaftanem często zadychuje się wprawdzie, a grzbiet zgarbiony nigdy jakoś nie chce się rozprostować, ale tym nie ma się co trapić, póki nogi i oczy starczą, póki i w ręku siła jest. Kiedy mu duszność dech zapiera, a w zgiętym grzbiecie ból jakiś krzyże łamie, stary Mendel nakłada w małą fajeczkę tytoń z poczerniałego, związanego sznurkiem pęcherza i kurząc ją, wypoczywa chwilę. Tytoń, którego używa, nie jest zbyt wyborny, ale daje laki piękny, siny dymek i tak Mendlowi smakuje. Siny ten dymek ma i to jeszcze w sobie szczególnego, że widać w nim różne rzeczy oddalone i takie, które już dawno minęły.

Widać w nim i Resię. żonę jego, z którą dobrze mu było na świecie trzydzieści lat, i synów, którzy się za chlebem rozbiegli jak te liście wichrem gnane, i dzieci synów tych, i smutki różne, i pociechy, i troski; a już najdłużej to w nim widać jego najmłodszą dziewczynę Liję, tak wcześnie wydaną i tak wcześnie zgasłą, po której mu tylko jeden wnuk pozostał. Gdy stary Mendel rozpala swoją fajeczkę, jakieś ciche mruczenie dobywa się z ust jego. W miarę jak pali i jak dymek siny przynosi mu dalekie obrazy i takie, które już nigdy nie wrócą, mruczenie to rośnie, potężnieje, staje się jękiem niemal. Ta dusza ludzka, dusza starego Żyda, ma też smutki swoje i tęsknoty, które zagłusza pracą.

Tymczasem sąsiadka przynosi w jednej ręce garnczek z rosołem, w którym pływają kawałki rozmiękłej bułki, a w drugiej przykryty talerz z mięsem i jarzyną. Stary Mendel odbiera od niej ten skromny obiad; nie je go wszakże, tylko postawiwszy na małym, żelaznym piecyku, czeka. Czekanie to trwa niedługo. O samej drugiej drzwi izdebki otwierają się głośno, hałaśliwie, a w nich ukazuje się mały gimnazista; w długim, na wyrosi sporządzonym szynelu, w dużej, zsuniętej na tył głowy czapce, z tornistrem na plecach. Jest to chłopak dziesięcioletni może, który po matce, najmłodszej córce starego Mendla, wziął piwne, o złocistych blaskach oczy, długie, ciemne rzęsy i drobne usta, a po dziadzie nos orli i wąskie wysokie czoło. Szczupły i mały, chłopak mniejszym się jeszcze i szczuplejszym wydaje, kiedy zrzuci szynel i zostanie tylko w szkolnej, szerokim pasem przepasanej bluzie. Stary Mendel jest w ciągłej o niego obawie. Przezroczysta cera chłopca, jego częsty kaszel, jego wątłe piersi i pochylone barki budzą w dziadzie nieustanną troskę. Wybiera też dla niego najlepsze kawałki mięsa, dolewa mu i dokłada na talerz, a kiedy chłopak się naje, klepie go po ramieniu i zachęca do zabawy z dziećmi w podwórku.

Malec rzadko kiedy namówić się pozwala. Jest zmęczony lekcjami, ciężkim szynelem, siedzeniem w szkole, drogą, dźwiganiem tornistra; ma też dużo zadań na jutro. Powłóczy nogami chodząc, a nawet wtedy, kiedy się uśmiecha, piwne jego oczy patrzą z melancholią jakąś.

W kilka chwil po obiedzie malec zasiada przy prostym sosnowym stole, dobywając z tornistra książki i zeszyty, a stary Mendel zabiera się do swego warsztatu. Choć chłopak cicho się sprawia i tylko szeptem półgłośnym powtarzając lekcje, kiedy niekiedy zaledwie stuknie stołkiem, na, którym się buja podparłszy na stole oba chude łokcie, znać przecie, że staremu introligatorowi przeszkadza coś w robocie. Co i raz odwraca on głowę, by spojrzeć na chłopca, a choć po klajster ręką sięgnąć może, obchodzi z boku warsztat, gdy mu go potrzeba, aby po drodze uszczypnąć wnuka w liczko blade, przejrzyste, lub pogłaskać go po krótko przyciętych, miękkich i ciemnych jak krecie futerko włosach. Chłopiec przyzwyczajony jest widać do tych pieszczot, nie przerywa przy nich bowiem ani swego żarliwego szeptu, ani kołysania się na stołku. Stary introligator wszakże zupełnie i tym jest zadowolony, a przyciszając klapanie pantofli, powraca na palcach do swego warsztatu.

W piątek przed wieczorem scena się odmienia: malec uczy się przy oknie, kołysząc się mozolnie na stołku, nie mającym tu swojego rozpędu, a na sosnowym, pokrytym serwetą stole sąsiadka zastawia rybę, makaron i tylko co przyniesioną od piekarza tłustą, pięknie zrumienioną kaczkę. Cynowy, o dziwnie powykręcanych ramionach świecznik z gałkami oświeca izbę uroczyście, świątecznie.

Stary Mendel ma na sobie wytarty już nieco, ale jeszcze piękny żupan czarny, przepasany szerokim pasem, za który z lubością zakłada spracowane ręce. Siwe jego włosy pokrywa jarmułka, a skrzyp nowych z długimi cholewami butów- napełnia izbę jakimś radosnym szmerem. Gdy już stół zastawiony został, chłopak się myje, przyczesuje swoje krecie futerko na drobnej, podłużnej głowinie, zapina świeży kołnierzyk i czyste mankiety, a założywszy ręce w tył stoi poważny i wyprostowany, podczas kiedy dziad sięga na policę po zwinięty tałes i po modlitewnik.

W chwilę potem rozlega się wargowy, brzęczący śpiew modlitewny starego Żyda; głos jego przechodzi wszystkie spadki od niskich, spiżem brzmiących, do wysokich, na których śpiew jego przechodzi w jęk i w żarliwy jakiś lament, w akcenty namiętne, błagalne, tkające. Pod wpływem śpiewu tego małego gimnazistę ogarnia dreszcz nerwowy, blada jego twarzyczka staje się bledszą jeszcze, wielkie oczy to rozszerzają się nad miarę, to mrużą się i zachodzą łzami; patrzy na dziada jakby urzeczony, a spazmatyczne ziewanie otwiera mu usta. Na szczęście dziad zamyka

wkrótce stary modlitewnik i błogosławieństwem rozpoczyna szabasową
ucztę.

Zdarzyło się raz latem, że chłopaki od Kołodziejskiego ślusarza i od
szewca Pocieszki zebrali się przed otwartym oknem starego introligatora, a
zaglądając przez nie do oświetlonej szabasowym światłem izby, robili sobie
z tej modlitwy śmiechy i głupią uciechę.

W tej chwili wszakże przechodził tamtędy stary proboszcz, a spojrzawszy
przelotnie w okno i widząc modlącego się Żyda, który z takim jękiem
wołał po swojemu do Boga, uchylił kapelusza. Scena była niema, ale nad
wyraz wymowna. Chłopaki zemknęły, jakby ich wiatr zdmuchnął, i nie
było odtąd wypadku, aby spokój tej ubogiej izby zakłócony został.
Przedwczoraj dopiero...

Właściwie i przedwczoraj nie stało się nic. Tylko malec powrócił ze szkoły
bez czapki, zdyszany, jak zając zgoniony. Zrazu nic mówić nie chciał;
dopiero po długich badaniach wyznał, że jakiś obdartus krzyknął na
niego: „Żyd!... Żyd!...", więc on uciekał i czapkę zgubił, i nie śmiał
wracać po nią.

Fala gniewu uderzyła staremu Mendlowi do twarzy. Wyprostował się,
jakby urósł nagle, splunął, a polem chłopaka twardo za ramię ująwszy, do
stołu pchnął i obiad w milczeniu spożył.

Po obiedzie nie wrócił do warsztatu i fajki nie nakładał, tylko sapiąc, po
izbie chodził. Malec także do lekcji się nie brał, ale patrzył na dziadka
zalęknionym wzrokiem. Nigdy go jeszcze tak gniewanym nie widział.

- Słuchaj, ty! - przemówił wreszcie, stając przed chłopcem, Mendel - Jak ja
ciebie małego sierotę wziął i chował, i za niańkę tobie był, i za matkę
także był, i piastował ciebie, nu, to nie na to ja ciebie chował i nie na to
ciebie piastował, co by ty głupi był! I jak ja ciebie uczyć dał, jak ja ciebie
do szkoły posyłał, jak ja tobie książki kupował, to też nie na to, co by ty
głupi był! A ty ze wszystkim głupi rośniesz i nie ma u ciebie żadnej
mądrości! Jakby u ciebie mądrość była, to by ty tego nie wstydził się, nie
płakał, nie uciekał, że kto na ciebie "Żyd" krzyknie. A jak ty tego płaczesz,
jak ty uciekasz i jeszcze taką piękną, nową czapkę gubisz, co pięć złotych
bez sześciu groszy kosztuje gotowymi pieniędzmi, nu, to ty ze wszystkim
głupi jesteś, a te szkoły, te książki, te nauki to wszystko na nic!

Odsapnął i znów mówić zaczął, ale już łagodniejszym głosem:

- Nu, co to jest Żyd? Nu, jaki ty Żyd? Ty się w to miasto urodził, toś ty
nie obcy, toś swój, tutejszy, to ty prawo masz kochać to miasto, póki ty

16

uczciwie żyjesz. Ty się wstydzić nie masz, żeś Żyd. Jak ty się wstydzisz, żeś ty Żyd, jak ty się sam za podłego masz, dlatego żeś Żyd, nu, to jak ty możesz jakie dobro zrobić dla to miasto, gdzie ty się urodził, jak ty jego kochać możesz?... Nu?...

Zachłysnął się i znów przed chłopakiem stanął. Tym razem jednak patrzył na jego zlęknioną twarzyczkę z jakimś rozrzewnieniem. Położył mu na głowie rękę i rzekł z naciskiem:

- Uczciwym Żydem być jest piękna rzecz! Ty to pamiętaj sobie! A teraz się ucz, żeby ty głupim nie był, a czapkę to ja tobie inszą kupię, to ty nie potrzebujesz płakać, bo to głupstwo jest!

Malec pocałował w rękę dziada i wziął się do książek. Stary introligator bardziej jednak był poruszony tą sprawą, niż to chciał dziecku okazać. Długo bowiem po izbie chodził, nie kończąc pilnej, zaczętej roboty i spluwając po kątach, jakby się goryczą jaką nakarmił. Nie przetrawił on tej goryczy w sobie i przez noc widocznie, gdyż bardziej zgarbiony i postarzały niż zwykle nazajutrz wstał; kiedy chłopiec podpiąwszy rzemienie tornistra do szkoły ruszył, stary poszedł do okna i patrzył za nim niespokojnie, długo.

Niepokój ten nie opuszczał go i przy pracy nawet. Częściej niż zwykle pod wpływem jakiegoś rozdrażnienia nakładał krótką fajeczkę i podchodził do okna, i patrzał podejrzliwie w tak dobrze, tak dawno znaną sobie uliczkę. Pod wpływem też tego rozdrażnienia zapewne ruch jej, jej głosy, jej tętno inne mu się jakieś niż zwykle wydały.

Gdy jednak malec powrócił ze szkoły wesół, bo piątkę dostał, rozbawiony nową czapką, która mu na oczy wjeżdżała, stary o swoich przywidzeniach zapomniał i czy to sam dla siebie, czy dla uciechy dziecka gwizdał przy robocie jak za młodych czasów.

Po obiedzie wpadł po akta dependent pachnący piżmem.

- Co słychać? - spytał.

- Wszystko dobrze, broń Boże od złego! - odrzekł Mendel Gdański.

- Podobno Żydów mają bić?... - rzucił pachnący dependent z głupkowatym uśmiechem.

- Nu, jak bić, to bić! - odrzekł Mendel pokrywając wrażenie. Jakie na nim te słowa wywarły. - A kto ich ma bić? Urząd?...

- I... Urząd by tam - rozśmiał się mały dependent.

- Nu, jak nie urząd, to i chwała Bogu! - rzekł Mendel.

Rozśmieli się obaj. Młody dependent głupkowato. Żyd z przymusem widocznym.

Zły był, że ta rozmowa toczyła się przy dziecku. Spojrzał na chłopca spod brwi nasuniętych. Malec wlepił w dependenta wielkie swoje oczy i dopiero kiedy ten za progiem był, spuścił je na karty książki pociemniałe, pałające. Stary Mendel jakby nie widział tego, zaczął znowu gwizdać. Ale gwizdanie to miało coś w sobie ze świstu przytłoczonej wielkim ciężarem piersi, nuta przycichała, głuchła, zasypiała, aż urwała się zgrzytem czy jękiem.

Zmierzchało już w izbie, kiedy przez niskie drzwi wcisnął się gruby zegarmistrz w popielatym haweloku, jakiego stale używał w tej porze.

- Słyszałeś pan nowinę? - zapytał siadając na brzegu stołu, przy którym uczył się malec.

- Nu - odparł Mendel - co mnie po nowinę? Jak una będzie dobra, to una i wtedy będzie dobra, kiedy una nie będzie nowina, a jak zła, nu, to na co ja ją słuchać mam?

- Podobno Żydów mają bić - rzekł tłusty zegarmistrz kiwając nogą w wyciętym trzewiku z błyszczącą stalową sprzączką.

Stary Mendel zamrugał kilka razy nerwowo, koło ust przebiegło mu nagłe drgnięcie. Wnet opamiętał się jednak i przybrawszy ton jowialnej dobroduszności rzekł:

-Żydów? Jakich Żydów? Jeśli tych, co uni złodzieje są, co uni ludzi krzywdzą, co uni po drogach rozbójstwo robią, co uni z tego biednego skórę ciągną, nu, to czemu nie? Ja sam pójdę ich bić!

-Ale nie! - rozśmiał się zegarmistrz. - Wszystkich Żydów...

W siwych źrenicach Mendla zapalił się błysk nagły. Przygasił go jednak wpółspuszczoną powieką i niby obojętnie zapytał:

- Nu, za co uni mają wszystkich Żydów bić?

- A za cóż by? - odrzucił swobodnie zegarmistrz. - Za to. że Żydy!

- Nu - rzekł Mendel mrużąc siwe oczy - a czemu uni do lasa nie idą i nie biją brzeziny za to. że brzezina, albo jedliny za to, że jedlina?...

- Ha! ha! - rozśmiał się zegarmistrz - każdy Żyd ma swoje wykręty! Przecież ta jedlina i ta brzezina to nasze, w naszym lesie, z naszego gruntu wyrosła!

Mendel aż się zachłysnął, tak mu odpowiedź na usta nagle wykipiała. Pochylił się nieco ku zegarmistrzowi i głęboko zajrzał mu w oczy.

- Nu, a ja z czego wyrósł? A ja z jakiego gruntu wyrósł? Pan dobrodziej mnie dawno zna? Dwadzieścia i siedem lat mnie pan dobrodziej zna! Czy ja tu przyszedł jak do karczmy? Zjadł, wypił i nie zapłacił? Nu, ja tu nie przyszedł jak do karczmy! Ja tu tak w to miasto urósł, jak ta brzezina w lesie! Zjadł ja tu kawałek chleba, prawda jest. Wypił też wody, i to prawda jest. Ale za tego chleba i za tej wody ja zapłacił. Czym ja zapłacił? Pan dobrodziej chce wiedzieć, czym ja zapłacił?

Wyciągnął przed siebie obie spracowane, wyschłe i żylaste ręce.

- Nu - zawołał z pewną porywczością w głosie - ja tymi dziesięciu palcami zapłacił! Pan dobrodziej widzi te ręce?

Znów się pochylił i trząsł chudymi rękami przed błyszczącą twarzą zegarmistrza.

- Nu, to takie ręce są, co ten chleb i te wodę próżno do gęby nie nosiły! To takie ręce są, co się pokrzywiły od noża, od obcęgów, od śruby, od młota. Nu, Ja nimi zapłacił za każdy kęs chleba i za każdy kubek wody, co ja tu zjadł i wypił. Ja jeszcze i te oczy przyłożył, co już dobrze patrzeć me chcą, tego grzbietu, co nie chce już prosty być, i te nogi, co nie chcą mnie już nosić!

Zegarmistrz słuchał obojętnie, bawiąc się dewizką. Żyd sam się roznamiętniał swą mową.

- Nu, a gdzie ta zapłata moja jest? Ta zapłata moja jest w szkole u dzieci,, u tych paniczów, u te panienki, co się uczą na książkę, co piszą na kajetu, nu. Una i w kościół jest, jak tam z książkami ludzie idą... Nu, una i u wielmożnego proboszcza jest, bo ja i jemu oprawiał książki, niech un zdrowy żyje!

Tu uchylił jarmułki. a potem dodał:

- Moja zapłata w dobrych rękach jest.

- Tak się to mówi' - odparł dyplomatycznie zegarmistrz - ale Żyd zawsze Żydem!.,.

Nowe iskry zagorzały w oczach starego introligatora.

- Nu. a czym un ma być? Niemcem ma być? Francuzem ma być?... Może un koniem ma być? Nu, bo psem to un już dawno się zrobił, to un już jest!

- Nie o to chodzi! - rzekł patetycznie zegarmistrz. - Chodzi o to. żeby nie był obcym...

- O to chodzi? - odparł Żyd przechylając się w tył i cofając łokcie. - Nu, to niech mi tak od razu pan dobrodziej powiada. To jest mądre słowo! Ja lubię słyszeć mądre słowo Mądre słowo to jest jak ojciec i jak matka człowiekowi. Nu, ja za mądre słowo to bym milę drogi szedł. Jak ja mądre słowo usłyszę, to mnie za chleb siarczy, jakby ja wielki bogacz był, wielki bankier, nu, to ja by za każde mądre słowo dukata dał. Pan dobrodziej powiada, coby Żyd nie był obcy? Nu, i ja tak samo powiadam. Czemu nie? Niech un nie będzie obcy. Na co un obcy ma być- co ma obcym się robić, kiedy w i tak swój? Pan dobrodziej myśli, co jak tu deszcz pada. to un Żyda nie moczy, bo Żyd obcy? Albo może pan dobrodziej myśli, co jak tu wiatr wieje, to un piaskiem nie sypie w oczy temu Żydowi, bo Żyd obcy? Albo może pan dobrodziej myśli, że jak ta cegła z dachu leci, to una Żyda ominie, bo un obcy? Nu, to ja panu dobrodziejowi powiem, że una jego nie ominie. I wiatr jego nie ominie, i deszcz jego nie ominie' Patrz pan dobrodziej na moje włosy, na moje brodę... Uny siwe są, uny białe są... Co to znaczy? To znaczy, co uny dużo rzeczy widziały i dużo rzeczy pamiętają. To ja panu dobrodziejowi powiem, co une widziały wielgie ognie i wielgi pożar i wielgie pioruny na to miasto bić,a tego. coby od te ognie i od ten pożar, i od te pioruny Żydy były uwolnione, to uny tego nie widziały! Nu, a jak noc jest na miasto, to una i na Żydów jest. to i na Żydów wtedy nie ma słońce!

Odetchnął głęboko, ciężko.

- Pan dobrodziej na zabawy chodzi? Pan dobrodziej na tańce bywa?

Gruby zegarmistrz skinął głową i zakołysał się na stole, brzęcząc dewizka. Pochlebiało mu to, że introligator uważa go za człowieka światowego i mogącego jeszcze zabawiać się tańcami. Żyd gorejącymi oczami patrzył w jego twarz płaską, ozdobioną szerokim. mięsistym nosem.

- A smutku swego, swego kłopotu pan dobrodziej ma?

Zegarmistrz podniósł brwi, przybierając minę niezdecydowaną. Właściwie pragnął się on okazać wyższym nad podobne drobnostki, jak kłopot i smutek, ale że nie wiedział, do czego Żyd zmierza, milczał więc dyplomatycznie.

Stary introligator odpowiedzi też nie czekał, tylko mówił dalej głosem wezbranym, pełnym:

-Nu, jak pan dobrodziej na tańce bywa i swego smutku też ma, to panu dobrodziejowi wiadomo jest, że się ludzie do tańca, do wesołości zejdą i po wesołości się rozejdą, i nic. Ale jak te ludzie do smutku się zejdą, tak się uni do płakania zejdą, nu, to już nie jest nic. To już ten jeden temu drugiemu bratem się zrobił, to już ich ten smutek jednym płaszczem nakrył. To ja panu dobrodziejowi powiem, co ja w to miasto więcej rzeczy widział do smutku niż do tańca i że ten płaszcz to bardzo duży jest. Ajaj, jaki un duży!... Un wszystkich nakrył, i ze Żydami też!

Odwrócił się bokiem i spojrzał za siebie w okno.

- Mój panie Mendel! - rzeki zegarmistrz tonem wyższości. - Gada się to tak i owak, ale każdy Żyd, byle pieniądze miał...

Stary introligator nie dał mu dokończyć, ale podniósłszy rękę trząsł nią, jakby się od natrętnego owadu opędzał.

- Niech mi pan dobrodziej nie powie te mowę! To jest mowę od wszystkie głupie ludzie. Jakby Żydowi pieniądz za wszystko miał być, toby jemu Pan Bóg od razu kieszeń w skórę zrobił, abo i dwie. A jak jemu Pan Bóg kieszeń w skórę nie zrobił, nu, to na to, że Żydowi pieniądz tyle ma być, co i każdemu.

-Ma być! - zawołał triumfalnie zegarmistrz podnosząc tłusty podbródek i muskając się po nim. -Ale nie jest! W tym sęk, że nie jest...

Uśmiechnął się Mendel wpół smętnie, a wpół filuternie.

- A ja panu dobrodziejowi powiem, co tam właśnie sęka nie ma, tylko jest dziurę. Ajaj, jakie dziurę!

Spoważniał nagle i kiwał głową patrząc w ziemię.

- Pan dobrodziej myśli, co ja te dziurę nie widzę? Ja ją widzę, że una się zrobić mogła, to jest źle, ale że una dotąd nie załatana jest, to jeszcze gorzej. W te dziurę to dużo mocy wpada i w słabość się obraca. I dużo rozumu wpada, a w głupstwo się obraca. I dużo dobroci wpada, a w złość się obraca... Chce mi pan dobrodziej wierzyć? Te dziurę to nie Żydki zaczęły pierwsze drzeć. Nu, że uni ją potem darli, to ja wiem, to ja nie skłamię, nie powiem, że nie! Ale najpierw to ją zaczęła drzeć zapomniałość na to, co wszystkie ludzie od jednego Boga stworzone są.

Złożył dwa pierwsze palce u prawej ręki. jakby tabakę brał, a wystawiwszy mały. dodawał tym gestem precyzji dowodzeniu swemu.

- To była pierwsza nitka, co tam w to i-miejsce pękła- Nu, tak jedni zaczęli do siebie ciągnąć, a drudzy mów do siebie, i tak się już dalej rwało. Pan dobrodziej powiada, co dla Żyda pieniądz wszystko jest? Nu, niech i tak będzie! A wie pan dobrodziej czemu? Nie wie pan dobrodziej? Pan dobrodziej myśli, temu. co Żydki chytre są?" To się pan dobrodziej myli. Pan dobrodziej zna ten słup na Ujazdów? Nu pan dobrodziei się śmieje' To jak tam na ten słup położony będzie hunor i mądrość, i wielga sławność, i wielgie herby, i wielga familia, i wielgie urzędy, i pieniądze też. nu. to jeden wlizie na siup po ten hunor ,y drugi po te mądrość a trzeci po te herby, a czwarty po te sławność. a i taki się znajdzie, co po te pieniądze wlizie. choć msze rzeczy przy nich są, Ale jak na ten słup położone będą tylko pieniądze, a nie będzie ani hunoru ani sławności, ani mądrości. to po co ludzie będą na ten słup liźć? Jak pan dobrodziej myśli? Po pieniądze uni będą liźć i po nic więcej? A te z dołu co się przypatrują, to będą krzyczeć: Ajaj, jaki to chytry naród, po pieniądze tylko lizie, pieniądze u niego wszystko! A im kto mniejszy będzie albo na głębszym dołu stał, to mniej widzieć będzie, a głośniej jeszcze krzyczeć. A tylko te wysokie ludzie, te na górze stojące, widzieć będą, co na ten słup nic innego położone nie jest, i tym, co po to liżą, co ta położone jest, nie będą się dziwowali, a krzyczeć to uni też nie będą. Co na nasz słup leży? Pieniądze tylko leżą, tak my po pieniądze liziem. Ale to nie jest pierwsze złe. Pierwsze złe to jest takie, co dwa słupy są i co na nich nierówne rzeczy leżą.

- Jeszcze by - rozśmiał się impertynencko zegarmistrz. - W teorii zresztą - dodał poważniej - masz pan może i słuszność. Ale w praktyce inaczej to się okazuje. Was, Żydów, lęgnie; się jak tej szarańczy, a zawsze to żywioł cudzy...

Stary introligator znów zamrugał nerwowo razy kilka i znów siwe swoje oczy w połowie rzęsami przysłonił.

- Mądry człowiek, choćby w garści dwa kamienie miał i trzy choćby miał, to tylko jednym w psa ciska. A pan dobrodziej dwoma kamieniami od razu cisnął na starego Żyda... Ale to nic nie szkodzi. Ja ten jeden podniosę i ten drugi też podniosę. Mój grzbiet już się sam do ziemi schyla...

Musnął dwa razy białą swą brodę i pomyślawszy chwilkę rzekł:

- Pan dobrodziej wie, jak ja się nazywam? Nu, ja się nazywam Mendel Gdański. Że ja się Mendel nazywam, to przez to, co nas było dzieci czternaście, a ja się piętnasty urodził, tu, na Stare Miasto, w te wąskie uliczkę. zara za te żółte kamienice, gdzie apteka. pan dobrodziej wie? Nu. jak ja się tam urodził, to nas było dzieci piętnaście, cały mendel. Przez to ja się Mendel nazywam1'. Czy nas ojciec nieboszczyk potopić miał? Nie miał nas potopić! Raz. że się un Pana Boga bał, a drugi raz. że un te swoje piętnaście dzieci tak kochał, że jak matka przyniosła śledź, to un tylko główkę sobie urwał, a całego śledzia to dzieciom dal, coby się najadły, coby nie były głodne. Tak ich kochał.

Zachłysnął się. Poczerwieniał, oczy mu się zapaliły nagłym przypomnieniem. Wnet się jednak pohamował i mówił dalej z jowialnym uśmiechem, w którym gorzką ironię dostrzec było można.

- Ale ja, Mendel, widział, co mendlowi całemu źle na świecie, tak sam już tylko pół tuzina dzieci miał, a moja córka- Lija, nu, una tylko jednego syna miała i od boleści wielkiej umarła. Żeby una żyła, a sześć synów miała, a patrzała, na co ja patrzę, nu, to ima by sześć razy od boleści umierać musiała!

Mówił szybko, coraz szybciej, głosem namiętnie przyciszonym, pochylając się ku zegarmistrzowi i przenikając go pałającym wzrokiem. Po chwili wyprostował się. wciągnął w starą pierś głęboki, ciężki oddech i uśmiechnąwszy się smętnie rzekł:

- To już my go nie nazywali Mendel, to już my go nazwali Jakub.

- Kubuś, pójdź tu! - zawołał jakby pierwszy raz przypominając sobie obecność chłopca. A gdy malec wstał ze stołka i szastnąwszy bucietami przed zegarmistrzem do dziada się przytulił, stary pogłaskał go po głowie i rzekł:

-Kubuś to takie imię. co go i pan dobrodziej, na ten przypadek, godnemu synkowi może dać. To jest takie imię, co to jak na tym sądzie króla Salomona; niech nie będzie ani mnie, ani tobie. To dobre imię jest! Po te imię to jak po te kładkę przejdą ludzie z te niedobre czasy do te dobre czasy, kiedy jeden drugiemu nie będzie liczył w domu, dużo ma kołyski... Bo w te dużo kołyski dużo pracy jest i dużo głodu jest. i dużo mogiłki też...

I nie na tym mądrość jest, coby mało ludzi było. ale na tym mądrość jest, coby uni dużo dobrego zrobili, dużo ziemi obsiali, dużo obkopali, dużo obsadzili. Coby uni dużo przemysłów mieli, dużo rozumu się uczyli, dużo dobrości znali w sercu jeden dla drugiego. Mnie jeden stary chłop powiadał, co jak bocian więcej dzieci ma, niż ich wyżywić może, to jedno albo i dwa z gniazda precz zruci. Tak niech już pan dobrodziej kłopotu o to nie ma. To i nad ludźmi taka moc musi być. co te gęby liczy i te ziarna w kłosie też...

Trząsł siwą brodą, coraz silniej tuląc malca do swego boku.

- Nu, ja nie tylko nazywam się Mendel, ja jeszcze nazywam się Gdański. Nu, co to jest Gdański? To taki człowiek albo taka rzecz, co z Gdańska pochodząca jest... Pan dobrodziej wie?... Wódka gdańska jest i kufer gdański jest, i szafa gdańska jest... Jak uny gdańskie mogą być. tak ja jestem Gdański. Nie jestem paryski, ani nie jestem wiedeński, ani nie jestem berliński -jestem Gdański. Pan dobrodziej powiada, co ja cudzy. Nu, jak to może być? Jak ja Gdański, to ja cudzy? Tak pan dobrodziej

23

powiada? Czy to tam już wyschła Wiłsa? Czy tratwy tam nie idą od nasze miasto? Czy tam te lapciuchy nasze flisy już nie są?-.. To już wszystko cudze?... To pan dobrodziej taki hojny? Nu, szkoda, co ja przód nie wiedział o tym. co pan dobrodziej taki hojny, bo ja bym prosił pana dobrodzieja choć o połowę sklepu, choć o potowe te wszystkie zegarki, co tam są...

Zegarmistrz śmiał się i chwytał za boki.

- A niechże pana nie znam A toś pan wywiódł sztukę, że i Bosko lepiej nie potrafi! Że Gdański, to już swój! Cha, cha. cha'....

Stary Żyd kiwał głową i uśmiechał się także. Filuteria sofisty błyszczała mu w oczach, ale uśmiech był gorzki, kolący...

- Mendel Gdański i Jakub Gdański - rzekł po chwili z powagą zwracając się do wnuka i jakby przekazując mu dostojność swojego nazwiska i swojej tradycji.

- Nu, co un jest ten Mendel Gdański? Un Żyd jest, w to miasto urodzony jest, w to miasto un żyje. ze swojej pracy, w to miasto ma grób ojca swego i matki swojej- i żony swojej, i córki swojej. Un i sam w to miasto kości swoje położy.

- Nu. co un jest ten Kubuś Gdański? - ciągnął dalej odsunąwszy od siebie chłopca na środek izby na długość swej ręki i nie puszczając jego ramienia.

- Nu, un uczeń jest. Un w szkole siedzi, w ławkę, przy swoich kolegi un siedzi, w książkę patrzy, pisze, uczy się. Nu, na co un się uczy? Un się na to uczy, coby rozum miał. Nu, czy un ten rozum gdzie poniesie, jak un go będzie miał? U n go nigdzie nie poniesie w obce miejsce. Un go nie poniesie do wody utopić ani do ognia spalić, ani do ziemi zakopać. Un tu mądry będzie. na ten kraj. na to miasto będzie rozum miał. To będzie w ten kraj cały rozum- co by bez niego był, i jeszcze ten rozum będzie w ten kraj, co un go Kubuś będzie miał. Czy pan dobrodziej myśli, co to będzie zadość? Za dużo? Nu, pan dobrodziej takie głupstwo nie może myśleć. Nu. jak un rozum będzie miał. to un będzie wiedział takich rzeczy. jakie ja nie wiem i pan dobrodziej nie wie. Un może i to będzie wiedział. co wszyscy ludzie dzieci są od jednego Ojca i co wszyscy ludzie kochać się mają jak te bracia...

Przyciągnął do siebie na powrót chłopca, a objąwszy jego szyję pochylił się do zegarmistrza i szepnął:

- Bo to delikatne dziecko jest... sierota jest... bardzo miętkiego serca...

Pogłaskał chłopca po twarzy i dodał:

- Idź, kochanku, połóż się spać. bo jutro do szkoły pójdziesz.

Malec znów szastnął bucikami przed zegarmistrzem, dziada rękę do ust przycisnął i zniknął za persową firanką, dzielącą izbę od małej alkowy. Stary Żyd łysnął oczami raz i drugi, zachłysnął się i unosząc brodę spytał:

-. Nu. z przeproszeniem pana dobrodzieja, kto to powiadał, co Żydów mają bić? Ja się przy to dziecko pytać nie chciał, żeby go broń Boże nie przestraszyć, bo to bardzo delikatne dziecko jest. ale teraz to ja się pana dobrodzieja o to bez urazy spytam...

Uśmiechnął się pochlebnie, ujmująco, siwe jego oczy patrzyły z przymileniem.

Zegarmistrz, zbity nieco z tropu poprzednimi wywodami Żyda. natychmiast uczni swoją przewagę.

- Powiadają... - bąknął niedbale, wydymając wargi.

- Nu, kto powiada? - pytał Żyd, a oczy już z aksamitnych stawały się ostre, kłujące.

- Ludzie powiadają... - bąknął tym samym tonem zegarmistrz-

Stary Żyd odskoczył nagle na dwa kroki ze zwinnością, której by się nikt. w nim nie domyślał. Wzrok jego pałał, wargi parskały, głowę postawił jak kozieł.

- Ludzie?... Ludzie powiadają? - pytał głosem syczącym, w coraz wyższe wpadającym tony. - Ludzie?...

I za każdym wymówionym wyrazem pochylał się coraz bardziej naprzód. przysiadał niemal.

Zegarmistrz patrzył obojętnie, bawiąc się dewizką i kiwając nogą w trzewiku. Uważał Jednak, że ta postawa Żyda jest wobec niego nie-właściwą i śmieszną.

- Cóż to pana tak dziwi? - zapytał chłodno.

Ale stary introligator już się uspokoił. Rozprostował się, ręce wparł w biodra, brodę wyrzucił do góry, oczy zmrużył.

- Pan dobrodziej się myli - rzekł. - Ludzie tego nie powiadają. To powiada wódka, to powiada szynk, to powiada złość i głupota, to powiada zły wiatr, co wieje.

Wzniósł rękę i machnął nią wzgardliwie.

- Niech pan dobrodziej śpi spokojnie, l ja będę spokojnie spał, i to dziecko będzie spokojnie spało! Nasze miasto bardzo dużo smutku ma, bardzo dużo ciemności, i bardzo dużo nieszczęścia. ale na nasze miasto jeszcze to nie przyszło, coby się w nim ludzie gryźli jak psy. O to może pan dobrodziej spokojny być!

Zacisnął usta i sięgnął z powagą po ciężki, cynowy lichtarz, jakby chciał zaraz świecić gościowi do sieni. Zsunął się pan zegarmistrz ze stołu- nacisnął hawelok, umocnił na głowie kapelusz. który mu gdzieś na kark zjechał, i rzuciwszy dobranoc, wyszedł.

Wtedy Żyd ode drzwi wrócił, lichtarz na stole umieścił, a przeszedłszy na palcach ku alkowie, persowcj firanki uchylił i ucha nadstawił.

Z wnętrza alkowy słychać było oddech dziecka gorączkowy, nierówny. chrypliwy. Mała lampka o zielonej szklanej banieczce paliła się tam na stołku. Stary pantofle zrzucił, do łóżka podszedł i zapatrzył się w rozognioną twarzyczkę chłopca niespokojnie, badawczo. Chwilkę tak stał wstrzymując dech w piersi. po czym westchnął i wysunąwszy się z alkowy, na stołku ciężko siadł, oparł dłonie o kolana i zakołysał siwą swoją głową. Zgarbiony byt teraz i jakby postarzały o jaki lat dziesiątek- Usta jego poruszały się bezdźwięcznie, pierś dyszała ciężko, oczy utkwione były w podłogę. Cienka świeca dogasała, skwiercząc w cynowym lichtarzu.

Nazajutrz rano uliczka obudziła się cicha jak zwykle i jak zwykle spokojna. Mendel Gdański od wczesnego ranka stał w skórzanym fartuchu przy swoim warsztacie. Wielkie jego nożyce zgrzytały po papierze zapalczywie, twardo, śruba prasy piszczała, dociskana do ostatniego kręga. nóż wąski, długi, błyskał pod ranne słońce zużytą swą klingą, skrawki papieru padały z szelestem na prawą i na lewą stronę. Stary introligator pracował gorączkowo, żarliwie; na jego zwiędłej, głęboko zbrużdżonej twarzy znać było noc niespaną. Gdy przecież wypił lichą kawę, którą mu sąsiadka w dużym, fajansowym imbryku przyniosła, raźniej mu się jakoś na sercu zrobiło, nałożył krótką fajeczkę, zapalił i poszedł budzić wnuka.

Chłopak zaspał dziś jakoś. Długo w noc na posłaniu rzucał się jak ryba. a teraz spal snem głębokim, cichym. Cienki promień słońca wpadający do alkowy przez otwór persowej firanki kładł mu się na oczach, na ustach. na wątłych, odkrytych piersiach: to znów w ciemnych, miękkich włosach i w długich, spuszczonych rzęsach zapalał złotobrunatne, migotliwe płomyki. Stary patrzył się z lubością na dziecko. Czoło jego wygładzało się. usta rozszerzały, oczy mrużyły i nabierały blasku. Rozśmiał się wreszcie szczęśliwym, cichym śmiechem, a wciągnąwszy wielki kłąb dymu z fajeczki. pochylił się i puścił go pod sam nos chłopaka. Malec się zakrztusił, zerwał. szeroko otwarł złote swoje oczy i zaczął je trzeć złożonymi w dwie i chude piąstki rękami. Spieszył się teraz, niezmiernie, był zafrasowany; jedno z zadań zostało nie dokończonym, książki, kajety nie poukładane leżały dotychczas na stole. Już i kawy nie dopił i bułki na pauzę, przełożonej dwoma plasterkami zimnego jajka na twardo, nie chciał wziąć, tylko w tornister książki rzucał, niepewny, czy się nie spóźni. Kiedy wszakże szynel na ramiona wziąwszy do drzwi zmierzał, drzwi otwarły się gwałtownie, a chudy student z facjatki pchnął go na powrót do izby:

- Uciekaj, bo Żydów biją!

Rozdrażniony był widocznie bardzo. Jego ospowata, długa twarz zdawała się jeszcze dłuższą i jeszcze bardziej spustoszoną: krok, jaki z sieni do izby zrobił, oddalił cienkie jego nogi na niezmierną odległość od siebie, małe bure oczy sypały iskry gniewa. Wylękły malec kłębkiem potoczył się aż ku stołowi, upuszczając szynę! i tornister...

Stary osłupiał- Ale wnet oprzytomniawszy, ogniami z twarzy buchnął, jak żbik do studenta skoczył.

- Co to uciekaj?... Gdzie un ma uciekać?..- Na co un ma uciekać?... Czy un tu ukradł co komu, coby un uciekać miał?... Czy un tu w cudzej stancji siedzi?... W cudzy dom?... Un tu w swojej stancji siedzi! w swój dom! Un tu nikomu nic nie ukradł! Un do szkoły idzie! Un nie będzie uciekał!...

Przyskakiwał do stojącego w drzwiach studenta, skurczony, zebrany w sobie, syczący, parskający i trzęsący brodą.

- Jak tam pan chcesz! -rzucił szorstko student.-Ja powiedziałem... I zabierał się do wycofania z izby swej niezmiernie długiej nogi, Stary introligator uchwycił go za połę wytartego paltota.

- Jak ja chcę?... Nu, co to jest za gadanie, jak ja chcę! Ja chcę. Cobym ja spokój miał. Ja chcę spokojnie zjeść mój kawałek chleb, co ja na niego pracuję! Nu,ja chcę wychować te sierotę, ten chłopiec, coby z to dziecko człowiek był, coby nikt na niego nie pluł, kiedy un nic winny nie jest... Nu, ja chcę, coby nie było ani mojej, ani niczyjej krzywdy, coby sprawiedliwość, coby się ludzie Boga bali!... Nu, ja tego chcę! A uciekać to ja nie chcę! Ja w to miasto się urodził, w ten dom dzieci miał. ja 'tu nikogo nie skrzywdził, ja tu warsztat mam...

Nie skończył, kiedy od załamu uliczki ozwała się głucha wrzawa jakby z daleka gdzieś przeciągającej burzy. Po twarzy studenta przeleciał kurcz nagły, wpółgłośna klątwa wypadła mu przez ściśnięte zęby.

Stary introligator umilkł, wyprostował się i wyciągnąwszy chudą szyję nasłuchiwał chwilę. Wrzawa zbliżała się szybko. Słychać już było gwizd przeciągły, śmiechy, wołania, wybuchy krzyków i płaczu lament. Uliczka zawrzała. Zamykano bramy, tarasowano sklepy, jedni biegli wprost na wrzawę, drudzy uciekali od niej.

Nagle malec wystraszony rozszlochał się głośno. Student z naciskiem drzwi zamknął i zniknął w pustej sionce.

Stary Żyd słuchał. Ani szlochania dziecka, ani wyjścia studenta zdawał się nie spostrzegać. Wzrok miał jak gdyby cofnięty w siebie, dolną wargę obwisłą, ucho nastawione. Mimo skórzanego fartucha widać było drżenie jego starych kolan; twarz z czerwonej stała się brunatną, z brunatnej żółtą, z żółtej kredowobiałą. Wyglądał jak człowiek trafiony postrzałem. Chwilka jeszcze, a to stare, osłabłe ciało złamie się i runie.

Coraz bliższa, coraz wyraźniejsza wrzawa wpadła nareszcie w opustoszałą uliczkę z ogromnym wybuchem krzyku, świstania- śmiechów. klątw, złorzeczeń. Ochrypłe, pijackie głosy zlewały się w jedno z szatańskim piskiem niedorostków. Powietrze zdawało się pijane tym wrzaskiem motłochu: jakaś zwierzęca swawola obejmowała uliczkę, tłoczyła ją. przewalała się po niej dziko, głusząco. Trzask łamanych okiennic, łoskot toczących się beczek, brzęk rozbijanego szkła, łomot kamieni, zgrzyt drągów żelaznych zdawały się jak żywe brać udział w tej ohydnej scenie. Jak płatki gęsto padającego śniegu, wylatało i opadało pierze z porozrywanych poduszek i betów. Już tylko kilka lichych kramów dzieliło izbę Mendla od rozpasanej ciżby. Malec przestał szlochać i trzęsąc się cały jak w febrze przycisnął się do dziada. Jego wielkie, ciemne oczy pociemniały jeszcze i świeciły ponuro z pobladłej twarzyczki. Dziwna rzecz. To przytulenie się dziecka i to bliskie już nieochybne niebezpieczeństwo skrzepiły starego Żyda. Położył rękę na głowie wnuka, tchu w piersi nabrał szerokim oddechem, a choć twarz miał jeszcze jak opłatek białą,

do źrenic już przywołał i ogień, i życie.

- Sz,... - szepnął uspokajająco.

Teraz dopiero uciszał płacz, który już sam umilkł, zduszony wielkim strachem. Teraz dopiero to przedchwilowe szlochanie dziecka dochodziło do jego świadomości.

W tej chwili do długiej, wąskiej sionki wpadło kilka kobiet: powroźniczka z dzieckiem na ręku, stróżka, straganiarka.

- Dalej, Mendlu - krzyknęła od progu stróżka - zejdźta im z oczów! Ja tu duchem w oknie obrazik postawię albo krzyzik. Już ta po inszych izbach stoi... To tam nie idą!....

Chwyciła malca za rękę.

- Dalej, Kubuś! do alkowy!....

Obstąpiły ich, zasłaniały sobą. pchały ku persowej firance. Znały tego Żyda tak dawno, był usłużnym, dobrym człowiekiem. Za kobietami zaczęli się wsuwać inni mieszkańcy małej kamieniczki. Izba zapełniała się ludźmi.

Stary Mendel jedną rękę oparł ciężko na ramieniu chłopca, a drugą odsunął kobiety. Oprzytomniał już zupełnie przez tę jedną chwilę.

- Dajta spokój, .Janowa - mówił twardym, brzmiącym jak dzwon głosem.
- Dajta spokój! Ja wam dziękuję, bo wy mnie swoją świętość chcieli dać, mnie ratować, ale ja do moje okno krzyż nie chcę stawić! Ja się nie chcę wstydzić, co ja Żyd. Ja się nie chcę bać! Jak uny miłosierdzia w sobie nie mają, jak uny cudzej krzywdy chcą, nu, to uny nie są chrześcijany nu to uny i na ten krzyż nie będą pytali ani na ten obraz... Nu, to uny i nie ludzie są. To uny całkiem dzikie bestie są- A jak uny są ludzie, jak uny są chrześcijany, nu. to dla nich taka siwa głowa starego człowieka i takie dziecko niewinne też jak świętość będzie. Pójdź, Kubuś...

I pociągnąwszy za sobą chłopca, mimo hałaśliwych protestów zebranych, do okna podszedł, oba jego skrzydła pchnięciem ręki otworzył i stanął w nim w rozpiętym kaftanie, w skórzanym fartuchu, z trzęsącą się brodą białą, z głową wysoko wzniesioną, tuląc do swego boku małego gimnazistę w szkolnej bluzie, którego wielkie oczy otwierały się coraz szerzej, utkwione w wyjący motłoch.

Widok był tak przejmujący, że kobiety szlochać zaczęły.

Spostrzegła stojącego w oknie Żyda uliczna zgraja i omijając pozostałe kramy, rzuciła się ku niemu.

Tę heroiczną odwagę starca, to nieme odwołanie się do uczuć ludzkich tłumu wzięto za zniewagę, za urągowisko. Tu już nic szukano, czy jest do wytoczenia jaka beczka pełna octu, okowity, jaka paka towarów do rozbicia, jaka pierzyna do rozdarcia, jaki kosz jaj do stłuczenia. Tu wybuchła ta dzika żądza pastwienia się, ten instynkt okrucieństwa, który przyczajony w jednostce, jak pożar opanowywa zbiegowisko, ciżbę...

Jeszcze nie dobiegli pod okno, kiedy kamień, rzucony z pośrodka tłumu, trafił w głowę chłopca. Malec krzyknął, kobiety rzuciły się ku niemu. Żyd puścił ramię dziecka, nie obejrzał się nawet, ale podniósłszy obie ręce, wysoko ponad wyjący motłoch wzrok utkwił i szeptał zbielałymi usty: - Adonai! Adonai!... - a wielkie łzy toczyły się po jego zbrużdżonej twarzy. W tej chwili był to prawdziwy Gaon, co znaczy: wysoki, wzniosły- Kiedy pierwsi z tłumu pod okno dopadli, znaleźli tam wszakże niespodziewaną przeszkodę w postaci chudego studenta z facjatki. Z wzburzoną czupryną, w rozpiętym mundurze stal on pod oknem Żyda. rozkrzyżował ręce zacisnąwszy pięście i rozstawiwszy nogi jak otwarty cyrkiel. Był tak wysoki, że zasłaniał sobą okno niemal w połowie. Gniew, wstyd, wzgarda, litość wstrząsały jego odkrytą piersią i płomieniami szły po jego czarnej, ospowatej twarzy.
- Wara mi od tego Żyda! - warknął jak brytan na pierwszych, którzy nadbiegli. - A nie. to wal we mnie jeden z drugim gałgany, psubraty, hultaje!
Trząsł się aż cały i nawet pełnego głosu dobyć nie mógł, tak go gniew dławił. Z małych jego burych oczu iskry sypać się zdawały.
Był w tej chwili pięknym jak Apollo...
Kilku trzeźwiejszych z bandy zaczęło się cofać. Postać młodzieńca i jego słowa uderzyły ich swą siłą. Skorzystał z tego długi student, a skoczywszy przez niskie okno do izby, odepchnął Żyda, a sam w oknie stanął. Tłum przeciągnął mimo tego okna z głuchą wrzawą. Szyderstwa, pogróżki, wrzaski, złorzeczenia towarzyszyły pochodowi temu; po czym wrzawa oddalała się, cichła, aż przeszła w huk niewyraźny, daleki...

Tego wieczora nikt się przy sosnowym stole nie uczył i nikt przy warsztacie nie pracował. Zza persowej firanki, z alkowy, dobywał się niekiedy cichy jęk dziecka; zresztą spokój panował tu zupełny. Gdyby nie rozbita szyba w okienku, gdyby nie porzucony na podłodze szynel i tornister uczniowski, nie znać byłoby tej burzy, która tu przeszła rankiem. W alkowie za persową firanką leżał mały gimnazista z obwiązaną głową. Zielona lampka paliła się przy nim, chudy student siedział na brzegu łóżka trzymając rękę malca.
Twarz studenta była już tą samą co zwykle, dziobatą, brzydką twarzą; w oczach tylko paliły się niedogasłe ognie, z dna duszy ruszone. Siedział milczący, namarszczony, gniewny, i od czasu do czasu rzucał niecierpliwe

spojrzenie w ciemny kąt alkowy. W kącie tym siedział stary Mendel Gdański, bez ruchu, bez głosu. Skulony, z łokciami wspartymi o kolana, z twarzą ukrytą w rękach, siedział on tak już od południa, od chwili, w której dowiedział się, że chłopcu niebezpieczeństwo nie grozi. Ta nieruchomość i to milczenie starego introligatora niecierpliwiły studenta.

- Panie Mendel! - burknął wreszcie - wyleżże pan już raz z tego kąta! Bosiny pan odprawiasz czy co u licha? Trochę gorączki i nic więcej. Chłopak za tydzień jaki do szkoły pójdzie, byle się trochę tylko skóra zrosła. A pan tak jak na worze z popiołem zasiadł' Przecie panu nikt nie umarł!

Stary Żyd milczał.

Po chwili dopiero podniósł głowę i odezwał się głosem namiętnie drgającym:

- Pan się pyta. czy ja na bosiny siedzę? Nu. ja siedzę na bosiny! Ja popiół na głowę mam i wór gruby na głowie mam. i na popiele ja siedzę, i nogi bose mam, i pokutę wielką mam. i wielka boleść mam. i wielką gorzkość...

Zamilkł i twarz znowu w ręce ukrył. Mała zielona lampka dawała jego siwej głowie jakieś szczególne, widmowe niemal oświetlenie. Malec jęknął raz i drugi i znów zaległo milczenie.

A wtedy wśród tej ciszy podniósł Mendel Gdański raz jeszcze głowę i rzekł:

- Pan powiada, co u mnie nic nie umarło? Nu, u mnie umarło to, z czym ja się urodził. z czym ja sześćdziesiąt i siedem lat żył, z czym ja umierać myślał... Nu. u mnie umarło serce do tego miasto!

NASZA SZKAPA

Zaczęło się to od starego łóżka, cośmy na nim we trzech sypiali.

Tego dnia ojciec zły czegoś z rzeki wrócił i siadłszy na ławie, ręką głowę podparł. Pytała się matka raz i drugi, co mu, ale dopiero za trzecim razem odpowiedział, że się ta robota koło żwiru skończyła i że szkapa tylko piasek teraz wozić będzie. Zaraz mnie Felek szturchnął w bok, a matka jęknęła z cicha.

Miał ojciec nad wieczorem po doktora iść, ale mu jakoś niesporo było. Chodził, medytował, po kątach pozierał, aż stanął przed matką i rzekł:

- Co chłopakom po łóżku, Anulka? Sypiam ja na ziemi, toż i oni mogą. Spojrzeliśmy po sobie. Dwie złote iskry zabłysły w siwych oczach Felka. Prawda! Co nam po łóżku? Piotrusia tylko pilnować trzeba, żeby z niego nie spadł.

- Dalej! jazda! - krzyknął Felek i zanim matka odpowiedzieć zdążyła, jużeśmy we trzech siennik na ziemię ściągnęli, a Fełek kozły wywracać na nim zaczął.

Po ściągnięciu wszakże siennika okazało się, że desek w łóżku brakuje dwóch, a bok jeden ze wszystkim odłazi. Nie chciał tedy "handel", którego mi ojciec zawołać kazał, o łóżku ani gadać, pieniądze naliczone miedziakami zgarnął w mieszek, związał i za chałat na piersi zasunął. Opuścił mu ojciec dziesiątkę, potem dwie, potem złotówkę całą, ale się Żydzisko uparło. Z sieni dopiero brodę do izby wsadził, postępując pół rubla bez siedmiu groszy, jeśli mu ojciec i poduszkę sprzeda.

Zawahał się ojciec, spojrzał na nas, spojrzał na matkę; wszystkiego razem miało być jedenaście złotych.

- Cóż chłopaki? - zapytał wreszcie - obejdziecie się bez poduszki tymczasem, póki matka chora?

- Ojej'. - wrzasnął Felek przyduszonym głosem, gdyż właśnie na głowie stał, a nie zmieniając pozycji poduszkę na izbę cisnął. Chwycił ją Piotruś i na Felka rzucił, Felek znów na mnie, aż nam ją „handel" z rąk wyrwał, żebyśmy nie poszarpali.

- Ale bez poszewki! - odezwała się słabym głosem matka.

Natychmiast wyrwaliśmy "handlowi" poduszkę, którą już pod pachą trzymał- i zaczęliśmy i niej poszewkę ściągać.

Po ściągnięciu wszakże poszewki okazało się, że poduszka w jednym rogu rozpruta i że się z niej pierze sypie, Znów tedy "handel" jedenastu złotych dać nic chciał, tylko dziesięć bez piętnastu groszy.

Targ w targ. zgodził się z ojcem na całe dwa ruble, ale żeby mu jeszcze kołdrę naszą dodać.

Ojciec spojrzał na matkę. Była tak osłabioną i bladą, że wyglądała jak martwa, leżąc na wznak, z głęboko zapadłymi oczami,

- Anulka?... - szepnął ojciec pytająco.

Ale matkę chwycił kaszel, więc odpowiedzieć nie mogła.

- My tam kołdry, proszę ojca. nie chcemy! - krzyknął Felek. - My się tylko o tę kołdrę co noc bić musimy. Niech Wicek powie!...

- Prawda, proszę ojca! - potwierdziłem gorliwie. - Co noc się bić musimy, bo spada...

"Handel" już kołdrę zwinął i pod pachę wsadził. Wybiegliśmy za nim z tryumfem na podwórko.

- Wiecie? - krzyknął Felek chłopakom, co tam w klipę grali - "handel" kupił nasze łóżko, kołdrę i poduszkę! Będziemy teraz na ziemi na sienniku spali!...

- Wielka parada! - odkrzyknął blady Józiek od krawca z lewej oficyny. - Ja już dwa lata u majstra na ziemi sypiam i bez siennika nawet.

Zaimponował nam. Sypianie takie nie było więc już, widać, wynalazkiem naszym.

Tego dnia był u nas doktor, a ja biegałem aż dwa razy do apteki, bo matce znów było gorzej; ale kiedy przyszedł wieczór, tośmy ledwie ziemniaki dojeść mogli, tak nam pilno było na siennik, któryśmy sobie ułożyli w kąciku za piecem. Felek to nawet z chlebem w ręku do pacierza klęknął i oglądając się raz w raz na siennik, w trzy migi " Ojcze nasz" i "Zdrowaś" przetrzepał, tak, żem ja jeszcze ofiarowania nie zaczął, a on już się w piersi bił aż dudniało w izbie, i tylko katankę zrzuciwszy zaraz się od pieca położył. Co prawda, to i ja miałem myśl, żeby się od pieca położyć, ale mi się już z Felkiem zaczynać nie chciało, więc go tylko palnąłem w ucho i położyłem się od ściany, a Piotrusia tośmy między siebie wzięli. Zrazu zdawało mi się. że mi głowa gdzieś z karku ucieka- bom do poduszki nawykł, ale potem podłożyłem sobie łokieć i dobrze.

- Czymże ja was, robaki, odzieję? - rzekł ojciec patrząc, jakeśmy się jeden do drugiego tulili.

Obejrzał się po izbie, zdjął z kołka swój płaszcz granatowy i rzucił go na nas.

Wrzasnęliśmy z uciechy i natychmiast powsadzaliśmy ręce w rękawy. Piotruś tylko piszczał nic mogąc do nich trafić, aleśmy go z głową peleryną nakryli, więc ucichł. Ojciec, nim się położył, raz jeszcze podszedł do nas.

- No i cóż? Ciepło wam. bąki? - zapytał.

- Mnie tam ciepło! - odpowiedziałem z głębi płaszcza.

- A mnie jak! - krzyknął Felek. - O, proszę ojca, jak mi to gorąco,

I wystawił swoje długie, chude nogi, żeby okazać, jako o przykrycie nie dba.

Istotnie, przyjemne ciepło szło na nas z. pieca, bo ojciec koksu przed wieczorem przyniósł, ogień rozpalił i matce herbatę gotował. Usnęliśmy też zaraz. Ale nad ranem zrobiło się nagle bardzo chłodno. Pociągnąłem tedy płaszcz w swoją stronę. Felek zrazu skurczył się przez sen. ale potem i on płaszcz ciągnąć zaczął; a gdym nie puszczał, bo juścić od pieca cieplej jemu niżeli mnie było, sam się głębiej pod niego wsunąć usiłował.

Przy tym wsuwaniu się musiał jakoś nacisnąć Piotrusia, bo malec nagle piszczeć zaczął, a potem się na dobre rozbeczał.

Matka stęknęła z cicha raz i drugi.

- Filipie! Filipie!-rzekła słabym głosem-a zajrzyj no do chłopców, bo Piotruś czegoś płacze...

Ale ojciec spał.

- Chłopcy! - odezwała się znowu matka - a czego tam Piotruś płacze?

- To Felek, proszę mamy! - odrzekłem.

- Nieprawda, proszę mamy, to Wicek! - zaprzeczył natychmiast zaspanym głosem.

Matka ciężej jeszcze stęknęła, a gdy malec nie przestawał płakać, zwlokła się z łóżka, wzięła Piotrusia na ręce i zaniosła go na swoją pościel. Zaraz też nam się placu więcej zrobiło, więc mi Felek dał sójkę w bok, ja mu też i odwróciwszy się od siebie spaliśmy wybornie do samego rana.

W parę dni potem znowu przyszedł "handel". Nikt go nie wołał, ale przyszedł tak, z grzeczności, jak mówił, dowiedzieć się, czy matka zdrowsza. Zaraz też zaczął chodzić po izbie, oglądać szafę, stołki. Ale ojciec pochmurny był czegoś i gadać wiele z nim nie chciał.

Nazajutrz "handel" znowu przyszedł. Tego dnia mieliśmy na obiad ziemniaki z solą tylko, bo okrasy brakło; chleb też się jakoś skończył, a Piotruś do ochrony bez śniadania poszedł. Mnie ojciec kazał worek na węgle szykować. Szturchnął mnie Felek w bok, że to niby ciepło będziemy mieli, bo wiatr strasznie po izbie świstał, i zaraz my się rozśmieli. Stałem już z workiem chwilę, ale ojciec zapomniał widać o węglach, bo siedząc na matczynym łóżku zadumał się i wąsy skubał. Chrząknąłem raz, nic spojrzał nawet w moją stronę: chrząknąłem drugi raz, spojrzał, jakby mnie nie widział; a na to właśnie "handel" wszedł i szafę targować zaczął. Przestępując z nogi na nogę czekałem jeszcze chwilę, ale mi okrutnie pilno było, bo woda koło pompy zamarzła i Felek poleciał jeździć; zaryzykowałem tedy i chrząknąłem raz trzeci. Jak się też ojciec nie odwróci, łąk nie palnie pięścią w stół! Skoczyłem duchem do sieni, małom przez próg nie padł, a "handel" też wyszedł nie bawiąc i na Żydka z przeciwka palcem kiwać zaczął. Ojciec mnie tymczasem zawołał, choć mu się jeszcze ręce trzęsły czegoś, szesnaście groszy odliczył i po węgle biec mi kazał.

Kiedym wrócił, „handel" i Żydek z przeciwka wynosili szafę. Ojciec ode drzwi zastąpił, żeby dużo mrozu nie naszło, matka odwróciła głowę do ściany i stękała z cicha.

Usunięcie szafy z kąta, gdzie stała, jak tylko zapamiętać mogę, odkryło nam nowe widoki; przykucnęliśmy tedy wśród nagromadzonych tam śmieci i rozpoczęły się poszukiwania. Felek znalazł guzik blaszany, który sobie zaraz na rękawie przyszył, a ja wygrzebałem patykiem ze szpary dużą, zardzewiałą igłę oraz bożą krówkę z podkurczonymi pod siebie nóżkami i wyszczerbionym skrzydełkiem. Natychmiast zaczęliśmy na nią chuchać, ale była zdechła.

Za każdym z tych odkryć wykrzykiwaliśmy radośnie, a ojciec nie mógł nas napędzić do kaszy, którą nam zgotował na obiad i której tylko matka jeść nie chciała. Przetrząsnęliśmy nareszcie wszystko, a przekonawszy się, że już żadnych więcej skarbów w kącie nie ma. wymietliśmy resztę śmieci do sionki.

Teraz dopiero spostrzegłem, że w miejscu, gdzie stała szafa, kawał ściany bielszy się wydawał niżeli reszta izby; udzieliłem lej wiadomości Felkowi, a że i matka w kąt ten patrzyła smutnym wzrokiem, wstał tedy ojciec od kaszy, wyszukał w skrzynce dwa gwoździe i w ów jaśniejszy kawał ściany wbiwszy, powiesił na nich matczyną suknię brązową od święta i tę drugą modrą, codzienną, chustką je pięknie okrył i z boków obcisnął.

Wyglądało to bardzo dobrze, a Felek z Piotrusiem zaraz się "w chowanego" bawić tam zaczęli.

Matce w tych czasach pogorszyło się jakoś; doktor jej kazał dobry rosół i świeże mięso jeść, a choć płakała na taką utratę i jak mogła ojcu broniła, to jednak coś przez tydzień do rzeźnika co dzień latałem, kupując czasem i całe pół funta.

A „handel" to już tak do nas przywykł, że czy go kto wołał, czy nie wołał, co dzień choć przez drzwi zajrzał. Już nawet Hultaj, pies stróża, nie szczekał na niego. Po szafie kupił od nas "handel" cztery na orzech bejcowane krzesła, cośmy na nich do obiadu siadali. Przy tych krzesłach tośmy mieli uciechę, bo "handel" nie mógł więcej wziąć sam jak dwa, a drugie dwa samiśmy nieśli aż na Ordynackie.

Na głowach my z nimi paradowali samym środkiem ulicy, a Felek tak wrzeszczał; „na bok! na bok!", że aż dorożki stawały. "Handla"

zostawiliśmy za sobą het precz, choć Żydzisko pędziło za nami krzycząc,
żeśmy rozbójniki, szwarcjury i inne tam takie żydowskie wymysły.
Dopieroż na Ordynackiem dalej bębnić w stołki. Rozlatywali się ludzie,
myśleli, że „sztuki"; aż przecie nas "handel" dopadł i chwyciwszy się za
brodę na ono zbiegowisko przy stołkach, trzygroszniak nam dał, żebyśmy
sobie poszli.
Tak nam ta wyprawa zasmakowała, żeśmy się tylko pytali, co trzeba
wynosić.
Szczególniej Felek coraz miał nowe pomysły. Jak tylko wrócił z ochrony
zaraz ręce za plecy zakładał, po izbie chodził i po kątach jak taksator
patrzył.
- A może by, proszę ojca. garnek żelazny? A może by balię albo zegar?
- Poszedł precz! - fuknął na niego ojciec, który teraz prawie ciągle był
czegoś zły i smutny.
- Felek! Co ty gadasz? - odezwała się słabym głosem matka, - A toć byś ty
niedługo duszę w ciele przedał?
Ja i Piotruś zaczęliśmy także silnie protestować.
- Ale!... Garnek!... jeszcze czego!...- A w czym to będziemy gotowali kaszę
albo i ziemniaki?
- Albo zegar!...- - dodał z oburzeniem Piotruś. - A jakże będziesz bez
zegara wiedział, kiedy ci się jeść chce albo spać?...
- Ojej!... - wołał Felek z miną skończonego libertyna - żeby o co, jak o
to!... A ty, czy zegar pokazuje, czy nie pokazuje, to tylko byś ciągle jadł.
- A ty sklepikarce po bułki latasz, żeby ci "kadryla" dała.
- Nie latam! - odparł zaczerwieniwszy się Felek.
- Latasz!
- Nie latam!
- Owszem, latasz!. Sam widziałem, jakeś "kadryla" jadł...
- Ja "kadryla"? Jak Boga kocham, tak nie jadłem!...
Tu uderzył się pięścią w piersi, aż echo jękło.
- No to chuchnij!...
Nastawił się Felek i chuchnął, aż para poszła. Z próby tej wyszedł z
triumfem. Nic nie zdradzało spożycia "kadryla", a z głębi zapadłej
brzuszyny dobyła się tylko czczość wielka.
Wszakże przegłosowany Felek nie tracił miny. Pewnego dnia obchodząc
izbę i poglądając po ścianach, wykrzyknął nagle:
- A rondel, proszę ojca! A moździerz! A żelazko!...

Struchleliśmy, słuchając. Rondel, moździerz i żelazko-to były niemal klejnoty rodzinne. Na półce wprost drzwi ustawione, błyszczały olśniewające złote prawie. Środkowe miejsce zajmował rondel. Jak zapamiętać mogę nigdym nic widział, żeby się w tym rondlu co gotowało-Byłoby to profanacją po prostu. Co sobotę wszakże czyściła go matka cegłą lub popiołem i tak świecący stał z wystawionym na izbę uchem błyskając w same oczy, gdy się do stancji wchodziło. Przy nim stał moździerz z tłuczkiem z jednej strony, a żelazko z drugiej. Moździerz był rówieśnikiem moim. Kupił go ojciec, gdym na świat przyszedł, aby matkę uradować i dobre jej serce za syna okazać. Żadnego wszakże z jednolatków moich w podwórzu, ba, na całej ulicy, nie szanowałem tak, jak szanowałem ten moździerz. Matka zdejmowała go raz do roku tylko, w Wielki Piątek, aby w nim utłuc cynamon do wielkanocnego placka. Wtedy to zwykle powtarzało się to opowiadanie, w którym ja i moździerz byliśmy bohaterami, Właściwie różniliśmy się tym tylko, że mnie przyniósł bocian darmo, a za moździerz trzeba było zapłacić. Nic więc dziwnego, że istnienie tego moździerza uważałem jako ważniejsze aniżeli moje własne, zwłaszcza patrząc na poszanowanie, jakiego stale używał, podczas gdy ze mną różnie bywało i wówczas, i potem...
Żelazko także nader rzadko zstępowało z wyżyn półki na poziom naszego codziennego życia. Matka prasowała nim tylko półkoszulki niedzielne ojca i swoje tiulowe czepki; reszta bielizny szła pod maglownicę. Raz nawet o to żelazko pogniewała się matka ze stróżką, która je od nas pożyczyć chciała.
- Moja pani! -powiedziała jej matka bardzo stanowczym głosem. - Taki "porządek" to nie na pożyczki, nie na ludzkie ręce!... To kosztuje! To raz na całe życie sprawunek!...
Wszyscyśmy przecież pamiętali, jak na to stróżka drzwiami trzasnęła jak w sieni język rozpuściła i jak się matce z gniewu i z oburzenia ręce trzęsły, kiedy nam w chwilę potem chleb na śniadanie krajała. Od tej też chwili żelazko niezmiernie poszło w górę w moim rozumieniu. Zaliczyłem je nawet w myśli do tych rzeczy, które są raz na całe życie, jak chrzest na przykład, bierzmowanie i granatowy płaszcz, o którym ojciec też mówił, że jest raz na całe życie. A teraz, patrzcież państwo. Felek tak o żelazku mówił, jakby to była warząchew albo stara miotła.
Spojrzałem na ojca; byłem pewny, że się Folkowi po uszach oberwie. Ale ojciec oczy w ziemię wbił. skubał wąsy. Dobrze jeszcze, że matka spała na

tę chwilę.

Tego dnia nie latałem po mięso dla matki. Kości mi tylko ojciec za trojaka kupić dał i krupnik z nich uwarzył.

Nazajutrz przyszedł zziębnięty i zacierając skostniałe ręce. od proga zawołał:

- Ciesz się, Anulku! Wisła tylko patrzeć jak puści, bo się wiatr na zachód obrócił.

Ale matka spojrzawszy na ojca klasnęła w ręce i aż na pościeli siadła.

- Filip'. - krzyknęła - a kożuch?

Teraz dopiero zobaczyłem, że ojciec bez kożucha wrócił. Nie miałem jednak czasu wielce się rozglądać, gdyż ojciec Piotrusia za ręce chwycił i siarczystego młynka z nim wywinął. Potem głośno się rozśmiał, Piotrusia puścił i na łóżku matczynym siadłszy śmiał się aż mu łzy po twarzy sczerniałej pociekły- Otarł je prędko rękawem starego Spencerka.

- I cóż. Anulku? Jak ci tam?... - zapytał,

Ale matka na poduszki opadłszy leżała jak nieżywa.

- Filip! - szepnęła wreszcie z wyrzutem. - Co ty?... Kożuch przedał?...

- Kożuch! Kożuch! - powtórzył ojciec. - No i cóż kożuch?... Wielka parada kożuch! Dość go się nadźwigałem przez tyle czasu- A to ciężki, psianoga, jak młynarskie sumienie... Aż lżej człowiekowi, że go z siebie zrzucił!

A gdy matka jęknęła z cicha, po włosach ją pogładził ręką i dodał:

- A też z ciebie, Anulku, krzywe drewno, że lada czego stękasz...

Był kożuch, nie ma, ta i straszna historia! Cóż to? Da mi kożuch jeść albo za mnie komorne zapłaci, albo co? Wiosna za pasem, tylko patrzeć, jak rzeka puści, a ja się tam będę w kożuchy fundował... A to, poczekawszy, i w Spencerze za gorąco będzie, jak się robota otworzy...

Tego dnia znów był u nas pan doktor i znów do apteki biegałem.

- Zimno tu jakoś - mówił pan doktor wychodząc - i wilgoć czuć. Trzeba by lepiej palić...

I wstrząsnął się otulając krótkim futerkiem. Ojciec słuchał ze spuszczoną głową. Cały ten dzień był ojciec bardzo wesół; ale równo musiało mu coś być, bo jak tylko matka nie patrzyła na niego, odmieniał się na twarzy, zwieszał głowę, a oczy to mu się z siwych aż czarne robiły, taką w nich żałość miał.

Całe pół puda węgla kupiliśmy na odwieczerz w sklepiku i ogień taki był, że aż huczało w piecu. Ojciec lawę przysunął do naszego siennika i siadł sobie na niej, matka też się obróciła, żeby na ogień patrzeć, i takeśmy się wszyscy wygrzali, że to ha!

Upłynęło znów ze dwa tygodnie. Ojciec niewiele co zarobku miał; a to i w domu roboty było dość: tu szmaty upierz, tu strawę uwarz, choć się tam i nie zawsze warzyło, ot, nie jedno, to drugie, a z nas to najwięcej jeśli posyłka jaka... Matce leż nie było ni lepiej, ni gorzej; wyschła tylko strasznie i na twarzy zbielała jak chusta; ciężkie kaszle też na nią przychodziły coraz częściej, osobliwie na świtaniu.

Zaglądały czasem sąsiadki do izby. dziwując się matce, że taka zmizerowana.

- Żeby już albo w tę. albo w tę stronę Pan Jezus dał! - mówiła gwoździarka do ojca.

- Tfu! - splunął ojciec. - Co tam pani takie rzeczy będzie gadała? Cóż to, przykrzy mi się, czy co? Czy my to tylko na zdrowe czasy przysięgali sobie, a na te chore to nie? Czy to ona przy kim, nie przy mnie, nie przy moich dzieciach zdrowie straciła?...

I na tym się skończyło.

A mróz trzymał. Choć się i wiatr na zachód obrócił, zimnisko takie było w izbie, że aż para szła- A zelżało trochę pod wieczór, to znów śniegiem miotło tak, że świata widać nie było. Piotruś to już i do ochronki nie szedł, tylko za piecem albo w nogach matczynego łóżka siedział, taki delikacik! A my z Felkiem piguły ze śniegu robili i walili w siebie na rozgrzewkę.

Jakoś się jednego dnia nie paliło w piecu. Ojciec matkę przyodział derką, a mnie do sąsiadki posłał po kawałek cukru do ziółek. Ale sąsiadka nie miała. Otworzył tedy ojciec do kuferka, czy jeszcze gdzie nie wytrząśnie jakiej okruszyny, bo matka kaszlała tak, że aż się w piersiach coś rwało. Zaraz my we trzech obstąpili ojca, bo w kuferku bywały różne rzeczy, któreśmy rzadko kiedy widywali. Były w pudełku brzytwy ojca, były w drugim korale matczyne, była czarna jedwabna chustka, co ją ojciec w wielkie święta na szyję wiązał; była szuba matczyna z czerwoną podszewką, była żółta serweta w kwiaty na stół, była kapa na łóżko z zielonego persu.

Ale tym razem zupełnieśmy się zawiedli; kuferek był pusty. W kątku tylko, w czerwoną chusteczkę zawiązana, leżała kawalerska harmonijka ojca. Ojciec potrącił ją raz i drugi, szukając odrobiny cukru, jakby się bał ją podnieść i usunąć z kątka. Brzękła i umilkła. Ale Felek już wsadził rękę do kuferka.

- A harmonijka, proszę ojca! - krzyknął podnosząc czerwone zawiniątko. -
Nie można by harmonijki?...
- Felek!... - zawołał matka słabym głosem z łóżka.
Ojciec się zaczerwienił. Felkowi chustczynę z harmonijką odebrał i
włożywszy do kuferka, zamknął go na klucz.
Tego dnia bardzośmy długo śniadania nie jedli: a obiadu to też nie było.
Myślałem, że mnie ojciec choć po chleb pośle, ale nie. Piotrusiowi tylko
dostała się wczorajsza kromka. Poszliśmy z Felkiem do sieni w klasy grać,
bo nam się dłużyło jakoś. Druga już może była albo i trzecia, kiedy matka
zawołała mnie do łóżka i rzekła zmęczonym, przerywanym głosem:
- Wpadnij no, Wicuś, do maglarki na Szczygłą - wiesz?
- Ojej... Co nie mam wiedzieć... Pod trzeci...
- Pod trzeci - powtórzyła matka. -To porządna kobieta, może kupi
żelazko...
- Żelazko?... -powtórzyłem, niepewny, czy dobrze słyszę.
- Tylko żeby dopiero zmierzchem przyszła, żeby w podwórzu stróżka nie
widziała... No, idź...
Chwyciłem czapkę, kiedy mnie zawołała raz drugi:
- Wicuś!...
Ale kiedym podszedł, popatrzyła na mnie i rzekła:
- Nic już, nic! Idź...
Byłem we drzwiach, kiedy mnie zawołała raz jeszcze. Była
wpółpodniesiona na łóżku, zapadłe jej oczy otwarte były szeroko.
- I moździerz... - szeptała tak cicho, żem dosłyszał ledwie.
Skamieniałem. Doznałem wrażenia, jakby mnie samego sprzedawać
miano.
- Moździerz? - powtórzyłem też szeptem nachylając się ku twarzy matki.
Dyszała ciężko, nierówno, w- piersiach słychać było świst ostry. Nic
odpowiedziała nic, tylko mnie przytrzymała za rękę. Dłoń jej była zimna,
wilgotna. Dwa czy trzy razy otwarła usta bez głosu, pożółkłe jej czoło
potem się okryło.
Chwyciła powietrza głębokim, do westchnienia podobnym oddechem,
- I rondel... - szepnęła z wysiłkiem.
- Rondel?... - rzekłem równie cichym głosem.
Skinęła tylko ręką, głowa jej opadła na poduszkę, oczy się przymknęły.
Wyleciałem jak oparzony trzymając czapkę w garści. W sieni spotkałem
Felka.

- Słysz, ty! - krzyknąłem mu w ucho. - I rondel, i moździerz, i żelazko, wszystko ci het przedajem!
- Siarczyste! - rozśmiał się Felek i wyskoczył w górę na tę uciechę. trzasnąwszy się dłoniami po udach. Ten skok to była najlepsza sztuka w całym repertuarze jego. Nigdy mu w nim dorównać nie mogłem. Rzucał się w powietrze tak łatwo, jak ryba w wodę. Zaraz tez we dwóch polecieliśmy na Szczygłą, bo Felek ambitny był i nigdy mi o włos .przed sobą nie dał.
Ale maglarka nie chciała wielce ze mną gadać- Powiedziała, że jej rondel niepotrzebny, a moździerz i żelazko ma swoje. Wyszliśmy oburzeni.
- Dzisz babę! - krzyknął Felek. - Rondel jej niepotrzebny! Taki rondel jak nasz i jej niepotrzebny.
Z błyszczącymi oczami czekała matka, a gdym jej o skutku naszej wyprawy powiedział, westchnęła, jakby doznawszy wielkiej jakiejś ulgi. Przed wieczorem jednak znów mnie zawołała i kazała bieżeć po "handla". Wylecieliśmy obaj z Felkiem. uszczęśliwieni, że się jeszcze ta sprawa nie kończy. "Handel" przyszedł, obejrzał żelazko, obejrzał moździerz, obejrzał rondel i wykrzywiwszy wzgardliwie usta powiedział, że to wszystko szmelc tylko chyba. Żelazko przepalone, moździerz mały, rondel cienki i nitowany z boku... Za trzy te sztuki razem dawał dziesięć złotych.
Porwała się matka i na łóżku siadła.
- Co?... Dziesięć złotych?... Sam moździerz kosztował pięć złotych i trzynaście groszy! A żelazko!... A rondel!.,.
- Nu, na szmelc... - zaczął "handel".
Ale nie dopuściła go do słowa i trzęsącą się ręką drzwi mu pokazywała,
- Idźcie!... Idźcie!... Niech was moje oczy nie widzą!... Nie wy jedni na świecie. - i posłała nas natychmiast po innego "handla", po rudego, co od nas stół ostatni kupił.
Lubiliśmy bardzo tego Żydka, bo koncepty różne, kupując ów stół, prawił, a za odniesienie go na drugą ulicę mnie i Felkowi po orzechu dał. Prawda, że Felków był dziurawy, ale cały dzień na nim gwizdał, że to niby kolej odchodzi. Polecieliśmy tedy po rudego. Szwargotał na rogu przed sklepikiem z tym pierwszym, który od nas wyszedł. Zaraz jednak worek z butelkami na plecach poprawił i za nami poszedł.
Ale obejrzawszy moździerz, rondel i żelazko, dawał za nic tylko dziewięć złotych i szesnaście groszy; mówił też, że moździerz to się i na szmelc nie zda. Matkę aż febra trzęsła i choć się ruszyć prawic nie mogła na łóżku,

wyrwała przecież Rudemu rondel i puściła go na ziemię. Jęknął jak dzwon rozbity.

Dziwnego wrażenia doznałem słuchając tego jęku. Zdawało mi się, że jęknęły węgły naszej izby.

Matka zasłoniła oczy i zaczęła płakać.

Nim wieczór przyszedł, było u nas jeszcze z pięciu "handlów"; ale co jeden, to mniej dawał; choć o dwa, o trzy grosze, ale mniej. Szwargotali, kłócili się między sobą. wyrywali sobie moździerz i nasze żelazko, hałas był większy niż na Pociejowie.

Felek tylko mnie poszczypywał z tej uciechy.

- To ci heca! - wołał dusząc się od tłumionego śmiechu i dla ulżenia sobie wywinął pysznego kozła.

Powynosiły się nareszcie Żydy, zaduchu w izbie narobiwszy; rondel, żelazko i moździerz stały rzędem przy matce na ławie. Patrzyła na mnie wzrokiem smutnym, zmęczonym, osłupiałym prawie. A gdy mróz coraz większy na noc brał. a Piotruś, zwyczajnie bąk niewytrzymały, piszczeć zaczął, że mu zimno, że głodny, kazała mi matka bieżeć do stróżki i zapytać, czy żelazka nie kupi.

Ale stróżka mie zapomniała widać owej matczynej omowy. Odęła się też zaraz jak karmelicka bania.

- Jak będę miała kupować, to se nowe kupię! Co mi tam po starym gracie!

Kiedym to powtórzył matce, ognie uderzyły na nią.

- Nic, to nie! - zawołała głosem drżącym z gniewu. - Widzicie ją! Grat!... stary grat!... Jaka pani! Jak pożyczyć, to jej było dobre, a jak kupić, to stary grat! Poczekaj, ty flądro... jędzo...

Zakaszlała się i za piersi chwyciła, ale jej nie było co popić dać, bo ziółka dawno wyszły.

- A to ci tyjatr!... - szepnął Felek szczypnąwszy mię do bolącego.

- Wicuś! - odezwała się matka przerywanym głosem - biegaj do tego najpierwszego „handla", co dziesięć złotych dawał. Do tego czarnego, wiesz? Niech przychodzi. - I przymknąwszy zoczone oczy szeptała :

- Za psie pieniądze przedam, zmarnuję, a tobie, jędzo, flądro, jedna wara od starych gratów na ludzki dobytek wydziwiać... Nie użyjesz! Nie użyjesz!

I umilkła wyczerpana zupełnie.

Felek aż się piętami po łydkach bił, tak ze mną po Żyda leciał.

Myśleliśmy, że go, Bóg wie gdzie, szukać przyjdzie, a on prawie wprost naszej bramy stał. ręce za pas u chałata założył i bokami spluwał. Zupełnie jakby czekał na nas. Kiedy Felek podleciawszy szturchnął go w łokieć, błysnęły mu oczy zmrużone jak kotu i pociągnął nosem. Poszedł za nami prędko, skwapliwie. Ale i on teraz więcej dać nie chciał, jak "równe dziewięć złotych". To „równe" mówił takim głosem jakby do onych dziewięciu złotych przynajmniej z pół rubla dokładał.

Matka znów się zapaliła na twarzy.

- Człowieku! - krzyknęła. - A toćże tego nie ubyło. A toćżeście pierw dziesięć złotych dawali! A toćżę to samo!

- Nu, to co, że to samo? - odrzekł flegmatyczie "handel". - Ja się namyślał...

- Dajcież już tak dziesięć złotych, jakeście dawali. Miejcież sumienie!...

- Nu. ja sumienie mam! Żeby ja sumienie nie miał, toby ja ośm złotych dał, a że ja sumienie mam. to ja dam równe dziewięć.

- A żeby was Bóg ciężko skarał za moją krzywdę -jęknęła matka.

- Co to skarał! - szarpnął się "handel". - Za co skarał?... Czy ja darmo chcę wziąć? Czy ja plewy daję? Nu, ja daję gotowe pieniądze.

Matka nic już nie odpowiedziała, twarz jej była tak biała, jak krążek opłatka. Kiedy Żyd liczył pieniądze, Felkowi oczy latały za każdą dziesiątką. Co tylko która była choć trochę starta, natychmiast ją z szeregu wyrzucał, krzycząc, że fałszywa. Żyd sykał z początku, potem rozczerwienił się tak, jakby go apopleksja tknąć miała, zamierzył się raz nawet na Felka, doprowadzony do ostatniej pasji, aż nagle uśmiechnął się, dobył z kamizelki grosz dobrze sczerniały i podając go Folkowi rzekł:

- Nu, ty mądry chłopiec! Ty urzędnikiem będziesz! Na, tobie na piernik! Ale Felek grosza me brał.

- Tu patrzcie, gdzieście nie dołożyli trojaka - rzekł stukając palcem w kupkę groszaków mającą przedstawiać złotówkę. - Tu dołóżcie, a mnie nie zawracajcie piernikami głowy!

Żyd cmokał coraz silniej z podziwu.

- A kluger Bub - szepnął sam do siebie.

Nareszcie doliczyli się jakoś. Żyd z łoskotem żelazko, moździerz i rondel do brudnego worka wrzucił, a mnie matka posłała po węgle i po chleb. Kiedy ojciec przyszedł, palił się już w piecu ogień, a my popijaliśmy kolejno wodziankę z żelaznego garnczka.

Ojciec w progu przystanął, popatrzył na ogień, na nas. potem po izbie spojrzał, a kiedy wzrok jego zatrzymał się na opróżnionej półce, spuścił oczy i na palcach do łóżka matczynego podszedł.

Niedługo jakoś potem zelżało. Ogromny huk pękających lodów na Wiśle słychać było nocami. Węgiel jednak ciągleśmy jeszcze kupowali, bo wilgoć w izbie była taka. że się po ścianach sączyło.

Stancja nasza wypróżniła się do czysta.

- Na glanc... -jak mówił Felek.

Poszła gorsza matczyna suknia, poszedł zegar, poszła balia, a kiedy i płaszcz ojca granatowy poszedł, straciłem zupełnie wiarę w te rzeczy, które są „raz na całe życie", zwłaszcza po niedawnym doświadczeniu z żelazkiem.

Chodziliśmy teraz po pustej izbie, jakby po kościele, a Felek hukał złożywszy przy ustach dłonie, żeby mu echo odpowiadało. Pan doktor wszakże przychodził do matki, a i do apteki latałem. Garnek żelazny też jeszcze był. aleśmy rzadko kiedy obiad gotowali; uwarzyło się ziemniaków na rano. to i na wieczór były. a w południe tośmy latali za kotami gospodarza, bo okrutnie po dachach wrzeszczały.

Jednego razu ojciec u kuferka na ziemi przysiadł, otworzył go i długo medytował nad nim.

A była tego dnia duża odwilż. Z dachów ciekło, wróble się darły, a słońce pierwszy raz tej zimy do naszej suteryny zajrzało. Ale matce było znowu gorzej. Całą noc kaszel ją męczył, a pić to wołała więcej niż pięć razy. Lekarstwa nie było. Felek wspiął się na palce i ojcu przez ramię patrzył, Myślał, że Bóg wie, co zobaczy, a tymczasem nic. Ojciec tylko głową kiwał, wąsy skubał i patrzył w milczeniu na czerwone, leżące na dnie zawiniątko. Sięgnął wreszcie po nie, harmonijkę wyjął i siadłszy na matczyny m łóżku grać zaczął.

Matka ożywiła się nieco słuchając, kazała sobie Piotrusia podać do łóżka, a i my stanęliśmy w pobliżu.

Zrazu grał ojciec wesoło, a grając tak mówił do matki:

- Pamiętasz. Anulka, Bielany? Pamiętasz, jak my się to poznali? Jakem ci to przygrywał idący?

- Pamiętam, serce - rzekła matka z cicha.

- Albo to, pamiętasz?... To ci było w Trójcę, na odpuście, na Solcu...

- Pamiętam - szepnęła matka.

- Tęgi sztajer'! - mruknął do mnie Felek szturchnąwszy mnie pod żebro.

- Miałaś wtedy tę różową w kratkę suknię i okrutnie mi się potem bez ciebie cniło, coś ze trzy dni - mówił ojciec miękkim głosem. - A to

Anulka?...

- Tego nic wiem...

- Jak nie wiesz?... To przecie było na Woli, co my tam ze szwagrem poszli, com to kuflem cisnął w tego Niemca, że się do ciebie przysiadł...

- A prawda!--. -o szepnęła matka.

Ojciec grał dalej. Harmonijkę na kolanie trzymał, rozciągał ją i zesuwał, a po klapeczkach drobniutko palcami przebierał.

Jak żyję, nie słyszałem piękniejszej muzyki.

- Anulka! A to?... Jakże?...

- Pamiętam, Filipku! - mówiła matka - to było tej niedzieli, kiedyś na zapowiedzie dał. W Czerniakowie my byli z nieboszczką matką...

- Po miesiącuśmy już wracali -dodał ojciec. -Graliśmy w zielone...

- A jak wtedy bez pachniał!... A co słowików śpiewało...

- A jaka ty wtedy śliczna była... Jak ta róża w kwiecie...

Felek szturchnął mnie w żebro.

- A jak ty wtedy grał. serce... Jak ty grał...

Uśmiechnęła się, westchnęła, zdawała się zasypiać.

Ojciec i teraz grał ślicznie. Z początku wesoło, raźnie, jak gdyby do tańca same nogi nam podrygiwały. Potem jakby się do tej wesołości co przymieszało, coraz smutniej, coraz smutniej, jakoby do płaczu, tak że i Felek pięścią oczy raz i drugi wytarł; aż rozciągnął ojciec harmonijkę raz ze stron obu i dobył z niej głos tak żałosny, jak na organach, kiedy umarłemu grają.

Matka spała. Często na nią teraz przychodził sen taki, jakby nagle kto makiem oczy jej posypał. A budziła się potem osłabła, blada, z zimnym potem na wychudłej twarzy.

Posiedział tedy ojciec ze zwieszoną głową, posiedział, po czym westchnąwszy wstał, harmonijkę w ową czerwoną chustczynę owinął, pod pachę ją wsadził, a nasunąwszy czapkę, na palcach wyszedł.

Kiedyśmy się we trzech na sienniku pod matczyną chustką znaleźli, mtrącił mnie Felek w bok i rzekł półgłosem:

- Wicek!

- A co?

- Wiesz?... Stary to ci płakał przy tym graniu!

- E-e-e...

- Dalibóg! - przysiągł Felek palnąwszy się pięścią w piersi, aż mu w nich coś jękło. - Przeciem nie ślepy, widziałem... Tylko mu te łzy po wąsach kipiały...

- A cóż chcesz! - dodał po chwili -jak sobie człowiek tak wszystko jedno po drugim rozpomni...

Westchnął ciężko, poleżał chwilę cicho i na bok się do pieca obrócił; zaraz potem usłyszałem jego chrapanie. Ojciec tego wieczora późno do domu wrócił, ale przyniósł matce lekarstwo, ogień rozpalił i zrobił herbaty. Długo tej nocy usnąć nie mogłem, a w głowie ciągle mi coś grało, to smutno, to wesoło. Śniły mi się też różności do białego rana. A to że ogród jest w izbie i że bez na piecu kwitnie, a to że w' sieni słowiki śpiewają, a to że na ścianie, tam gdzie dawniej zegar wisiał, teraz stoi srebrny księżyc w pełni...

Kiedym się obudził, Felek już stał na sienniku i zapinał pasek na opadających go porciętach. Przez otwartą, srodze połataną koszulę sterczały mu wychudzone żebra, z kołnierza wychylała się szyja cienka jak u wróbla, a niezmiernie chude nogi czyniły go znacznie wyższym, niźli był w istocie.

- Felek! - zawołałem. - Cóżeś ty tak jak tyka przez ten miesiąc urósł?

- Głupi! - rozśmiał się Felek, - Ja tylko się wyciągam, żeby brzuch mniejszy był.

Wyciągnął się przede mną jak struna.

- A co? - zapytał.

- A to wyglądasz jak śledź marynowany.

- To dobrze! - zawołał Felek. - Walę na pajaca.

A kiedym się śmiał:

- A co? - rzekł - zły chleb, myślisz?

I trzasnąwszy się rękami po udach w górę wyskoczył, kozła w powietrzu przewrócił, po czym na cztery łapy jak kot cicho padł.

- Wiesz? - rzeki - to przez tego pędraka takem się wyciągnął i wskazał głową na Piotrusia, który zwykle najwcześniej się budził i do garnka patrzeć szedł, czy tam czego od wczoraj nie znajdzie.

- Jak idziem do ochrony - mówił dalej Felek - to ci całą drogę skomli, że głodny. Muszę ci mu co dzień pół mego chleba fasować, żeby cicho był.

- E-e-e? - zapytałem niedowierzająco, czując, że ja bym się może na bohaterstwo takie nie zdobył.

- Jak Pana Boga kocham! - przysiągł się natychmiast Felek, grzmotnąwszy się kułakiem w suche jak szczapa piersi.

I patrząc na Piotrusia, który na swoich krótkich, pałąkowatych nogach, z

dużym, rozdętym ziemniakami brzuchem przez izbę się toczył,
wybuchnęliśmy obydwaj szalonym, niepowstrzymanym śmiechem.
- Czego wy się tam tak śmiejecie, chłopcy? - zapytała słabym głosem
matka.
- A to z Piotrusia - odrzekł Felek - że taki gruby...
- Gdzie on tam gruby, biedaczysko! Z czegóż by on był gruby! - mówiła
matka. - Piotruś! - dodała. - A pójdźże do mamy, sieroto,
I uśmiechnęła się do niego, głaszcząc go po głowie, podczas kiedy my obaj
dusiliśmy się od śmiechu z tej "hecy" -jak mówił Felek.
Wesołość nasza jednak wkrótce zasępioną została.
- Wiesz co, Anulku? - rzekł tego dnia ojciec, siadając na matczynym
łóżku. - Trza będzie chyba szkapę między ludzi puścić.
- Szkapę? - zawołała matka i aż się na łóżku podniosła. - Bój się Boga,
Filip! A toć nas ona wszystkich żywi!...
Ojciec się ciężko na ręku wsparł i wąsy w milczeniu skubał.
- Żywi albo i nieżywi! - odezwał się po chwili. -Z kacierzem na rzece się
nie pokaż, woda rwie tak. że to ha! Koło żwiru nijakiej roboty nie ma.
piasku też licho co odchodzi, na plecach by to człowiek rozniósł, a tu na
każdy dzień sieczki kup, a i otrąb choć z garstkę, boć to owsa nie uwidzi w
żłobie; tera pomieszczenie, tera ściółka, a wszystko drogo.
Matka jęknęła tylko.
Struchleliśmy słuchając. Piotruś oczy na ojca wytrzeszczył i otworzył usta;
ja stałem jakby skamieniały.
Dopiero Felek taka mi sójkę w buk wsadził, że mnie aż zamroczyło.
- Słyszysz. Wicek! - krzyknął mi w samo ucho.
A toćżem nie głuchy! - huknąłem mu w ucho głośniej jeszcze.
I zaraz my wylecieli do sieni, bo nas taka żałość zdjęła, że tylko się za łby
drzeć.
Szkapę kochaliśmy niezmiernie. Jak tylko zapamiętam, na świecie zawsze
był ojciec, matka i szkapa. Felka potem dopiero bociany przyniosły,
Piotrusia takoż: ale szkapa należała do rzędu tych istot, które zawsze są, bo
są. Wyobrazić sobie po prostu nie mogłem ani jej początku, ani też jej
końca. Szkapa należała do nas, a my do niej: ani my od niej ani ona od
nas nić mogła się odłączyć. Było to tak naturalnym, żem zgoła nie
pojmował innego porządku rzeczy. Kogo by tam brakło w naszej
gromadce, to by brakło, ale nigdy szkapy. Toć to była cała
nasza uciecha.

Kiedy ojciec z rzeki do domu wracał, wybiegaliśmy - gdzie! aż w pół drogi, byle prędzej szkapę zobaczyć. Co który miał, to jej niósł i do pyska wtykał: kawałek chleba, ziemniak, znalezioną w podwórzu skórkę z cytryny...

I szkapa nas kochała bardzo. Z daleka już rżała ku nam i przyśpieszała kroku, strzygąc radośnie uszami, a kiedyśmy ją po szyi, po bokach klepali, rozumiała wybornie tę pieszczotę i zwiesiwszy łeb swój ciężki, skubała nas po włosach, po kurtkach Piotruś zwłaszcza był jej ulubieńcom; po prostu rżała na ojca, żeby go wziął z sobą.

Kiedy ją ojciec wyprzągł, zaczynała się dopiero heca. Natychmiast Felek wskakiwał na jej grzbiet kościsty, od starego chomąta obdarty, i podczas kiedy szkapa zanurzała swój łeb ogromny w głębinach uwiązanego jej u karku worka z chudą sieczką, on. przyklęknąwszy na jedno kolano lub stanąwszy na jednej nodze, wywijał czapką i krzyczał:

- A to jest sławny jeździec z suteryny, co nigdy nie traci miny! Nazywa się Feliks Mostowiak, herbu gnat! Ja chudy, ale chwat! Kto da więcej?... Na to "kto da więcej" - wybuchaliśmy tak piekielną wrzawą, że aż ludzie wybiegali z oficyny.

Po Felku gramolił się na szkapę Piotruś, aleśmy go ledwie podsadzić mogli, tak go przeważała rozdęta brzuszyna. Szkapę z Piotrusiem oprowadzaliśmy w tryumfie po podwórzu, nie dawszy jej spokojnie sieczki owej spożyć, a Felek znów wywijał czapką i wrzeszczał:

- A to jest Piotruś herbu szczur! Ma dwie laty i osiem dziur! Dwóch zębów nie ma na przedzie i na szkapie jedzie!... Kto da więcej?...

Skąd on tu to "kto da więcej" przyczepił, nigdym odgadnąć nie mógł: Felek sam utrzymywał, że to już tak jedno do drugiego pasuje. I znów wybuchaliśmy szatańską wrzawa, jakby nas nie trzech, ale ze trzydziestu było.

- Przypatrzta się. moi ludzie - mówiła stojąc we drzwiach tłusta sklepikarka - co te? te bestie chłopaki Mostowiaków nie wyprawiają z tą kobyłą! A toć to czyste małpy z "meranzieryi".

I chwytała się za boki, trzęsąc od śmiechu, aż jej oczy w tłustej twarzy zupełnie ginęły.

- Oj, batem, batem - skrzeczała chuda kucharka z drugiego piętra. - Ma tu dobrze na świecie być, ma tu Pan Bóg błogosławić, kiedy to ledwo od ziemi odrośnie, a już się rozpusty chwyta! Nie poszedłby to jeden z drugim do roboty, do "rzemiesła", do książki? W gębę to co wetknąć nie ma, a taką sodomę-gomorę po świecie robi!

A Felek nuż się w lewo i w prawo kłaniać, nuż chudej kucharce od ust buziaki posyłać, aż baba w największej pasji trzasnęła lufcikiem i z okna poszła.

Do szkapy odnosiliśmy wszystkie sprawy życia, o jej względy i łaski ubiegaliśmy się jeden przed drugim. Ona była ostatnią instancją w naszych sporach.

Korzystał z tego Piotruś niecnota i, kiedy się za pokrzywdzonego przez nas miał, nie mówił „powiem ojcu" albo "powiem mamie", ale „powiem szkapie".

Tej pogróżki nie lekceważyliśmy bynajmniej; i często gęsto dostał Piotruś jaki kąsek, szczególniej od Felka, byle tylko "nie powiadał szkapie".

Nie mogliśmy bowiem znieść, kiedy tak patrzyła na nas smutnie jednym okiem swoim, podczas kiedy na drugim, ślepym i zbielałym, powieka o siwej rzęsie podnosiła się i opadała z wolna, jak gdyby z wyrzutem...

- Słysz, Wicek! - mawiał Felek. - Co ta szkapa takiego w tym ślepiu ma, co tak świdruje?... A to bym ci wolał, żeby mnie ojciec paskiem przemierzył, niż kiedy ona tak patrzy. Do samego ci honoru człowiekowi sięga...

Szkapę czyściliśmy co dzień. Ale nigdy nie obeszło się przy tym bez bijatyki o szczotkę i zgrzebło. Cośmy jej wtedy sierści nadarli! Cośmy naplątali grzywy! Stała jednak szkapa cierpliwie, zmrużywszy zdrowe oko, i tylko od czasu do czasu machała wypełzłym ogonem, jakby się oganiała od bąków.

Zaraz po Wielkiej Nocy zaczynało się pławienie szkapy. Jeszcze woda zimna była jak lód, a my już zawijamy porcięta i dalej do rzeki. Jaki był tryumfalny pochód! Chłopaki z całej ulicy chcieli i. nami lecieć, aleśmy ich odpędzali biczem.

Dopieroż szkapę wodą chlustać, dopieroż jej pęciny i boki wycierać, dopieroż jej przygwizdywać, jakeśmy to u ojca słyszeli. Największa bieda była kiedy szkapa dla uwolnienia się od nas i naszej opieki parę kroków w wodę dalej poszła.

- Utopi się! utopi! - wrzeszczał Piotruś i aż siniał, i przysiadał na ziemię obu się rękami brzucha własnego trzymając. Brnęliśmy tedy po nią i za ogon ku brzegowi ciągnęli, po czym zziajani, zmęczeni, wracaliśmy do domu, szkapa naprzód, my za nią, mokrzy, ociekający wodą jak topielcy.

I tę to naszą kochaną szkapę ojciec by przedać miał?

Było to w naszym rozumieniu coś jakby skończenie świata.

Zaraz też wyleciawszy do sieni, palnąłem Felka w ucho, on mnie na odlew w kark, ja znów nie bawiący grzmotnąłem go w plecy, on znów mnie pięścią w bok, aż mi świeczki w oczach stanęły. Za czym my się oba za czupryny chwycili i splątali jak kłębek, potoczyli razem do progu. A taka w nas żałość była, taka z tej żałości srogość, że żaden pary nie puści!, me pisnął nawet.

Zaraz też nam się po tej dzierce lżej na sercu stało.

Jużeśmy do izby wrócili, bo zimnisko ze dworu gnało, a ojciec precz jeszcze perswadował matce:

- Tera ci się za nią siaki taki grosina weźmie; a jak przychudnie, boć już i sieczki ujmuję, to kto co za nią da? Cóż. Anulka! Jak se myślisz, serce?

Matka westchnęła ciężko.

- I cóż ja se mam myśleć, mój Filipie?... Myślę, że nas Bóg ciężko dotknął tą chorobą. Myślę, żem ci się kamieniem u szyi stała i do dna cię ciągnę... O tych sierotach myślę...

Zakryła oczy ręką i zaszlochała głośno. Ojciec całował ją po głowie.

- Anulka!... Serce!... Anulka!... - powtarzał, aż nagle sam ryknął płaczem.

- Siarczyste!... - mruknął za mną Felek wycierając oczy kułakiem. Kilka dni minęło, a o sprzedaniu szkapy nie było jakoś mowy.

Matka miała się coraz gorzej. Jej ciężki, chrypiący kaszel z twardego snu dziecięcego po nocach nas budził. Raz w raz też zasypiała we dnie i mimo że się nagle ciepło na świecie zrobiło, febra ją chwilami trzęsła, aż zęby szczękały. Ojciec chodził po izbie zgarbiony, żółty, jakby mu z dziesięć lat życia przybyło, a rękę na nas twardą miał i o byle co do czubów nam sięgał, ale żeśmy się tam wiele nic nastręczali, dużą część dnia spędzając w stajence.

Od kiedy zagroziła nam możność utracenia szkapy, stała się nam ona podwójnie drogą. Rozrzewniało nas teraz każde jej parsknięcie, każde ruszenie ogonem.

- O... je! - wołał Piotruś wpatrzony w nią z zachwytem, gdy zanurzała w żłobie łeb swój wielki, a podniósłszy go żuła gołą sieczkę, mrużąc zdrowe oko.

- O... pije! - wolał, gdy łeb wsadzała do starego wiaderka, aby żłopnąć raz i drugi wody którąśmy jej przynosili własnoręcznie.

Ja i Felek siadaliśmy z obu jej stron na żłobie i machając nogami przyglądaliśmy się całymi godzinami każdemu jej ruchowi.

Ziemniaki nawet, któreśmy teraz już co dzień bez okrasy mieli, tuśmy przynosili, aby razem ze szkapą obiad jeść. chociaż dzielić się z nią nie było czym. bo nam samym jakoś się coraz szczupłej dostawało.

Weselej też było w stajence niż w izbie- bo słońce w same zęby świeciło tu nam przez drzwi na ścieżaj otwarte, a do suteryny, do naszego kąta, jak rok długi nie zajrzało nigdy.

- Ależ tu zimno u was - mówił pan doktor zachodząc do matki- - I wilgoć straszna! Powinniście się postarać o suchą i ciepłą izbę dla żony - dodawał, gdy go ojciec wyprowadzał do sieni - żona wasza nie może w takiej izbie leżeć- Powietrze fatalne, zgniłe, żadnej wentylacji, żadnego światła- Powinniście przecież dbać o kobietę, kiedy chora. Z nią coraz gorzej i musi być gorzej w takich warunkach.

Ojciec gryzł wąsy i milczał ze spuszczoną głową.

- Mleka by tez jej trzeba świeżego, mięsa, wina kieliszek czasem... Tu lekarstwa nic nie poradzą, tu dietę trzeba posilną prowadzić...

Poszedł już, już i na drugą ulicę skręcił, bom patrzył za nim, a ojciec precz jeszcze w sieni stał, w ziemię patrzył i wąsy gryzł.

Aż nagle się poruszywszy, koszulę na piersiach szarpnął, woreczek ze szkaplerzem rozerwał i dobywszy z niego srebrny pieniądz z Matką Boską, mnie po węgle i po mleko postał przykazując, żebym nie powiadał matce, jak i skąd.

Nazajutrz w południe zabieraliśmy się właśnie do przedstawienia i już się Felek na szkapę gramolił, gdy nagle ojciec do stajenki wszedł, a za nim pan Łukasz Smolik, chrzestny Piotrusia naszego, dorożkarz z Pragi.

Zaraz mnie coś tknęło, więc szturchnąłem Felka i obaj stanęliśmy jak trusie.

Pan Łukasz, próg przestąpiwszy, bat swój w kącie postawił, ogromny kościsty nos w połę kapoty granatowej utarł i wyciągnąwszy chudą, długą szyję, tabakę z wolna zażywał- Człowiek to był już stary, wysoki i dobrze zgarbiony; oczki miał małe. czarne, świdrowate, brwi krzaczaste i chudy, zarastający od spodu podbródek. Pod jego kościstym nosem sterczały żółte, saperskie wąsy. którymi, biorąc tabakę, jak królik poruszał. Spod wielkiej granatowej czapy wyglądały sine, białawym puszkiem porośnięte uszy, z których prawe ozdobione było srebrnym kolczykiem. Do nas zaglądał pan Łukasz rzadko, choć go kumoterstwo z nami łączyło; mówiła o nim matka, że kutwa, że na groszach siedzi; czasem znów przepowiadała, że wszystko Piotrusiowi zapisze, bo wdowiec bezdzietny był.

Kiedyśmy się tak. oniemiawszy nagle, przypatrywali panu Łukaszowi ojciec jakby nas me widział-do żłobu prosto poszedł, szkapę odwiązał i po zadzie ją dłonią uderzył.

- Ano, stara! -zawołał obracając ją łbem do światła. Szkapa zmrużyła zdrowe swoje oko, a ślepym, osłupiałym, szeroko otwartym, zdawała się patrzeć gdzieś daleko, daleko.

Pan Łukasz szczyptę tabaki u nosa trzymając zaczął się słodko uśmiechać a przekrzywiwszy głowę patrzył na szkapę to z lewej, to z prawej strony.

- He!... He!... He!... A co to kumeczek przedawac chcesz?... Skórę czy kości?

Spojrzał ojciec posępnie spod oka i zaraz mu się wąsy podniosły, ale przełknął tylko ślinę i rzekł:

- Skóra i kości zarobią u was, kumotrze, na mięso. Byle temu pochlebić trochę owsem, to to będzie jak kluska okrągłe.

- A bodaj też kumeńka!--- - rozśmiał się znów pan Łukasz. - Pochlebić! Pochlebić! Ale to owies drogi tera, kumeńku. Pięć złotych ćwiarteczka, kumeńku! I siano też drogie...

- A drogie - rzekł obojętnie ojciec, ale widziałem, że mu się oczy zapaliły.

- Nastąp! Noga! Ano!... - zawołał uderzając szkapę, która przestąpiła wlokące się za nią postronki.

- He!... He!... He!... - rozśmiał się słodziej jeszcze pan Łukasz. - I szpacik, widzę, jest...

- A jest - odparł ojciec krótko, suchym głosem.

Pociągnąłem Felka za rękaw, jako że bezpieczniej mi się zdało bliżej drzwi się trzymać, ale mnie tylko łokciem pchnął i szeroko otwartymi oczyma to na ojca. to na przybyłego patrzył.

- U-u-u... szpat, psia... - mówił tymczasem pan Łukasz, wyciągając obrastający podbródek z żółtej bawełnianej chustki. - U-u-u... szpat!... - ustami cmokać zaczął. - Nie wyjdzie już ona z niego, nie! - dodał wciągając niuch tabaki i kiwając głową.

Ojcu podnosiły się wąsy coraz wyżej, aż je ręką w dół szarpnął.

- Ja jej tam kumotrowi nie wpieram! - rzekł patrząc w ziemię. -
Dla mnie ona i ze szpatem dobra! Żeby nie choroba kobiety, tobym kobyły pewno nie puszczał między ludzi! Toć żywicielka nasza...

Pan Łukasz zmilczał, a schyliwszy się. dłonie na kolanach oparł i po nogach szkapie patrzył

- Łogawa może?... He!... He!... He!... - rozśmiał się pytając.
- Łogawa! Ta kobyla łogawa! - krzyknął ojciec, a już cały stał w ogniach.
-Żeby mnie tak Bóg skarał. jak ona łogawa! Pokaż, kumoter... Gdzie ona
łogawa?...
- No... no!... - uśmiechał się słodko pan Łukasz -ja też tylko się pytam,
boć to przy kupnie konia jak przy żeniaczce: czego nie dopatrzyć, okiem,
to dopłacisz workiem...
- Ja ta nie machlerz! - rzekł porywczo ojciec, a już mu ręce latać zaczęły- -
Ja ta nikogo omachlować nie chcę! Co prawda, powiem a co nieprawda -
nie.
- A co ona?... ślepa?... - zapytał nagle prostując się pan Łukasz i
rozsunąwszy palcami zmartwiałą powiekę szkapy, z bliska jej w oczy
zajrzał.
Poruszył się Felek. a przestąpiwszy z nogi na nogę, szczypnął mnie, w
słabiznę tak, żem omal nie wrzasnął.
- A ślepa - odrzekł na podziw spokojnym głosem ojciec, choć znów mu się
wąsy zjeżyły. - Na lewe oko ślepa. Takem ją już kupił i taka je. U mnie ta
nie oślepła.
- He, he, he!... - rozśmiał się słodko pan Łukasz i znów do tabaki sięgnął.
-Tak mi też, kumeńku, mów! Ślepa!... U-u-u... szpetnie ślepa!...U-u-u!...
Otrząsnął palce i tabakę schował.
- Jak ona ślepa jest - rzekł pociągając nosem - to znów inszy interes, insze
gadanie...
Po twarzy ojca przeleciał nagły ogień.
- A cóż tam za insze gadanie ma być? - rzekł porywczym nieco głosem. -
Ślepa, to ślepa! Przecie jej kumoter na książce uczyć nic da, do szkoły nie
pośle, A ja kumotrowi powiadam, że druga ślepa szkapa lepsza je niż ta
widząca. A to kobyla drożna taka, żem jak żyjący przez
tyle lat dróżniejszej nie widział.
- Ale... ale!... - śmiał się słodko pan Łukasz. - Bogdaj cię też kumeńku, z
taką mową. Toć byś ty, kumeńku. wmówić we mnie chciał. że ślepa
szkapa najlepsza.
- Najlepsza, nie najlepsza! A równo, com dróżniejszej kobyły nie widział,
tom nic widział. A co o wmawianiu to najmniej, bom przecie katolik, nie
Żyd.
Ojciec mówił z wolna, hamując się. ale glos mu kipiał.
Nagle, jakby nas dopiero co zobaczył, chwycił Felka za kark i. pchnąwszy

go we drzwi, krzyknął:
- A nie pójdziecie wy mi stąd, psienogi?...
Dmuchnęliśmy jak wiali ze stajenki i jak wiatr do izby wpadli.
W parę pacierzy potem wszedł ojciec uspokojony wraz z panem
Łukaszem, jako że nie godzi się o bydlę targu przybijać inaczej. tylko w
izbie, pod dachem; Cygany tylko nie pilnują tego. Zaraz też zaczęli sobie
rękę dawać pan Łukasz przez połę swej dorożkarskiej kapoty, ojciec przez
Spencer, co mu w strzępach na grzbiecie wisiał.
- Bóg świadkiem - mówił ojciec - że bym obcemu, a jeszcze też Żydowi za
żadne pieniądze kobyły tej nie przedał. Tak wiem przynajmniej, że w
dobre ręce idzie...
- He... He... He... - śmiał się pan Łukasz - po kumoterstwie! Po
kumoterstwie! Krzywdy jej nie zrobię...
- A jakby, nie daj Boże - tu głową wskazał na matkę, która jak martwa z
zamkniętymi oczami leżała - no, toć człowiek nie kamień, toć już tak po
przyjacielstwie darmo wywiozę...
Nie odrzekł ojciec nic, ani w tę, ani w tę stronę, tylko oczy spuścił i
wąsów szarpnął, a matka obudziła się z jękiem. Może nie spała nawet.
Kiedy pan Łukasz, zgiąwszy się we dwoje, z izby za ojcem wychodził,
rzuciliśmy się w te pędy, żeby do szkapy lecieć.
Ale ojciec odwrócił się nagle:
- Ani mi nosem za próg! - krzyknął ostro. - W izbie siedzieć...
I trzasnął drzwiami.
Byliśmy jak ogłuszeni. Patrzyłem na Felka, a on patrzył na mnie; oczy
robiły mu się coraz większe, coraz przeźroczystsze, usta i broda jak w
febrze latały, aż schwyciwszy się obu garściami za włosy: - Siarczyste!
-wrzasnął i zaniósł się wielkim płaczem.
Zaczęły się teraz dobre czasy. W izbie zrobiło się ciepło, grzyby po
ścianach róść przestały; od sklepikarki pożyczyliśmy drugiego saganka na
kaszę.
Tylko że bez szkapy okrutnie się nam widziało smutno, a co który na
stajenkę spojrzał, to mu świeczki w oczach stawały. A i matka jakoś nie
miała wskórania.
- Już ja będę umierać, Filipie... - mówiła takim cichuchnym głosem jak
ten wiatr letni. - Już się ty nie kosztuj na mnie.
To znów ni z tego, ni z owego jej się poprawiało; wołała, żeby jej piwa
zagrzać albo i mleka z masłem, a Piotrusia sama myła, czesała; opowiadała

nam wtedy, jak to ona ozdrowieje, jak do Częstochowy pójdzie, jak nas ze sobą zabierze, jakie to my tam zobaczymy wieże, jaki kościół, jakie granie na organach będzie. A miała wtedy płomień na twarzy, a oczy świeciły jej jak próchno. Bywało tak zwykle wieczorem.

Ale gdy przyszedł ranek, leżała niby bez duszy, co dzień bielsza, a jak mgiełka przeźroczysta. Ani w niej głosu, ani w niej tchu. ani żadnego chcenia. Porywa się ojciec, ucho do ust przykłada, przykazuje nam cicho być - i słucha. Aż westchnie głośno, jakby sam nagle ożył, i oczy do tego czarnego krzyża nad łóżkiem podniesie.

Aż raz się nie dosłuchał jakoś.

Matka umarła w nocy tak cicho, że nikt nie słyszał nawet.

Piotruś przy niej tej nocy spał a i on nie słyszał. Wyszła z niej duszyczka jak para; ani się tyle nie załopotała co wróbel, kiedy odlata.

Więc kiedy ojciec oderwawszy głowę od jej wyschłych piersi krzyknął, że matka nie żyje, stanęliśmy przed łóżkiem w wielkim zadziwieniu patrząc to na posiniałe usta, to na Piotrusia, który przy jej zimnych sztywnie wyciągniętych nogach spał ciepły, rumiany, perlistym polem na czołku okryty... Taki ci pędrak, że go śmierć łokciem trąciła, a on nic!

Zaraz się w naszej izbie tumult wielki zrobił, sąsiadek się naschodziło, zaczęły radzić, głowami kiwać, wzdychać, a że nam ojciec tego dnia kaszy nie gotował, a Piotruś jeść płakał, więc go sklepikarka pojęła do siebie, a i nam po bułce dała.

- A to ci baba skruszała! - szepnął Felek, po czym ją zaraz pocałował i bosymi nogami szastnął w zamaszystym ukłonie.

Cały ten dzień było mi tak, jakby mi kto do ucha szeptał: „Nie ma już matki!... umarła już matka..." To zaraz wycierałem pięściami oczy, bo mi się okrutnie płakać chciało.

Mimo to jednak bawiliśmy się tego dnia doskonale, bo taka u nas ciżba Była, jak na Ordynackiem. Jak zapamiętam, nigdym tylu ludzi nie widział w naszej suterynie; co kto przejdzie koło nas, to po głowach głaszcze, to się lituje, to pociąga nosem.

Wczoraj jeszcze w całej kamienicy nikt na nas inaczej nie wołał, tylko łobuzy albo urwipołcie; a dziś. jakby im kto gęby miodem posmarował: "Sieroty! Sieroteńki! Niebożątka!..."

A Felek tylko się nastawia, a oczami mruga, a co kto przyjdzie, to mnie poszturchuje.

- A to ci komedyje! A to tyjatr!.. - szepce i w ściśniętych pięściach robi dwie skandaliczne figi, a język sam mu się spoza zębów wysuwa, cienki i ostry jak żądło.

Ojciec tymczasem jak nieprzytomny po izbie chodził, co weźmie, to położy, choć się tam w tej pustce nie było wielce czego jąć.

A baby nuż się po tej naszej biedzie rozglądać, nuż jedna drugiej na ucho szeptać, nuż ramionami ruszać, a głowa trząść, a stękać.,- Myślałem, że temu nigdy końca nie będzie, aż się nareszcie rozeszły, bo im obiad z garnków kipiał.

Żeby nie to ludzkie litowanie, to byśmy i nie czuli tak bardzo, że matka umarła. Z pół roku już się nic podnosiła w tej chorobie, a w ostatnich czasach samo cichutko na pościeli leżała, jak i teraz. I teraz, kiedym na nią patrzył, zdawało mi się. że spod rzęsów za Piotrusiem oczyma wodzi i uśmiecha się leciuchno, i co tylko ma powiedzieć: "Gdzie on tam gruby, biedaczysko!" Zupełnie jak dawniej, tylko że się tak świece nie paliły przy niej.

Od świec tych padała na nią żółtość przeźroczysta, która mnie straszyła; czułem też, że zimne miała ręce, gdy nam je ojciec pocałować kazał. Ojcu jednak przy niej ciepło być musiało, bo nabiegawszy się cały dzień, a to do kancelarii, a to do stolarzy, a to o furmankę - kiedy się ludzie rozeszli na zydlu u łóżka siadł, ręką głowę podparł i patrzył: to na krzyż czarny nad łóżkiem matki wiszący, to na głębokie cienie jej zamkniętych oczu.

Usnąłem, a on jeszcze siedział. Ale w nocy obudziło mnie ciche szlochanie.

To Felek, który się przez cały dzień szastał i nastawiał, i z ludzi wydziwiał, a mnie w boki szturchał - siedział teraz na sienniku, w otwartej na piersiach koszulinie, rękami sterczące kolana objął, patrzył w pustą izbę i płakał.

Trzeciego dnia spaliśmy jeszcze pod maglą w sionce, gdzie nam ojciec siennik zaciągnąć kazał, kiedy we śnie usłyszałem jak gdyby znajome rżenie.

Zerwałem się; serce mi biło jak młotem.

Rżenie odezwało się znowu.

- Felek! Szkapa rży! - krzyknąłem chwyciwszy go za ramię.

Szarpnął się i na drugi bok przewrócił, ale gdy rżenie znów słyszeć się dało, porwał się on także, na sienniku siadł i szeroko otworzywszy oczy - słuchał.

Przeciągłe, ciche rżenie odezwało się raz jeszcze.

- Szkapa! - wrzasnął Felek i porwawszy na siebie katankę, ku schodom suteryny się rzucił.

Zacząłem się na gwałt odziewać, a tak mi ręce latały, żem do żadnego guzika trafić nic mógł.

- Wstawaj, Piotruś - wołałem - wstawaj! Szkapa przyszła!

I trząsłem nim jak wiązką słomy, bo się niełatwo budził.

Istotnie, przed bramą, zaprzężona do prostego, zasłanego kilimkiem wozu, stała nasza szkapa. U karku jej wisiał już Felek, objąwszy go oburącz, o ile dostać mógł; przy wozie stał pan Łukasz. Smolik i częstował stróża tabaką.

Podnieśliśmy zaraz wrzask nie do opisania.

- Szkapa! Nasza szkapa! Nasza droga, kochana, stara! - wołaliśmy na przemian, głaszcząc ją, klepiąc, tuląc się do niej. gdzie kto mógł. Piotruś gwałtem gramolić się chciał na nią.

- Stęskniła się bez nas szkapa, co?... Przyszła do nas szkapa? Przyszła?... Poczciwa, dobra, stara szkapa nasza.

I nuż jej zaglądać w zęby, nuż jej obmacywać nogi, nuż jej grzywe palcami czesać. Ani nam w myśli postało, po co ta szkapa do nas przyszła, na co to wóz ten czekał.

Ale i ona poznała nas także, i ona cieszyła się nami; przednią nogą, którą szpat znacznie pogrubiał, uderzała po bruku wesoło, ochoczo jakoby krzeszą dla nas iskierki radości; łeb jej to podnosił się, to schylał, nozdrza parskały raźno; to znów na głosy nasze i śmiechy strzygła uszami, wyciągała szyję, a donośne jej rżenie przenikało nas niewymowną rozkoszą.

Rżenie to zlewało się w jedno z trynitarskim dzwonem, który w tej chwili posępnie bić zaczął. Jednocześnie rozległ się z suteryny głuchy odgłos młotka. Aniśmy się spostrzegli, kiedy na wozie ustawiono trumnę.

- Wio! - zawołał pan Łukasz. Szkapa ruszyła, a my przy niej kłusem.

Na rogu ulicy obejrzałem się: gromadka sąsiadek i przechodniów już się rozproszyła, a za wozem, na którym pan Łukasz siedząc powoził, szedł ojciec sam, z czapką w ręku i zwieszoną głową.

Co do nas. biegliśmy tuż przy szkapie wesoło, ochoczo, ani na chwilę nie przerywając rozmów i pieszczoty. Poranek byt majowy, promienne słońce zalewało blaskiem ulice, most, Wisłę; z każdej akacji, z każdego gzymsu świerkały wróble. Głośniej wszakże niż wróble szczebiotała nasza gromadka.

- Dzisz, Wicek - wołał Felek - jak ci to zgrubiała! Jakie ci to boki
wyłożone ma?... Dzisz, jakie ci nowe naszelniki... jaki ci kantar...
I my znów dalej chórem:
- Szkapa! nasza szkapa! Nasza droga, siara szkapa!
Ludzie oglądali się, za nami. Dziwnym się wydawał ten pogrzeb z trójką
tak dobrze bawiących się dzieci na czele. Zwłaszcza na moście, gdzie
wolniej w tłoku trzeba było jechać, robił nasz orszak pogrzebowy
szczególne wrażenie.
Przechodnie stawali i wzruszali ramionami. Parę razy nawet krzyknął na
nas pan Łukasz, żeby za wozem iść. aleśmy ani na krok szkapy odstąpić
nie chcieli.
Słońce przygrzewało coraz silniej, droga stała się piaszczysta, żmudna;
szkapa ciągnęła swój ciężar z pewnym wysileniem: zdrowe jej oko mrużyło
się od blasku, na ślepym, osłupiałym, siadały rozdrażnione gorącem
muchy. Natychmiast ułamaliśmy kilka wierzbowych witek i zaczęli ją
skwapliwie oganiać. Sami nie czuliśmy zmęczenia. Boso. w lichych
szarawarkach i kurtkach łatanych dreptaliśmy obok szkapy wesoło,
ochoczo, a krzyże cmentarne wciąż rosły a rosły przed nami.
Że trumny nie miał kto nieść, puszczono nas z wozem za bramę. Ale tu
czekać trzeba było, gdyż grabarz dołka nie skończył kopać i dopiero teraz
pospiesznie wyrzucał z niego żółty piasek. Natychmiast zaczęliśmy rwać
dla szkapy szczaw zajęczy i soczystą babkę, której pełno było na drożynie.
Tymczasem ojciec z panem Łukaszem zdjęli z wozu trumnę i postawili ją
nad brzegiem dołka. Nie musiała być ciężką, bo kumoter, choć stary,
prosto pod nią stał; a jednak ojca tak zgięła do ziemi, jak ten krzyż
padającego Chrystusa, com go na stacjach bernardyńskich widział.
Zaraz też brzęknął cienkim głosem dzwonek, a w chwilę potem przyszedł
ksiądz w komeżce i kościelny z krzyżem i kropidłem. Spojrzał na nas
ojciec surowo, więc my poklękli z Felkiem, trzymając w garściach pęki
świeżej trawy. Pan Łukasz i ojciec poklękli także, grabarz kończył robotę.
Raz, dwa, trzy odprawił ksiądz swoją łacińską modlitwę, wspomniał imię i
nazwisko matki, ,,Ojcze nasz" mówić kazał, sam zacząwszy głośno.
Podniósł ojciec twarz i obie ręce w niebo; z jego wzniesionych oczu
padały łzy ciężkie, grube. Felek, tuż przy mnie klęcząc, trzepał pacierz z
wzrokiem utkwionym w szkapę.
Zrobiła się cisza taka. że słychać było leciuchne szmery wierzby i cykanie
świerszcza.

- O , je!...je!... -rozległ się nagle wśród tej ciszy cienki głos Piotrusia, który pełne rączyny trawy i wiosennego kwiecia szkapie przed pyskiem trzymał rozsypując bratki polne i białe stokrocie. Szkapa delikatnie z rąk dziecka brała wargami trawę i żuła ją, przechyliwszy łeb i melancholijnie zwróciwszy ślepe, zbielałe oko w słońce. Spojrzał ksiądz, zmarszczył się ojciec, a ponieważ najbliżej klęczałem mu pod ręką. silnie mnie za ucho pociągnął.

Wnet Felek zaczął się rozgłośnie pięścią w piersi bić, na znak jako już pacierz i wszystko, co do niego należało, dokumentnie skończył, za czym zerknąwszy na ojca, chyłkiem do szkapy pomknął, a i na mnie kiwnął. Ksiądz też, trumnę pokropiwszy, z czego i nam się coś niecoś poświęcenia dostało, z kościelnym odszedł.

Dołek jeszcze nie był wybrany. Grabarz na glinę natrafił i po trochu ją tylko, jak masła na chleb, na łopatę brał.

Ojciec modlił się ciągle. Wszakże panu Łukaszowi pilno widać było, bo raz w raz tabakę niuchał i na wóz pozierał, a w głowę się drapał, aż schyliwszy się do ojca. poszeptał z nim małowiele, za ręce się ścisnęli, potrzęśli raz i drugi z wielkim przyjacielstwem, po czym kumoter do szkapy poszedł.

Jużeśmy ją wystroili jakby pannę młodą. Świeże, rozkwitłe gałęzie akacji sterczały jej za uszami, za uprzężą. za chomątem, gdzie tylko co wetknąć się dało. Pęk żółtych mleczów tkwił nad czołem pod skrzyżowanym rzemieniem. Z grzywy opadały ostróżki i zajęcze maczki. Resztę zieleni trzymaliśmy w rękach, aby szkapę od bąków opędzać.

Zaczął się teraz prawdziwy tryumfalny pochód.

Najpierw kroczył Piotruś nie patrzący drogi, nadeptując małe, świeże, z żółtego piasku sypane grobki dziecięce, ile razy się na wóz obejrzał. Za Piotrusiem szkapa - wyrzucała z cichym parskaniem łbem. obciążonym kwieciem i zielenią, ja zaś i Felek, jak giermkowie, po lewej i po prawej stronie. Wóz toczył się z wolna, to podnosząc się, to opadając na zapadłych grobach, a za nami z głuchym, coraz głuchszym łoskotem padała ziemia na matczyną trumnę.

Z WŁAMANIEM

Dnia tego izba sądowa była niemal pustą. Deszcz mżył od rana. rozchlapywało się błoto, jaki taki był kontent, że w domu siedzieć może.

Zresztą świeżo ukończona sprawa panów Gradewitza i Hornszteina wyczerpała poniekąd ciekawość publiczną. Dowcipna obrona przybyłego z daleka adwokata, której urywki chodziły z ust do ust po mieście, delikatnej natury badanie biegłych, zeznania świadków ze sfer wyższych, wreszcie przybycie pięknej pani Lunia, która dla dania objaśnień przerwać musiała kurację w Francesbadzie i przywoziła stamtąd nowe toalety wraz z odświeżoną twarzyczką i przepyszną parą złotoczarnych oczu, wszystko to podniosło sprawę ową do znaczenia kulminacyjnego momentu w jesiennej kadencji pińskiej, po przebyciu którego zainteresowanie się nią publiczności szybko opadać zaczęło.

Wiedziano, że na wokandzie stoją same chłopskie sprawy, przy których posiedzenia wloką się jak smoła i które nie nastręczają sposobności ani do świetnych wystąpień adwokatury, ani do eleganckich zebrań towarzystwa.

Sami panowie przysięgli byli tegoż zdania. Po hotelach potworzyły się partyjki wista, preferansa, bakarata; wstawano od kart późno, spano długo, jedzono obficie. Od zajazdu do zajazdu latały miszuresy kłapiąc pantoflami po drewnianych, wysoko nad kałuże błota wzniesionych chodnikach, a ruch w handlach win, likierów i delikatesów ożywił się niezmiernie. Za to przed salą posiedzeń sądowych ulica pustoszała z dnia na dzień.

Nikomu teraz nie szła tędy droga, nikt tu nie miał interesu przystanąć, pogadać, faktorzy nawet zaglądali z rzadka, a zajrzawszy spluwali przez zęby. Istotnie, aż obrzydzenie brało na pustkę, jaka się tu nagle po niedawnym ścisku zrobiła. Tego bowiem chłopstwa, które się tu zbierało kupkami z Wołhatycz, z Krynek, z Zahajnego, z Mytryk, z Dołhuszek, z Korniatów, tych kożuchów tracących smołą i polem nie było co i liczyć nawet. Co można, proszę, wycisnąć z Poleszuka, który do miasta przychodzi z okrajcem czarnego chleba za pazuchą- z garścią tołkanicy w szmatce i żywi się tym przez dni trzy i cztery, bez grosza przy duszy, po który by warto choć na śledzia sięgnąć? Oczywiście, że nic.

Już kiedy rudy Judko między nich nie chodził, to znak najlepszy, że nie było po co. Ten dalej czuł pusty mieszek niżli woń padliny.

Ale jednego dnia brakło i tych chłopskich kupek. Porozchodziło się to, każdy za swoją biedą. Sadzono sprawę ostatnią, która wisiała na wokandzie na samym ogonie, niczyjego zajęcia nie budząc, nikogo nie obchodząc wielce. Nędzna jakaś .spraw ina o sery i masło.

- Mizeria! -Jak mówił dowcipny pan Hieronim rozdając karty do wista w zajeździe Szyi Froima.

Nikt się też do tej "mizerii" nie śpieszył. Dwie baby- jedna w kożuszku, w butach, druga w andaraku tylko, w zawijach i w płacie, weszły przed chwilą w bramę sądowego gmachu i znikły w głębokiej sieni.

Jak okiem zajrzeć, ulica na wskroś była pusta; strzelać by ma można choćby do Leszcza albo do Porzecza. Tylko pod murem przeciwległego izbie sądowej domu stał **did**, w obszarpanym kożuchu i wyrudziałej, na uszy wiązanej czapie, która się niewiele różniła kolorem od jego skołtunionych włosów i ryżawej brody. Did nie stary był jeszcze, ale srodze ospą zgryziony: a i wódka zostawiła na nim swe ślady. U ozutych w postoły nóg dida siedział na zadnich łapach mały, bury pokurć, uwiązany na sznurku u kosztura, który włóczędze za podporę służył.

I did. i pokurć patrzyli w okna sali oświetlonej wcześnie, jarząco, ale did patrzył obojętnie i tępo, pokurć zaś z widocznym niepokojem i oczekiwaniem.

Tymczasem wiatr jesienny świstał po ulicy jak po gołym polu. Chwiejąc żółtymi płomieniem latarni, rozwiewając brodę dida i łatany kożuch: a ile razy silnie zadął, skóra na pokurciu zaczynała drżeć mocno, a psina skomlił krótkim, żałosnym piskiem, rwać się nieco ku sądowej bramie. Nie biegł wszakże, ale kopnięty grubą nogą dziada przysiadał i wkuliwszy ogon pod siebie, z najwyższym niepokojem patrzył w okna sali.

Tam wszakże jasno było, cicho i bezpiecznie.

W lekko ogrzanym powietrzu chwiały się po ścianach wesołe płomyki gazu ukazując złocenia świeżo odnowionego •sufitu; szare, opuszczone w wysokich oknach story nadawały sali mimo jej znacznych rozmiarów jakiś charakter zaciszny, domowy niemal: szeregi pustych ławek stały poważne, milczące, zagłębiając się aż pod niewielką galerię, na wysokości półpiętra wprost sądowego stołu wzniesioną. W jednej z tych ławek, tuż przy drzwiach schodowych, czernił się punkt ciemniejszy. Był to woźny, który widząc, że nikt nie przychodzi, na palcach do ławki podszedł, poły munduru z całym uszanowaniem dla urzędu swego rozganiał, przysiadł, zgarbił się i cichaczem tabakę niuchał.

Pan prokurator stał teraz w pełnym świetle zawieszającego się od stropu świecznika. Był to mężczyzna nie pierwszej młodości, słusznej tuszy i powolnych ruchów. Szeroka łysina jego dużej, okrągłej głowy błyskała jak tarcza wypolerowana, twarz miał mięsistą, oczy blade, wypukłe, złotymi okularami nakryte, wąs jasny, obfity. pełny zarost brody i policzków, spojrzenie osowiałe nieco. Mówił głosem przyciężkim. trochę może monotonnym. ale ciepłym i od serca idącym. Tak w rysach twarzy jego. Jak w całej postaci rozlana była pewna dobroduszność, ludziom otyłym właściwa, która z rolą publicznego oskarżyciela mało się zgadzać zdawała.

Stojąc tak u szczytu stołu, wprost amfiteatralnie ustawionych pod przeciwległą ścianą ław panów przysięgłych, miał pan prokurator po prawej ręce stołki i pulpity obrońców, a po lewej świetne mundury prezesa i asysty jego. Prezes był zagłębiony w swoim fotelu, głowę miał lekko na pierś skłonioną, ręce na poręczach oparte; z lewej i z prawej jego strony siedziało po dwóch jeszcze panów, z których jeden przeglądał papiery, a drugi bawił się wkładaniem w oko monokla i wyrzucaniem go małym, niemalże niewidzialnym ruchem nosa. Mimo to. na mowę prokuratora zdawał się zważać pilnie, a drugie jego. nie zajęte oko nieruchome było i iakby marzące.

Na ławie przysięgłych jak zwykle pstrocizna, rozmaitość ubiorów, stanów, fizjonomii, wieku; wszystkie te rysy atoli powlekał i podobnymi je sobie czynił jeden wspólny wyraz znużenia.

Pod koniec kadencji jest to zjawiskiem tak zwykłym, tak w porządku rzeczy leżącym, iż trzeba niezmiernie zajmującej, trzeba kapitalnej sprawy, żeby tchnąć życie w te znużone twarze.

Ale dziś takiej kapitalnej sprawy nie było. Dość spojrzeć na jednego siedzącego przy bocznym stoliku obrońcę, żeby się poznać na tym. Trudno istotnie o dyskretniej ziewające usta i bardziej zmrużone oczy, niż je miał pan ten. oglądający najpierw paznokcie lewej ręki. potem paznokcie ręki prawej, potem znowu lewej, potem raz jeszcze prawej, a wreszcie obu rąk razem.

Już po tym jednym poznać można było. że jest to obrońca dodany z urzędu. Obrońca dodany z urzędu zwykle miewa coś do czynienia ze swymi paznokciami podczas mowy prokuratora, jeśli tylko nie nawiedzi go pod tę chwilę dzwonienie w prawym albo w lewym uchu.

Niekiedy także kreśli na leżącym przed sobą papierze literę S lub literę L z niesłychaną, córa/ rosnącą szybkością, o czym wszakże zdaje się sam nie wiedzieć i dopiero kiedy mu miejsca na ćwiartce zbraknie, budzi się z tego oczarowania i patrzy po obecnych lekko zdziwionym wzrokiem.

Minuta ubiegała za minutą, małe trzaskanie płomyków gazowych odzywało się jednostajnym szmerem, z ławki, w której siedzieli świadkowie, dobywało się silne sapanie, przerywane od chwili do chwili nagle urwanym chrapnięciem. Czerwonym suknem nakryty stół jarzył się od świateł, od błyszczących lichtarzy, kryształowych przyborów do pisania, od rżniętej karafki i szklanek odrzucających małe tęcze załamanych świateł, a nade wszystko jarzył się od bogato haftowanych, strojnych w gwiazdy i wstęgi mundurów.

Wszystko tu było jasne, wspaniale, dostojne: wszystko też wydawało się pełne dobroci i łaski. Srebrny, stojący na stole krzyż skupiał w sobie promienie świecznika, odbite od szerokiej, pełnej łagodnych wyniosłości i spadków łysiny prokuratora i odstrzelał je aż na błyszczący bagnet stojącego u drzwi żołnierza.

Co wszakże mogło się zdawać dziwnym w tej sali, to, że zgoła nie było w niej widać podsądnych. Wysokie, do zamkniętych kościelnych stalli podobne ławy oskarżonych zdawały się zupełnie puste. Mniemać by można, że cała ta wspaniałość, cały przepych sadu skierowane są ku jakiejś bezimiennej i bezosobistej winie; mniemać by także można, iż tę wielka machinę sądową puszczono w bieg na próbę tylko, jak się puszcza pierwszy pociąg kolejowy po nowo usypanym torze.

Tak przecież nie było. W pustych na pozór ławkach dawał się słyszeć kiedy niekiedy mały szmer, podobny do tego, jaki wydają myszy; czasem także tupotało tam coś bardzo podobnego do licznych stóp bosych. Tak króliki w jamce pod przyciesią komory schowane, niewidzialne dla oka, tupocą po ubitej glinie.

Pan prokurator kończył swoją mowę.

Była to jedna z tych mów, których wszystkie zwroty z góry przewidzieć się dają. Temat był potoczysty i tak otarty jak najlepsza sanna; dość było puścić w ruch słowa, żeby same poszły.

- Drobne przestępstwa - mówił -jak drobne szczepy. Z drobnych szczepów wyrastają drzewa, a z drobnych przestępstw zbrodnie. Cóż to jest przestępstwo małe, a co jest przestępstwo wielkie? W zasadzie jest to zawsze toż samo targnięcie się na prawo, ten sam zamach na porządek społeczny. Gdyby sprawiedliwość częściej wypalała najpierwszy zaród winy, trąd zła nie ogarniałby mas całych z tak fatalną i niepościągnioną siłą. Przestępca w czas ukarany to często ocalony człowiek, ale za późno jest sięgać po głowę naznaczoną haniebnym piętnem win niezmytych i niepowetowanych.

Zawiesił głos i wypoczywał, sapiąc z lekka. Właściwie mógł albo skończyć na tym, albo mówić dalej. Miał drogę otwartą na oścież i w tę. i w tę stronę. Przez chwilę zdawało się nawet, że skończy; sam może przelotnie myślał o tym. Jako łagodny. dobroduszny człowiek nie lubił on tych wszystkich apostrof do sprawiedliwości, które każdą prokuratorską mowę kończą obowiązkowo niejako. Miękkie miał serce w ogóle, a co już w tym wypadku, to mu się. rzekłszy prawdę. i nie chciało nawet występować *cum apparato belli*, po prostu cała sprawa nie była tego warta. Pomyśleć tylko: trzy sery i osełka masła.

- Boże ty mój! Toże nasz brat z rzodkwią na śniadanie radę by temu, duszeczka, dał!

Ale pan obrońca, który już pod koniec mowy prokuratora niepokoić się zaczął, rzucał teraz na odpoczywającego mówcę krótkie, urwane spojrzenia. Rzeczą było widoczną, że na coś oczekuje i czegoś się lęka.

Jakoż zwrócił powolnym ruchem pan prokurator wypukłe swoje oczy na stół, gdzie jako dowód rzeczowy leżał dość długi, zakrzywiony z jednego końca patyk, taki właśnie, jaki ogrodnicy zakładają na żerdkę dla zbierania wiosną liszek z grusz i jabłoni, a który nazywa się kulką.

W tej chwili pan obrońca drgnął i spuściwszy oczy. pilniej jeszcze niż przedtem paznokciom swoim przyglądać się zaczął.

Ale jeśli pan obrońca na paznokcie patrzył, to na obrońcę patrzył pan prezydujący, a patrzenie to trwało tak długo i tak szczególnym mieniło się wyrazem, aż piękne, podłużne oczy prezesa niemal zupełnie skośnymi się stały. Tymczasem prokurator głos zabrał:

- Jeszcze słowo - rzekł. - Jest okoliczność, która winę oskarżonych niemało obciąża i prawo do tym większej surowości skłania: okolicznością tą jest. że przedmioty- stanowiące istotę czynu karnego zabrane zostały spod zamknięcia, spod klucza, że owszem, zamknięcie samo uszkodzonym zostało. Bezprawie, jakiego się w tym wypadku dopuścili oskarżeni, jest tak występne i potępienia godne, iż samo jedno wystarczyłoby do zwrócenia przeciw nim całego ostrza karzącej sprawiedliwości. Oto leży przed wami, panowie, dowód niezbity ich winy! Oto owo narzędzie występku, które dopomogło oskarżonym do spełnienia jednego z najśmielszych przewinień, jakie przewiduje prawo. Wzywam was, panowie przysięgli, abyście w niniejszym wypadku dali dobitny wyraz słusznemu oburzeniu waszemu, oburzeniu całego społeczeństwa!

Skończył i jakby w tej chwili dopiero sam mowę swoją usłyszał, zadziwił się i osowiałym, niepewnym wzrokiem po obecnych powiódł.

Co u biesa! Taką pobłażliwość, taką miękkość w sobie czuł, a tak ostro palnął!

Nie miał zamiaru! Dalibóg, nie miał zamiaru! A patrzże, duszeczka, jak wyszło! A?... Ot, przywyczka! Ot czyn! Udawał Iwan wilka, udawał aż i kozę zdusił! A?...

Roześmiał się w sobie z cicha, machnął ręką i nieco ciężko opuścił się na fotel.

Tymczasem mały szmer powstał za stołem i w ławkach. Ten i ów poruszył się, zaszeptał, odchrząknął; ten i ów wyciągnął szyję. żeby –spojrzeć na występny patyk.

Łyczkowa tabakierka krążyła pomiędzy świadkami. Ktoś kichnął, ktoś inny życzył mu zdrowia, tym poczciwym chłopskim szeptem, co go to o pół stajania słychać, ktoś ziewnął, aż mu w szczękach trzasło.

Ale woźny posuwał się milczkiem na sam brzeg ławki i pilnie ku stołowi patrzył, jako że to strzeżonego i sam Pan Bóg strzeże. Nikt wszakże chwalić Boga, nie poglądał stamtąd, Za drzwiami tylko, w zimnej poczekalnej izbie słychać było szurganie stóp bosych i wycieranie nosów żałosne, płaczliwe, z westchnieniami i szeptem zmieszane. Woźny tym sobie bynajmniej nie turbował głowy.

Wiedział on doskonale, że to tylko baby. Bez bab się żadna chłopska sprawa nie obejdzie, choćby też o kozik. Wiadome rzeczy, jako są baby na wszelakie żałoście łakome. Druga się tak miodem nie uraczy albo i wódką z pieprzem, jak postękiwaniem i płaczem: czy ma o co, czy nie ma o co. Ledwo sprawę do sądu skrzykną, już się to do miasta procesją wlecze, już pode drzwi lezie, już knycha. Dużo im to pomoże! Akurat!

Tu woźny krzywi się i uśmiecha wzgardliwie. Plunąłby, taka go obrzydliwość przeciw babom zbiera, gdyby nie to. że na miejsce zważa. W tej chwili słychać dzwonek prezydującego: pan obrońca ma głos.

Pan obrońca podnosi się ze stołka i przez chwilę nie wie, co począć z długimi rękami w przykrótkich rękawach. Opiera je wreszcie o pulpit i podnosi czoło, na które mu wybija lekka, przemijająca czerwoność.

Jest to niepokaźny człowieczyna z pochylonym grzbietem i zapadłą piersią. Twarz ma zwiędłą, obojętną, spojrzenie przygasłe i wysokie, łysiejące czoło. Głowy nie trzyma prosto, ale ją przechyla to na jedno, to na drugie ramię, przy czym zmrużą to jedno, to drugie oko. uderzając wzrokiem z dołu w bok. jak to czyni kania. Zwiędłe, cienkie jego wargi rozszerzają się szczególnym uśmiechem wtedy nawet, kiedy mówi zupełnie poważnie; momentu tego wszakże niepodobna z całą ścisłością oznaczyć, ponieważ i to, co mówi poważnie, ma w sobie coś ze smutnego żartu, i to. co mówi żartem, ma surowość rzeczy koniecznych i nieuniknionych. W ogóle podobnym on jest do człowieka, któremu chce się gorzkich drwin z samego siebie.

Niepoczesna to była figura: klienteli prawie że nie miał, w kancelarii swojej pusty stołek przed dodatkowym biurkiem nic wiedzieć po co; trzymał, bo pomocnika, jako żywo nie potrzebował i nie wiadomo nawet, czyby się zgodził z kim innym niż z pustym stołkiem.

Powstawszy pan obrońca przerzucił głowę z lewego ramienia na prawe; rozszerzył usta jedną stronę, rozszerzył w drugą, podobnie jak to czyni szewc ciągnący skórę, strzelił workiem w bok, wprost w haftowany mankiet porządkującego notaty swe prokuratora, i rzekł bezbarwnym, obojętnym. nieco rozwlekłym głosem:

- Zadanie moje, Wysoki Sądzie, jest nader łatwym zadaniem, powiedziałbym nawet, zadaniem wdzięcznym, gdyby nie było rzeczą uznaną, że wszystkie w ogóle zadania ludzkiego życia są rzeczą niewdzięczną. Ale o to - mniejsza.

O cóż tu idzie? Idzie o zjedzone masło i sery. Jako obrońca dodany z urzędu pojmuję całą ważność tego przedmiotu i winy powierzonych mi klientów bynajmniej zmniejszać me myślę. Świetna mowa pana prokuratora nie dozwala mi nawet tej alternatywy. Skoro zło małe jest tym samym, co i zło wielkie, po co je zmniejszać, pytam? Czy nie byłoby to toż samo, co je powiększać? Otóż nie mam zamiaru wydawać się w grę tak niebezpieczną. Zresztą, na co to wszystko? Właściwie cała nawet obrona moja jest rzeczą niepotrzebną, zbyteczną. Oskarżeni nie zapierają istoty czynu. Tak jest, Wysoki Sadzie! Zjedli oni trzy krajanki sera i cały funt masła. Może nawet więcej niż cały funt masła, jak utrzymuje strona poszkodowana. Może! Takim hultajom apetyt służy zazwyczaj wybornie.

Zamilkł, przerzucił głowę na drugie ramię, a wzrok jego padł na złoty łańcuch prezydującego.

- Ja. na przykład - mówił dalej - masła nie jadam wcale; sprawia mi ono gorycz w ustach i palenie w dołku, podobnie jak i wszelkie inne tłuszcze. Wszelako skłonny jestem wierzyć, iż takie zdrowe, takie chłopskie, prawdziwą zazdrość budzące żołądki mogły strawić funt masła cały albo więcej nieco.

Co jest wszakże rzeczą ciekaw ą i zastanowienia godną-dodał rzuciwszy głową jak bilardową kulą na przeciwne ramię - to to. w jaki sposób masło owo spożytym zostało: z chlebem czy bez chleba? A jeśli z chlebem, to skąd oskarżeni chleb ów mieli? Bo to, że nie dostali go w chałupie od matki, jest więcej niż pewnym.

Kto ma teraz chleb w chałupie, moi panowie? Nikt zgoła! Rok był zły, chybiły żniwa, żyta nic obrodziły, kartofle wygniły, owsy poczerniały, jęczmiona zaschły na kłoszeniu, lebioda nawet licha była. gorzka i robaczna.

Urwał, rozciągnął usta, zwinął je, znów rozciągnął i tak je wykrzywił, jakby sam owej lebiody próbował i dotąd czuł jej gorycz. Po chwili mówił dalej:

- W pustych żarnach chłopskich, moi panowie, myszy gniazda ścielą; baby powymiatały ostatki krup bodni, nie ruszane dawno dzieże zeschły się po komorach na klepki. Panów to zadziwia, że mam tak dokładne wiadomości o tym, co się dzieje na wsi, kiedy chybią żniwa? Jestem syn chłopski, moi panowie, chłopskie plemię, za pozwoleniem Wysokiego Sądu. i pamiętam doskonale, jak praży bieda, kiedy żyta nie obrodzą, a ziemniaki zgniją!

Pierwszy raz w ciągu tej mowy głowę sprostował nieco i z góry na słuchaczy spojrzał. Zdawało się nawet przez chwilę, że obojętny wzrok jego zatlił się wilgotnym żarem. Wnet wszakże przybrał zwykłą swą postawę i spuściwszy oczy tak rzecz prowadził dalej:

- Nie jest to bynajmniej dla biegu sprawy okolicznością obojętną, że w takim złym, niepomyślnym roku na dziesięć chłopskich żołądków bywa dziewięć pustych, bo jeżeli obronę, jakiej dostarcza klientowi adwokat. uważam za błahą i bezużyteczną, to przeciwnie, najwyższe znaczenie przypisuję temu wszystkiemu, przez co sprawa sama się broni. Jeżeli tedy Wysoki Sąd uznaje słuszność tej mojej skromnej opinii, to stawiam wniosek, aby doraźnie wezwać oskarżonych o wyświetlenie tego ze wszech miar interesującego momentu sprawy. Procedura nic nie straci na tak małym wyboczeniu i. drogi utartej praktyką, a panowie przysięgli zyskają niewątpliwie wszechstronniejszy pogląd na sprawę z punktu pominiętego w pierwiastkowym śledztwie z godnym pożałowania pospiechem.

Tu urwał i nagłym błyskiem zmrużonych oczu uderzył z dołu w inkwirenta, który w tej chwili zachłysnął się i poczerwieniał jak gdyby pochwycony za gardło.

To przymówienie się adwokata, nie będące niemal właściwą obroną, a grożące rozwleczeniem sprawy nad zakres czasu, w jakim zamierzano ją ukończyć, nie mogło się, rzecz prosta, podobać nikomu.

Pierwszy woźny objawił niezadowolenie swoje wzruszając ramionami, parskając z cicha w saperskie, przystrzyżone wąsy; wszakże uspokoił się natychmiast, a zagłębiwszy dwa palce w tabakierkę usiłował ograniczyć swoje poruszenia do jak najmniej widocznych zbliżeń między tabaką a nosem.

Właściwie co mu było złego siedzieć tak i słuchać? Co innego, gdyby stał przy drzwiach, wtedy, oczywiście, należałby do opozycji.

Tymczasem za stołem ten i ów poruszył się w fotelu w sposób nie pozostawiający żadnej wątpliwości, że wystąpienie pana obrońcy potępia i wprost je uważa za niewczesne drwiny.

Skąd znów taka nowa jurysprudencja, żeby oskarżonych przed ostatnim przymówieniem się do wyjaśnień w toku rozpraw wzywać? Czy nie jest to samowolność, niczym nie uzasadniona? Gonienie za pustym efektem? Za oryginalnością?

Niemniej i panowie przysięgli kręcili się w ławkach jak wijuny, gdy praży słońce.

Dokądże ich, u diaska, trzymać tutaj myślą? Pula nie rozegrana, szczupak na dziewiątą u Froima, a tu nowa heca! Na kata się zdała taka robota, kiedy ani zjeść, ani wypocząć me można swojej porze!

Jeden tylko prokurator patrzył na obrońcę ze współczuciem, i on wprawdzie uznawał pewną niewczesność tych rekryminacyj, owszem skłonny był je uważać wprost za wybieg prawny, ale z drugiej znów strony czuł się pociągniętym do mówcy tajemną sympatią.

W lot pochwycił pan obrońca ten delikatny odcień na wyrazistej twarzy prokuratora, a ponieważ pan prezydujący milczał bębniąc nerwowo o poręcz fotela, co można było sobie tak i siak tłumaczyć, skłonił się z lekka ku stołowi i rzuciwszy głową jak piłką z lewego ramienia na prawe, rzekł:

Pozwalam sobie wniosek mój ponowić i najusilniej przy nim obstawać. Wysoki Sąd nie może być obojętnym na korzyści, jakie sprawie przynieść może wyjaśnienie wskazanego punktu.

Nie jest to jednym i tym samym, czy ser i masło zjadł ktoś z chlebem czy też zamiast chleba. Na różnicę tę kładę nacisk. Jest ona ważną, jest ona decydującą. Gdy zaś ani świeżo ukończone badanie świadków, ani strona poszkodowana żadnych nie dostarczyły w tym względzie wskazówek. to jasne, iż trzeba zasięgnąć wyjaśnień u samych obwinionych. Pan prezes pozwoli... -dodał skłoniwszy się lekko i zawieszając głos w oczekiwaniu.

A gdy kategorycznej odmowy nie było, zwrócił się do stojących poza sobą ławek i w chłopskim narzeczu Poleszuków krzyknął:

- **Chadzicie, rabiata** !

Natychmiast w ławkach. które się dotąd wydawały puste, zakotłowało się. zadudniło od licznych stóp bosych i z głębi zaczęły się wysypywać małe, szare postacie.

- **Bliże!** - zawołał adwokat, któremu wzrok rozbłysnął nagle. Małe szare postacie zaruszały się, zakłębiły i posunęły ku obrońcy krokiem.

- **Szcze bliże!** - krzyknął znowu jakimś świeżym, młodym, jak gdyby w polnych rosach opłukanym głosem. - **Szcze bliże** !

Wszystkich ich teraz dobrze widać było. Zapędzili się i stanęli zbici w kupkę jak te owce siwe.

Pięciu ich było.

Chłopcy drobni, przymizerowani, spaleni wiatrem i słońcem. Najstarszy mógł mieć lat ze czternaście może. najmłodszy z dziesięć, albo i mniej jeszcze. Ot, poganiacze wiejscy od gęsi. od cieląt, od drobnego statku, a może i wprost z chałupy Nisko podcięte, konopiaste i czarniawe grzywy zakrywały im czoła, policzki mieli śniade, zapadłe nieco, miny nastraszone i ciekawe.

Na jednych grzbietach wisiały płócienne świtki, na drugich półkożuszki porwane, różną nicią szyte: najmłodszy miał tylko siwą koszulinę paczesną, wypuszczoną powierzch na takież okręcone sznurkiem u bosych nóg porcięta.

Czapki trzymali w obu rękach, przyciskając je silnie do piersi; oczy mieli wytrzeszczone, otwarte usta, wyciągnięte, cienkie jak u wróbli szyje.

Przemówił coś do nich jeden pan zza stołu. ale nie zrozumieli tego.

Roztargnione ich spojrzenia błądziły po świetnych mundurach, po złotych ramach wiszącego w głębi obrazu, zatrzymywały się na dzwonku, na błyszczących kałamarzach, na srebrnym krzyżu, na czerwonym suknie.

- Ojej, co tu bogactwa różnego! Ojej, co tu bogactwa!

Mały Chwiedoś nie był zgoła pewny, czy panowie za stołem są żywi, czy tez tylko taka o **mełka** i w wątpliwości tej szturchnął w bok Benedycia, wskazując głową na prokuratora. Ale Benedyć i nie poczuł tego. Był on cały pochłonięty widokiem łańcucha na piersiach pana prezydującego.

- **Boh mi** ! A jaka jasność! Jakie gromnice! Wielka bogatość! Okropnie wielka bogatość!

„**Kab jeść dali** - myśli przezorny Łuć patrząc spode łba nieufnie - to tylko stać a patrzeć, u dziwować się światu!"

Chwieje głową i zadziera konopiastej grzywy ku gorejącemu nad nim świecznikowi, który mu się wydaje większym i daleko piękniejszym od słońca.

Ale najstarszy z chłopców, Ustim, jedynak Chwyłyny wdowy, co już od roku dworskie źrebce pasa, miarkuje sobie, że kiedy ich tu w taką paradę wpuścili, to jużci nie dla śmiechu. Jest to chłopak bystry i roztropny.

"Oho!" - myśli, a jego śniada twarz obleka się nagłym niepokojem. Wie on dobrze, jako był przyczyńcą do zjedzenia owych serów i owego masła; jużcić to tak na sucho nie ujdzie. Koza jak koza. strachu nie ma, a to jakby w chałupie, bo i brudno, i głodno tak samo. Ale w takiej paradzie, w takim państwie to tu inaczej pójdzie, oho! Już ich tu panowie pewno nie po co wzięli, tylko żeby w skórę krzyknąć... Oho!.... Przestępuje z nogi na nogę i ściska rękę, kuląc między ramiona długą, cienką szyję. Chwilami zdaje mu się. że uczuwa ból w okolicach słabizny i niespokojnie obziera się za siebie.

Nic mu wszakże me grozi z. tej strony.

Tuż za nim stoi Klim, mały gęsiarek z ostatniej pod borem chaty. Ten jest jak oczarowany. Od kiedy go tu wpuścili, oczy jego chodziły kołem po suficie, który widać było z głębokich. zamkniętych ławek; teraz obejmują salę spojrzeniem rozpalonym. marzącym.

- **Kab husi widziały!**...A mamaż ty moja, **kab** widziały! Kościół nie kościół, a jakby .się śniło... Gdzie! Na najcieplejszym zapiecku nie przyśnią się takie dziwy! Na pacierzu nie zmówić!... Na surmie nie wygrać, choć i na najdłuższej... Mamaż ty moja!... **Kab husi widziały !**

"Mama" mówił ot tak z głupoty z nawyczki tylko; sierotą bowiem byt i ludzie go tak ot przygarnęli, z miłosiernego serca i wedle gęsi, które lis po przydrożkach chwytał; do stadka zaś swego tak przywykł, że je uważał za najbliższe przyjacielstwo swoje, i tego tylko żałował w tej chwili, że gęsi jego tych dziwów nie widzą.

Tymczasem Ustim pilnie nastawił uszu; zdaje mu się. że o chlebie mowa. Natychmiast uczuwa mdłość wielką i wciągnąwszy w siebie brzuszynę zawściąga **pojaska**, który mu pod żebra opadł.

,,A co? - myśli, przerzucając się od strachu do nagłej otuchy - a co? Dadzą może chleba, taj puszczą!"

Spojrzał ku stołowi podejrzliwie, badawczo.

"E... może i nie dadzą! Nie widać jakoś, żeby chleb gdzie leżał...

Gdzieżby!"

Wątpliwość uderza w niego z nową siłą. Mimo wszystko nie czuje się on tutaj dość bezpieczny. Już to tam nie poradzi! Już to tam prędzej będzie źle niż dobrze! Ogląda się z wolna w bok i spostrzega przy drzwiach żołnierza. Natychmiast z szybkością błyskawicy spuszcza oczy i zaczyna silnie mrugać długą, jasną rzęsą. Powieki jego wyglądają w tej chwili jak cienkie, z śmiertelnym pośpiechem bijące w żarze skrzydełka ćmy na wpół spalonej.

Nagle słyszy, że do niego mówią. Ten sam pan mówi. co zawołał **chadzicie**. Rozumie go doskonale. Pan zapytuje, czy ten ser i masło zjedli z chlebem?

- Z chlebem?... - Podnosi oczy, uśmiecha się. pokazuje drobne zęby i kręci głową. Całe zalęknienie opuszcza go natychmiast, gdy usłyszał, że do niego tak mówią jak we wsi. Ale to, że go o chleb pytają, wydaje mu się po prostu zabawnym. Skądżeby oni chleb wzięli, kiedy tam chleba nie było? Do **puklidu** baby nie chowają chleba. Jak chleb jest to go chowają do bodni albo w inne **babie kłaże**, a w puklidzie skądby?... Chleba i nie pieką teraz nawet, we wsi żyta mało. A toby Pan Jezus dał, żeby na siew nie brakło...

Nie wypowiada tego wszystkiego. Gdzie, nie śmiałby i wstyd by mu było, ale myśli w sobie to wszystko i uśmiecha się i precz kręci głową. Pan obrońca me nalega- Zna on widać doskonale ten uśmiech Poleszuka przeczący; wie, że słowem zełgać zełże, ale takim uśmiechem nigdy.

- A kiedyżeś ty chleb ostatni jadł? - pyta nagle, zwróciwszy się do chłopca. Ustim podnosi głowę i zaczyna przypominać sobie. Jest chudy i długi; podniesiona głowa robi go dłuższym jeszcze. Wyciągnięta szyja jest tak cienka, iż zdaje się, biczem przetrząsnąć by ją można; zza rozpiętego kołnierza koszuli widać głębokie doły obojczykowe, na brodzie i dolnej szczęce skóra tak przyschła, jak u starego człowieka. Liczy najpierw na dnie, ale tych jest za wiele, nie idzie mu jakoś; zaczyna tedy liczyć na niedziele, ale i to mu me idzie. Rozpoczyna raz jeszcze głośno i liczy na jarmarki. Tak, teraz dobrze! Teraz wie, kiedy to było i teraz pamięta... Dziecięca, żywa wyobraźnia odtwarza przed nim całą tę chwilę z zupełną dokładnością.

- To było na dwa jarmarki przed tym, co byt ostatnim, to było na Pyłypa... Matka przedała wełny, a kupiła chleba. Dwa bochny kupiła i kukiełkę dla Zochfijki od sąsiadów jeszcze... Chleb pachniał... W zapasce go niosła, a on przy matce biegł... Szli prędko, bo się słonko za **chwozdok** chylało... **Tyt Żeliznyj pod rozświetnią trojnił.** Idziem, tak matka mówi: „**Sława Bohu**" Tak Tyt odrzekł: „**wo wik**" i pyta: "A co niesiesz, Chwyłyna?" A matka: "chleba a to kupiła". A Tyt: "Cóż ty, wesele robisz, że chleb kupujesz?" Tak matka na to: "Jużcić że wesele! Jak je chleb, to je i wesele!" Rozśmiała się: „Hej, jarmark! Hej, Pyłypok!" A Tyt: "**Czomu ne s załyty, koły prystupaje** ?" I zaraz zaczął pokrzykiwać: „**A nu małyj ! A nu krasnyj!**" Bo tam pod **rozświetnią potajnik**. Koło potajnika i na woły ciężko. To my wtedy ostatni chleb jedli!

Mówił to powolnym, dość cichym, jakby zmęczonym głosem, Sam ten głos świadczył, że jarmark na Pyłypa dawno już był, dawno...

Obrońca nie przerywał chłopcu. Można by nawet mniemać, że gadania tego wiejskiego poganiacza słuchał chciwie, tak się pochylił ku niemu, tak patrzył w niego rozgorzałym okiem, z twarzą pobladłą i z drżącymi usty.

Chłopak umilkł, a on słuchał jeszcze.

Roześmiał się polem z cicha, gorzko, i ku stołowi zwrócił.

Mimo pozornego spokoju znać było. że płonie jak roratna świeca. Głowa jego zapomniawszy zwykłych swoich ruchów, podnosiła się coraz wyżej, coraz śmielej: oczy już nie z dołu w bok, ale z góry biły jak siekańcem w hafty, pierścienie i wstęgi.

Panowie pospuszczali oczy: niechętnie przyjmowano cały ten epizod sprawy. To rozpytywanie chłopaka, ta kupka wywołanych nie wiadomo po co z właściwego miejsca oberwańców, wszystko to podobać się nie mogło. Uważano to za romanse dobre w książce, ale nie w sądowej sali.

Nie dlatego, żeby to były samolubne, zimne dusze, owszem, ten i ów odwrócił oczy nie mogąc patrzeć na znędzniałe postacie chłopiąt, ten i ów czuł wielką przykrość na widok tej bezbronności i tego sieroctwa, ale każda rzecz na swoim miejscu właściwa.

Najbardziej zdumiony był woźny. Ten po prostu oczom własnym nie wierzył i tak kręcił głową, że ledwo trafiał z tabaką do nosa. Od kiedy jest przy sądzie, nie było tu jeszcze takiej**komedyi**. A to poczekawszy **tyjatr** tutaj zrobią!

- Tyle co do chleba, a raczej co do braku chleba! - kończył w tej chwili rzecz swoją obrońca. - Ale pan prokurator dostarczył mi w światłym przemówieniu swoim jednego jeszcze punktu, na którym sprawa moich klientów też się sama broni- Pozwolę sobie punkt ten podjąć i powtórzyć tu trafne słowa dostojnego mówcy:

"Oto jest narzędzie występku!" - rzekł on wskazując drobny przedmiot, leżący w tej chwili przed obliczem Wysokiego Sądu. Jest to jedno z najtrafniejszych, jedno z najbystrzejszych i najbardziej decydujących orzeczeń, jakie wyszły kiedykolwiek z ust dostojnego oskarżyciela w tym przybytku sprawiedliwości i prawdy. Nic też lepszego i pożyteczniejszego dla sprawy klientów moich uczynić nie mogę, tylko to orzeczenie podjąć i powtórzyć: - Panowie! Oto jest narzędzie występku!

Wyciągnął rękę ku stołowi szerokim, wspaniałym gestem i patyk wskazał.

Obecni poruszyli się, sami nie wiedząc czego, zdawać się mogło, że ta wyciągnięta ręka dotknęła ich piersi.

Ale pan prokurator patrzył na pana obrońcę niepewnym, osowiałym wzrokiem.

"Coże on, duszeczka! Kpi czy o drogę pyta? Taż jemu, adwokatu, zbijać prokuratorską rzecz! Taż on od tego właśnie! A ten, patrzajże, duszeczka ty moja, sam tak gada, jakby prokuratorem był!"

Zakołysał się na fotelu w lewą i w prawą stronę i ustami cmoknął.

Ale pan obrońca podrzucił głową i rzekł:

- Widzę wzruszenie wasze, moi panowie. Ale raczcie się uspokoić, proszę! Tym narzędziem występku nie jest ani topór, ani siekiera, ani nawet kozik albo dłutko, jest to prosty... nie, mylę się!... jest to zakrzywiony patyk! Patyk, jakim każde drzwi w poleskiej chacie otworzyć można kładąc go w otwór i podważając drewniany skobelek zamykający ją z wewnątrz. I czy chcecie widzieć, panowie, jaka ręka, jaka siła władała tym narzędziem występku?

Odwrócił się, uchwycił Ustima za rękę, pociągnął w górę łatany rękaw jego świtki i grubej, nie dobielonej koszuli i obnażywszy rękę chłopaka tak niemal cienką jak wierzbowa witka:

- Oto jest to potężne ramię! - zawołać głośniej może, niżby przystało przed tak dostojnym zebraniem.

Nagle pochylił się ku chłopcu żywym ruchem i patrzył na gęste, czerwone bąble, które pokrywały cienką jego rękę.

- **Heto szczo**? - zapytał stłumionym głosem.

- **Prusy skusali**! - odrzekł Ustim z głębokim spokojem.

Oczy pana adwokata błysnęły ciemnym żarem. Przez chwilę trzymał je wbite w znędzniałą twarz dziecka, z dziwną mieszaniną uczuć sprzecznych, z dna duszy dobytych, odwrócił się potem do stołu, rozszerzył usta jakby do uśmiechu i rzekł obojętnym, nieco drżącym głosem:

- Wysoki Sąd darować mi raczy. Przestraszyłem się. Może nawet przestraszyłem którego z was, panowie? Przebaczcie! Myślałem, że ten dzieciak chorobę nam tu jaką przyniósł...jaką dżumę... Ale nie Jest to tylko nędza. Nic więcej, moi panowie, tylko wielka, wielka nędza!

Puścił rękę chłopaka, skłonił się i zrobiwszy kilka niezgrabnych, powolnych kroków ku stołkowi, usiadł; na jego wysokie, łysiejące czoło wystąpiły teraz drobne krople potu.

Dziwna rzecz! Nie przerzucał w tej chwili głowy ani na prawe, ani na lewe ramię, tylko ją trzymał prosto, sztywnie; szeroko otwarte jego oczy patrzyły w jakąś dalekość, a cienkie wargi zaciśnięte były i surowe. Stracił w tej chwili do reszty charakterystykę obrońcy z urzędu.

Nagle w ciszy, jaka teraz salę objęła, dało się słyszeć słabe, żałosne skomlenie pokurcia.

Najmłodszy z chłopców drgnął, otworzył usta i podniósł ku oknu duże, modre oczy.

- Kozyrek!... Kozyrek **heto** ! - zawołał przenikliwym, dziecięcym głosem.:- Kozyrek **heto zawywaje**...

Stąpił krokiem, chciał iść, do Kozyrka chciał. Nie widział teraz nic, nie słyszał nic.

- Kozyrek **zawywaje** !...

Ale Benedyć przytrzymał go za rękaw siwej koszuliny. Benedyć, patrzący na wszystko rozważnym wzrokiem, widział, jak się łańcuch na piersiach pana prezydującego poruszył i jak za tym poruszeniem poruszył się także jego pięknie wygolony podbródek. Pan prezes mówił. Benedyć słyszał dobrze, zrozumiał nawet, że pyta o imię rwącego się do Kozyrka chłopca.

- Chwedoś! Chwedoś Pyptiuk! - przemówił rezolutnie.

Pan prezes przerzucił ręką papiery.

- Jakże Pyptiuk? Nazwiska tego nie ma w protokole!

Siedzący obok pan inkwirent papiery przed siebie z lekkim pochyleniem głowy przesunął, znów je przejrzał i brwi podniósł wysoko.

Istotnie, o żadnym Chwedosiu Pyptiuku nie było tam mowy. Jeszcze raz tedy spytał o nazwisko chłopca.

Ale dzieciak nie wie nawet, że tu o nim mowa. Szeroko otwarte oczy jego robią się coraz przezroczystsze, coraz bardziej srebrne; posiniałe, do przemarzłej leśnej maliny podobne usta drgają powstrzymywanym płaczem. Całą tę drobną istotę pochłania w tej chwili żałosny głos pokurcia, ciche, niespokojne skomlenie przedostające się z ciemnej ulicy do tej wielkiej sali.

Chciałby tam iść. Chciałby iść na ten wiatr wiejący, na ten deszcz siekający, ot tak, jak stoi, w tej pacześnej koszulinie siwej, bez zaścieżki, na piersiach rozwartej. Chciałby iść przytulić się do mokrej sierści, do kudłatego łba skomlącej psiny.

- Kozyrek **heto**... Kozyrek **zawywaje** !

- Chwedoś, Chwedoś Pyptiuk! - tłumaczy tymczasem sądowi coraz rezolutniej Benedyć. Jest on w tej chwili usposobiony jak najlepiej. Cóż tam gadali we wsi: Sąd! Sąd! Matka płakała, ojciec mu na odchodnym coś ze trzy razy pięścią w kark wlepił z tej żałości, a tu przecie nic strasznego! Nie biją, nie wymyślają, pięknie sobie siedzą, spokojnie. A co o ser i o masło, to najmniej! A to i tego nie wiedzą, jak się taki durny Chwedoś na przezwisko nazywa.

Rozśmiał się w garść cicho, przebiegle, jak tylko Poleszuki śmiać się od małego umieją.

Gdyby się wilczęta po lasach śmiały, musiałyby tak właśnie wyglądać, jak wyglądał w tej chwili Benedyć.

Pan prezes wszakże niecierpliwić się zaczął.

- To jakże?... Pomyłka?... A?...

A-gdy inkwirent brwi tylko podniósł i rozłożył dłonie:

- Ty jak się nazywasz? - zwrócił się prezes nagle do błyskającego białkami rozweselonych oczu Benedycia.

Chłopak był w siódmym niebie. Ta indagacja podobała mu się coraz bardziej. Wysunął się z gromadki i rzekł raźnym głosem:

- Tichobaj!

Benedykt Huc, stoi w protokole! Cóż ty? A?...

Benedyć o krok jeszcze posunął się dalej. Czuł się tak ośmielonym, tak spoufalonym z sądem, jakby sam do niego należał.

- Neścior Syrycz, **heto bat'ko** ! Huc **taj** Syrycz **taj** Neścior ! **A że** Benedyć, **taj** Tichobaj, **heto ja** !

Uderzył się drobną pięścią w kożuszynę rozchełstaną na piersiach i rzucił oczyma na prawo i na lewo, niezmiernie zadowolony w swej ambicji.

Gdzie inni! Stoją tam jak te cielęta w kojcu, a on tu sobie przed samym stołem, przed samymi panami!

Przełknął ślinę, wyprostował się, ręce po bokach puścił, a kolana i bose stopy mocno ścisnął, jako to widział u stojącego przy progu żołnierza.

Pan prezes wzruszył z lekka ramionami.

- To i jakże wołają ciebie ? Syrycz, Huc czy Tichobaj ? To i ojcu twemu Tichobaj? A?...

Na chłopaka aż ognie biły z uciechy, że jeszcze tej paradzie nie koniec. To mu pochlebiało, to go napełniało dumą.

W sali nastała cisza.

Tymczasem w oczach pana adwokata błyskała jawna złośliwość. Zgarbił się na swoim stołku, głowę na ramię przechylił, o kolano łokieć oparł i skubał ciemną, rzadką bródkę.

Dopiero kiedy prezydujący, straciwszy nadzieję dojścia do ładu z indagowanym, zagłębił się zniechęcony w fotelu, wstał z wolna pan adwokat ze swojego stołka, a nie przestając skubać rzadkiej bródki, skromnie spuścił oczy i rzekł suchym, obojętnym głosem:

- Wysoki Sąd przyjąć zechce do swej wiadomości, że lud w tych okolicach nosi zazwyczaj więcej niż jedno nazwisko!

Rzekł, podniósł nagle głowę i uderzywszy bystrym wzrokiem w samą twarz dzieciaka zapytał rubasznie, z chłopska:

- **A ciebia jak zowut' z bat'ka**, hę?

Chłopak jak na komendę obrócił się ku niemu. Jasny rumieniec wybił mu na liczko; coś bliskiego, coś swojskiego poczuł w tym pytaniu.

- Benedyć Huc! - odkrzyknął cienko a donośnie.

- A w kancelaryi jak zapisali? - pytał dalej pan obrońca nie wychodząc z chłopskiego akcentu.

- Benedyć Syrycz! - objaśnił natychmiast malec.

- Dobre! - zawołał obrońca. - A we wsi jak **drażniat ciebia** ?

- Benedyć Tichobaj! - huknął chłopak jak o staje drogi, rad, że się wreszcie dokładnie dał zrozumieć.

Pan prezes powstał, objął okiem zebranych, pomilczał chwilę i przystąpił do zreasumowania sprawy. Wszystkie spojrzenia zwróciły się teraz na niego.

Był to młody jeszcze, wysoki, piękny brunet, którego dorodna postać wybornie się prezentowała w obcisłym mundurze. Głowę miał postrzyżoną krótko, czoło głęboko wrębione i cofnięte nieco, lekko garbaty nos o cienkich, rasowych, rozdymających się nad niewielkim wąsem nozdrzach, spojrzenie bystre i chłodne.

Głos jego był metaliczny, suchy nieco; wymowa dobitna, mocno akcentowana. miała w sobie rytm ujarzmionego i powstrzymywanego pędu. Jedną ze szczupłych, długich rąk nerwowych założył za mundur na piersiach, drugą czynił małe, wytworne poruszenia, dodające słowom jego niezwykłej precyzji i siły.

Gruzinem być musiał lub Czerkiesem z rodu, przynajmniej wskazywały na to charakterystyczne rysy twarzy, piękne podłużne oko o ciemnej, jakby przygorzałej, powiece i matowa śniadość cery, która pod wpływem świateł palących się w sali nabrała ciepłych, południowych blasków.

Był to jeden z tych mówców, którzy nad słuchaczami panują nieodpartą siłą logiki i beznamiętności.

Poczuli to panowie przysięgli od pierwszego słowa. Cały ich dyletantyzm zniknął gdzieś bez śladu, uwaga się zaostrzyła, skupiły rozproszone myśli, pan Hieronim nawet zapomniał o oczekującym go u Froima szczupaku i wiście.

A nie tylko poczuli siłę tej wymowy, ale jej sprawność i jej szyk wojenny, który ich uporządkował wewnętrznie i karnością natchnął. Teraz byli naprawdę sędziami. Przede wszystkim sam fakt, sama istota czynu stanęła przed nimi oderwana od nazwisk, osób, miejsc i przedmiotów, prosta, wyrazista, naga.

Spełnioną została kradzież.

Był to punkt, na którym stanęli mocno; i mówca, i oni sami. Punkt ten, ogołocony z wszelkich dodatków i określeń, podrósł niejako i utworzył rodzaj wyniosłości, z której pole walki na wskroś było widnym. Rozwinął teraz przed nimi mówca merita sprawy krótką, frontową linią. Zdziwili się panowie przysięgli jej jednolitości i sile. Zaledwie jednak mieli czas objąć ją należycie wzrokiem, kiedy nagle rozdzieliła się w ich oczach, a spoza niej wysunęło się prawe i lewe skrzydło: kradzież prosta i kradzież z włamaniem. Natychmiast z jednego i z drugiego flanku zaczęły błyskać ostrza; cięcia krótkie, sprawne, mistrzowskie, którymi panowie przysięgli olśnieni byli i oczarowani. Były to jednocześnie błyskawice i. ciosy: uderzały i oświecały jak miecz i jak piorun.

Teoria kradzieży prostej stała teraz jak mur; teoria kradzieży z włamaniem jak szyk nieprzemożony. Rozdzieliła je przestrzeń zrazu niewielka, potem rosnąca i zagłębiająca się z każdym słowem mówcy. Było to najpierw wyżłobienie, potem fosa, potem nieprzebyta otchłań.

Zdumieli się panowie sędziowie, że mogli łączyć kiedykolwiek te tak dalekie od siebie, tak różne i tak wielką przepaścią rozdzielone rzeczy. Ale mówca nie pozostawił ich długo pod wpływem tego jednego widoku.

Przemówił, zrobił mały. nieznaczny ruch ręką i każde z obu skrzydeł rozpadło się raz jeszcze, tworząc regularny czworobok. Tak kradzież prosta, jak kradzież z włamaniem mogła być spełniona pojedynczo albo i zbiorowo. Teoria stowarzyszeń przestępczych, jedna z najświetniejszych tez prawa karnego, jakich mistrzowskim przedstawieniem rozporządzał mówca, dostarczyła mu przepysznych, po prostu olśniewających zwrotów, których największą siłą była ich niezrównana prostota.

Żadnego zamieszania, żadnej dwuznaczności. Cechy obu rodzajów przestępstw zostały określone jasno, zszeregowane systematycznie, postawione niezachwianie, wskazane dobitnie- Premedytacja, która po stronie pojedynczo spełnionych przestępstw powiewała jak lekka chorągiew wiatrem obracana to na nice, to na lice, tkwiła po stronie przestępczości zbiorowej jak niewzruszony a posępny sztandar. Fatalny czworobok zamknął się przed oczyma przysięgłych: w pośrodku jego ziała przepaść.

Czy ją widzieli? Nie wiedzieć.

To pewna, że otworzyły się przed nimi nowe widnokręgi, że udzieliło im się coś z siły i bezpośredniości samego mówcy. Wzrok ich się zaostrzył, słuch wysubtelnił. stopień wrażliwości wzmógł do wysokiego napięcia. Z niesłychaną bystrością chwytali nie tylko słowa mówcy, ale każde nagięcie, każdy nacisk jego głosu.

Innym oni teraz okiem patrzą i na obwinionych, i na dowód winy. Zakrzywiony patyk był istotnie tylko odmianą klucza, który cudze zamki otwiera i cudze drzwi uszkadza; w chropowatości jego dostrzegali zdradzieckich karbów, przemyślnie wyciętych po to, żeby nieomylnie dobyć się do cudzego mienia. Kiedy mówca, demonstrując, uczynił mały ruch ręką, jakby klucz ten przekręcał w zamku, panowie przysięgli wyraźnie słyszeli zgrzyt jego złowieszczy i trzeszczenie podważanego skobla.

I sami oskarżeni przedstawiają się teraz w zgoła innym świetle. Nie jest to już kupka zalęknionych i zbiedzonych dzieci, ale szajka złodziejska zorganizowana w przestępnych i przez kodeks kryminalny przewidzianych celach. Nie są to głodni poganiacze wiejscy, razem pasący gęsi i cielęta, którzy pod wpływem burczenia w pustych żołądkach i drażniącego je zapachu świeżych serów dopuścili się nagannego wykroczenia, ale niebezpieczna dla spokoju publicznego banda małoletnich hultajów, którzy aż nadto mieli sposobności i czasu obmyśleć swój czyn karygodny zbierając się o jednej dnia porze i na jednym miejscu.

Co było osobliwym w tych pomyśleniach i uczuciach, to. że zdawały się zupełnie oderwanymi od wszystkiego, co uprzednio zrobiono w toku sprawy czy to dla oskarżenia, czy dla obrony podsądnych. Istotnie: wyborny mówca prawił tak. jakby przed nim ani prokurator, ani obrońca nie byli zabierali głosu. Nie podnosił oskarżenia, nie zbijał obrony, nie dotykał osób, sam czyn pomijał niemal. On rozwijał tylko zasadę odnośnego prawa.

To świetne *résume* -- a był to jeden z najniebezpieczniejszych uroków jego - obracało się wyłącznie w sferze abstrakcji: beznamiętne, chłodne, wytworne, zdawało się być akademicką rozprawą raczej niżeli epizodem chłopskiej karnej sprawy; a ta kupka obdartych i znędzniałych dzieci odgrywała tu rolę takiego A B C lub takiego X Y Z, jakie się dla plastyki dowodzenia stawia, ale które ze względu na wynik dowodzenia nikogo nie zajmują zgoła.

Ta oderwaność nie tylko udzieliła się panom przysięgłym chroniąc ich od grubo działających na zmysły wrażeń rzeczywistości, ale ogarnęła stopniowo całą tę wielką, pustą salę sądu. Surowy, bezcielesny duch prawa tchnął na nią i tchem tym wypełnił wszystkie jej zakąty.

Pan prezydujący kończąc mowę swoją zszedł do paragrafów: nie można zostawiać przysięgłych w nieświadomości co do skutków orzeczenia stopnia i rodzaju winy. Kara za kradzież bywa bardzo różną. Inaczej karze prawo kradzież spełnioną przez jednostkę dojrzałą, inaczej przez małoletnią; inaczej spełnioną pojedynczo, a inaczej spełnioną zbiorowo, która zazwyczaj nosi na sobie obciążającą cechę rabunku; inaczej wreszcie zapatruje się kodeks na kradzież prostą, a inaczej na kradzież z włamaniem. Ta ostatnia należy do kategorii ciężkich przewinień i nawet przez małoletnich spełniona, więzieniem do dwu lat jest karaną.

Skończył i usiadł. Trwająca mniej więcej pół godziny mowa zostawiła go równie świeżym i równie chłodnym, jak był wtedy, gdy się zabierał do niej. Na gładkim, wysokim czole nie przybyła ani jedną zmarszczką, złotawe źrenice pięknych, podłużnych oczu ani się zapaliły, ani przygasły. Ostrzejsze tylko i bardziej nerwowe były może poruszenia szczupłej, długiej ręki, glos tylko był suchszy i twardszy.

Panowie zza stołu wychodzili do obocznej izby. Oddalano się dla sformułowania pytań, które miały być stawiane przysięgłym.

Sąd oddalał się poważnie, uroczyście, z wolna, panowie szli jeden za drugim, stosownie do godności i urzędu.

Ale obrońca patrzył za nimi z właściwym sobie uśmiechem; dostrzegł go pan prokurator i dobrodusznie zakołysał głową:

- Taki u niego, duszeczki, prokuratorska mina, a?...

W sali tymczasem wszystko odetchnęło jakby, zakołysały się głowy, poruszyły oczy, rozplotły złożone ręce, rozprostowały grzbiety i kolana.

Małe szepty szły ławą świadków jak mały wiatr polem, niepokojąc je z lekka i ulotnie; łyczkowa tabakiera znów się wynurzyła z kieszeni którejś kapoty. Ale did swoją brzozówkę już w ręku trzymał i trzęsąc głową częstował w kolej siedzących, wkupując się niejako tym sposobem do towarzystwa. Tabaka była mocna, licho wie czym zaprawna, ludziom zaczęło okrutnie w nosach kręcić, więc się mile ku dziadowi mieli i zaraz mu się z brzeżka ławy umykał ten i drugi.

Pan obrońca na swoim stołku nudził się widocznie. Może drzemał nawet. Przynajmniej tak. się zdawało woźnemu, który widział podpartą jego głowę i rękę nastawioną u skroni. Ale czego woźny nie widział, to oczu pana obrońcy. A jednak godne one były widzenia w tej chwili. Szeroko otwarte, w kupkę dziatwy wbite, wydawały się one zrazu puste i bezbrzeżnym napełnione smutkiem, jak te wydmy piaszczyste, na których nic nie rośnie, nawet i piołun, nawet i dziewanny. Słońce tylko chodzi nad nimi gorące, spiekłe, przeraźliwie jasne i wypala resztę wilgoci ziemnej, resztę tchu żywego. Siedział tak jeszcze, gdy nagle zabrzmiało: Sąd idzie!

Powstali wszyscy. Pan obrońca wstrząsnął się, jakby przebudzony ze snu.

- Sąd idzie! Sąd... Sąd idzie! -zaszeptały głosy.

Chłopcy wyciągnęli szyje ku drzwiom i otwarli usta jak wrota. Jest coś uroczystego, coś dziwnie przejmującego w tej chwili. Dotąd była to rozterka, wątpliwość i niepogodzona sprzeczność; dotąd był ni dzień, ni noc; jakiś ład był naruszony, jakiś porządek zachwiany, jakaś mściwość rozbudzona, jakaś groźba głośna.

Ale teraz Sąd idzie. Idzie sprawiedliwość, światło i uspokojenie. Sumienia się ucieszą, krzywda podniesie głowę, wina będzie okupiona, obciążone piersi odetchną.

Surowy, bezcielesny duch prawa zmienia się w postać wspaniałą i tryumfującą. Wielka pusta sala nie drży już pod zimnym tchem jego: wszystkie jej zakątki zalewa teraz światło.

- Sąd idzie!

Panowie zasiadają z pośpiechem swe miejsca za stołem; prezes nie siada nawet. W pięknej jego ręce szeleści drobna ćwiartka papieru, na której postawiono pytania.

Są krótkie i jest ich dwa tylko.

Pierwsze: czy kradzież spełniona przez podsądnych w wiadomych okolicznościach obciążających jest kradzieżą prostą? I drugie: czy jest kradzieżą z włamaniem?

Słowa te, jasne i beznamiętne, brzmią w wielkiej pustej sali dźwięcznie i donośnie.

Nie jest to jeszcze wyrok, ale błysk miecza podniesionego pewną, silną ręką. Takie przynajmniej wrażenie robią one na panu obrońcy, który nagle kuli ramiona, przechyla głowę w tył i mruży oczy.

Miecz ten wszakże nie zostawia nikogo bezbronnym. Owszem: sprawiedliwość, która go dzierży w ręku, troskliwą jest i pieczołowitą w tej ostatniej chwili, niemal tak jak litość. Zostawia ona raz jeszcze głos oskarżonemu. Chce, by przysięgłym, gdy im między tak a nie wybierać przyjdzie, towarzyszył głos ten zalękniony, drżący i błagalny.

Chce, żeby w oczach zostało spojrzenie szukające w ich piersiach cieplej ludzkiej duszy. Chce, żeby przed podsądnym żadna droga obrony zamkniętą nie była: zostawia mu przemówienie ostatnie.

W duchu tego pięknego prawa zapytał pan prezydujący głośno i dobitnie, czy podsądni mają jeszcze co do powiedzenia?

Panowie przysięgli wyszli, aby się naradzić.

Ściśle rzeczy biorąc, nie było się nad czym i naradzać nawet. Sprawa była jasna, czyn przyznany, okoliczności wiadome- Tak rozumowali jedni. Drudzy mieli skrupuły. Szkoda drobna, dzieciaki głupie; stosować do nich wielkie paragrafy karne to jakby iść z armatą na muchy. Gdzież zaś kto słyszał nazywać rabunkiem zjedzenie funta masła i trzech krajanków sera? Gdzież kto z patykiem takim gwałtu i włamania dopuścić się może?

Podzieliły się głosy. Bierniejsze umysły pozostawały jeszcze pod wpływem abstrakcji prawnych i świetnej mowy prezydującego; samorzutniejsze już się otrząsnęły nieco.

Ale pan Hieronim, który się dotąd zdecydować nie mógł, a któremu się okrutnie do szczupaka i do wista śpieszyło, przyłączył się nagle do kategorii pierwszej i utworzył większość: Czas było nareszcie skończyć z tą mizerią!

Rzecz oczywista i jak słońce jasna, że kiedy drzwi były zamknięte, a zostały otwarte, to był to gwałt, było włamanie.

Jeżeli zaś spoza drzwi otwartych w ten sposób skradziono masło i sery, to była to kradzież z włamaniem.

Po tym rozumowaniu, tak jasnym i kategorycznym, jeden jeszcze głos oderwał się od mniejszości i do większości przeszedł. Był to sąsiad i przyjaciel, a jak teraz, u Froima, partner pana Hieronima. Musieli się trzymać razem. Nie było co, sprawa została zadecydowaną.

Na sali zabrzmiał dzwonek. Panowie przysięgli wynosili werdykt.

Na pierwsze pytanie większość głosów odpowiedziała: nie.

Na drugie większość głosów odpowiadała: tak.

Przestępstwo zostało zakwalifikowane jako kradzież z włamaniem.

OBRAZKI WIĘZIENNE

I. PODŁUG KSIĘGI

Był dzień jesienny, cały złoty i modry od gasnącego słońca i cichej pogody. Około trzeciej po południu przed gmachem więziennym zatrzymał się wóz z kapustą.

- Bra-ma! Bra-ma!... - krzyknął przeciągle parobek siedzący na nim w czerwonym lejbiku i samodziałowym spencerze.

Nikt się jednak z otwieraniem bramy nie kwapił.

- Bra-ma!... - krzyknął znów parobek i zaklął, bo mu się konie kręcić zaczynały.

Chwilę trwała cisza. Nikt bramy nie otwierał.

- **Nada głośnieje** ! - przemówił flegmatycznie sołdat stojący przed budką na warcie.

- Bra-ma!... - wrzasnął parobek z całej swojej siły. - A prr!... A gdzie!... - dodał ściągając batem lejcową, która mu się zaplątała w półszorkach - Ażeby cię'...

Zeskoczył po orczyku na ziemię. Okręcił lejce na kłonicy i pięścią jak taranem zaczął walić w bramę.

Rozległo się wielkie echo po sklepionym wnętrzu, przez długą wszakże chwilę nikt nie przybywał. Zaczłapały wreszcie jakieś ciężkie kroki, a razem ze zgrzytem klucza obracanego w zamku dał się słyszeć głos cierpki i gniewliwy:

- Czego walisz ? Czego walisz? Czego próżno pazury obijasz? Jak mam otworzyć, to i bez twego walenia otworzę!

- A niechże was, z takim otwieraniem! A prr!... A prr!... - wołał parobek biegnąc znów do koni, które w bok z wozem skręciły.

Chwycił lejce i wywijając batem nad końmi wjechał w bramę, której wiereje z łoskotem uderzyły o ściany, a z bramy w podwórze do połowy wożą. Nie mógł dalej, bo zawaliły mu w poprzek drogę skrzynie od kartofli. Zaopatrywano się na zimę i to spowodowało pewne zamieszanie w cichym zazwyczaj dziedzińcu więziennym.

Zamieszanie to żywo zajmowało aresztantów wypuszczonych właśnie do ogródka na popołudniową przechadzkę. Właściwie mówiąc nie była to przechadzka, ale raczej kręcenie się w kółko i popychanie wzajemne, gdyż miejsca bardzo mało, a więźniów stu przeszło. To. co się nazywało ogródkiem. także niewiele do ogrodu było podobnym. W jednym z kątów podwórza, obudowanego dokoła murami więziennego gmachu, niskie drewniane sztachety grodziły szczupły kawałek gruntu, podzielony dwiema krzyżującymi się uliczkami na cztery równe prostokąty. Najdłuższa, załamana w rogach ogródka drożyna biegła popod sztachetami do furtki, wprost której w przeciwległym kącie stała tak zwana altana, rodzaj okrągłej, przejrzystej, z wąskich deszczułek zbitej szopy, z czterema wewnątrz ławkami i podtrzymującym krokwie słupem.

Trochę młodocianych drzewek trzęsło w słońcu ostatkiem złotych liści, a choć nic było najlżejszego wiatru, liście te padały cicho na zarosłe zielskiem rabaty i ścieżki, twardo stopami więźniów ubite. Przy zbiegu prostokątów stało parę krzaków bladoliliowych astrów, które zdawały się obracać gwiaździste swe oczy za tymi nędznymi postaciami, co się po uliczkach snuły.

Aresztanci chodzili po dwóch, po trzech, na pięty sobie niemal następując- Większa ich część miała piersi zapadłe i pochylone grzbiety, na których siwe więzienne kapoty wisiały jakby na kołkach.

Najcharakterystyczniejszą cechą więźnia jest jego postawa. Przy pewnej wprawie można po niej od pierwszego rzutu oka poznać długość odcierpianej kary, tak właśnie jak się po zębach wiek koni poznaje.

Jednoroczni różnią się pomiędzy sobą znacznie chodem, ruchem rąk i ramion, sposobem trzymania głowy i noszenia siwego kubraka, sztywnością szyi, nawet trybem wykręcania się na zawrotach drogi.

Drugoroczni mają wszyscy nagięte grzbiety i kark, jakby wyłażący naprzód z kołnierza. Różnice ruchów zacierają się pomiędzy nimi; najsilniejsi tylko zachowują właściwą sobie postawę jeszcze w trzecim roku. Po tym terminie wszyscy się upodabniają. Człowiek przestaje istnieć jako indywiduum, a zamienia się w cząstkę tej szarej, bezbarwnej, bezkształtnej masy, która się nazywa ludnością więzienną. Nogi więźnia stają się wtedy kabłąkowate i wątłe; ustawione przy sobie stopy rozwierają się pod kątem coraz prostszym; naprzód wygięte kolana drżą nieraz widocznie, chód bywa ciężki, wlokący się, ruchy niedołężne, powolne, a ręce wiszą po obu bokach ciała jakby nadmiernie wydłużone i wyruszone ze stawów. Rzecz dziwna, przeobrażeniu temu podlegają głównie mężczyźni. Kobiety wszystkie prawie zachowują nienaruszoną odrębność swoją przez długie lata i dopiero najstarsze, po wielokrotnych powrotach dogasające tu aresztantki ulegają niwelującym wpływom więziennego życia.

Po ruchach i postawie idzie cera. Ta w pierwszym roku bywa blada, śniada, krwista nawet, podlega momentalnym zmianom zabarwienia i w ogóle ma silniejsze, cieplejsze tony. W drugim roku więdnie i żółknie bardzo szybko, skóra wątleje i nabiera pergaminowej suchości i martwoty; w trzecim rzuca się na nią jakiś cień zielonkowaty, zwłaszcza około uszu, ust i oczu, niekiedy barwa żółta, oleista, cień ten przemaga, szczególniej na skroniach i czole, które się nieraz tak świeci, jakby napuszczone tłuszczem. W dalszych latach twarz więźnia staje się rozmiękłą, przybiera barwę ziemistą i jest wybornym dokumentem do słów *Genezy* opiewających, iż człowiek ulepiony został z gliny i z mułu ziemi. Zmianom tym podlega większość kobiet na równi z mężczyznami.

Trzeciorzędną w charakterystyce zewnętrznej więźnia cechą jest wyraz oczu, spojrzenie. U pierwszorocznych bywa ono zwykle ruchliwe, latające, niespokojne, gorączkowe. Zapalają się w nim i gasną blaski niespodziane, iskry przelotnych wzruszeń, obaw, pomysłów, zalegają je cienie nagle, głębokie, z siwych czyniąc źrenice zielone, z modrych - czarne. W drugim roku źrenica więźnia bladnie, mąci się, zeszkliwia i upodabnia do stojącej w błotnym dole wody. W trzecim matowość spojrzenia wzrasta z dniem każdym, oczy kołowacieją i jakby zaokrąglają się w orbitach, a z głębi ich wyziera ogólne zniedołężnienie albo zwierzęca złośliwość. Z biegiem czasu rozwija się to aż do idiotyzmu w jednym kierunku, aż do prawdziwie małpiej przebiegłości w drugim. Idiotyczne spojrzenie godzi się bardzo dobrze ze spleśniałą jakby cerą więźnia i zwykle z nią chodzi w parze. Bywają wszakże wyjątki, a kiedy w gliniastej, rozmiękłej twarzy zagorzeją źrenice posępnym, czerwonawym ogniem, zjawisko to bywa straszne i zwykle się kończy jakąś katastrofą.

Takim właśnie spojrzeniem pałającym patrzył w otwartą, nieco widną z jednego kąta w ogródku bramę młody stosunkowo więzień, którego wszakże postawa i cera zdradzały dawnego już aresztanta.

Na oko widać było, że siedzi już najmniej cztery, pięć lat może. Musiała to być jednak organizacja wyjątkowo silna, gdyż prosty dotąd i sztywny kark unosił wysoko nad inne jego ogoloną i czarniawą głowę.

W tej chwili więzień był pochylony nieco ku sztachetom; szeroko rozwarte nozdrza zdawały się wietrzyć powiew ulicy z niepohamowaną żądzą, na szyi pulsowały grube, napięte żyły, a w półotwartych ustach widać było zęby drobne, ostre i niezwykle białe. Jedną z rąk wsunął za kubrak i koszulę na pierś, jakby chciał poczuć ciało żywe albo też przygnieść garścią serce wstrząsane silnym, głuchym biciem.

Drugą rękę wparł między sztachety, aby się łatwiej utrzymać na kabłąkowatych, widocznie w tej chwili drżących nogach.

Baczniejszy spostrzegacz poznałby z łatwością, że więzień przebywa ten punkt krytyczny, w którym cierpienie, jeśli nie przełamało woli i energii, staje się na dłużej wprost nieznośnym, niemożliwym. Potąd - a nie dalej - krzyczy coś w ludzkiej istocie, która doszła do takiego krytycznego punktu; a prawodawstwo kryminalne nigdy dość szeroko uwzględnić, nigdy dość bacznie rozpoznać nie może tego momentu psychicznego.

Oparty o sztachety i wychylony z jakąś drapieżną pożądliwością na podwórze więzień znany był powszechnie pod nazwą Cygana.

Cyganem zwali go towarzysze, strażnicy, kancelaria, nawet w księdze, gdzie zapisywano zarobki, figurował pod tym nazwiskiem, z czasem zapomniano zgoła, czy miał jakie inne, a i on sam zdawał się nie pamiętać o tym. Ponieważ stanął, ci, co szli obok i za nim, stanęli także. Powyciągały się szyje, powznosiły ramiona, jedni się wspinali, drudzy szturchali stojących przed sobą, inni jeszcze przestępowali z nogi na nogę w miejscu, jak to czynią zamknięte w klatkach zwierzęta- Spojrzenia skupiały się w dwóch punktach. Jedni patrzyli na wóz, konie i kapustę, drudzy na niańkę od pana sekretarza, która z uśpionym na kolanach dzieckiem siedziała w progu oficyny kołysząc się z boku na bok i nucąc bezbarwnym głosem jedną z tych melodii, którym katarynki szeroką popularność nadały. Tuż przy niej stała z szaflikiem w ręku Janowa, kucharka, i także na wóz patrzyła. Nie opodal bawił się chłopak stróża. Kapusta była w tym roku niezwykle dorodna. Wielkie jej głowy, jedne czubate, podłużne, zielonkawe, z lekko postrzępionymi brzegami zdawały się pękać i otwierać jak tulipanowe kielichy, nie mogąc powstrzymać naporu rozrosłych ośrodków swoich; inne lśniące, białe, płaskie, szczelnie srebrzyste żyłkowanym liściem obciągnięte, leżały na wozie ważne, ciężkie, świecąc z dala jak śnieżne kłęby i skrzypiąc jędrnie za każdym dotknięciem. Pomiędzy nimi tkwiły tu i ówdzie na wysoko obnażonych głąbach lekkie i puste szalki z brunatno poplamioną powierzchnią, niewiele co warte i bez targu, do pełnych kop dodane.

Ci, co patrzyli na niańkę, nie mniej mieli piękny widok. Dziewczyna była młodą, rosłą, a jej rozkwitłe kształty uwydatniała lekka perkalowa spódnica i takiż kaftan. Ciężki żółtawy warkocz spadał jej nisko na kark, a mała różowa chusteczka nie pokrywała białej, lekko słońcem ozłoconej szyi. Rytmiczny ruch, jakim się kołysała z boku na bok, dodawał jej jakby sennego wdzięku.

Cygan nie patrzył wszakże ani na niańkę, ani na kapustę. Gorejące jego oczy, zrazu w czeluściach bramy utkwione, obiegały teraz podwórze, oblatywały drzwi i okna w wewnętrznych murach więzienia, mierzyły odległość furtki od skrzyni i skrzyni od woza, wreszcie wpiły się z jakąś dziką przenikliwością w twarz strażnika, który, bokiem do więźniów zwrócony, stał przed altaną i prowadził z kimś spokojną gawędę, brząkając od czasu do czasu kluczami na znak obecności i czujności swojej.

Tymczasem w bramę wjechał drugi wóz z kapustą.

- Jechać tam!... Jechać dalej!... - rozległo się wołanie.

Parobek w czerwonym lejbiku, który dopiero czwartą kopę liczył, odwrócił się i huknął:

- A gdzież ci to pojadę?... Na łeb?... Nie widzisz, że skrzynia? Ślepyś?...

- Prrr... prrr... - dało się słyszeć w samym sklepieniu bramy, a wóz zatrzymał się w połowie drogi tak, że mu tylko koła na ulicy pozostały.

Obaj parobcy zaczęli teraz hałaśliwie deliberować, jak wykręcić skrzynie, żeby wozy mogły w podwórze wjechać,

- O laboga! - przemówiła nagle Janowa - tak mi się coś w oczach migło jakby nasza świnia... A skocz no, Józek, do chlewiku, obacz. czy się maciora nie wywarła kędy... Ino duchem, na jednej nodze.

Chłopak w chwilę był z powrotem.

- Co się tam miała wywrzeć. Taka obżarta, że się ruchać nie może... Układła się w słomie i leży, a prosiaki przy niej jak pijawki wiszą.

- A tak mi się coś siwego migło między końmi, właśnie jakby świnia...

- Gdzie? - zapytała powolnym głosem niańka.

- A gdzie by? Akuratnie między końmi. O tu! - pokazywała Janowa stanąwszy w pobliżu wąskiego przesmyku, jaki między skrzynia a wozem pozostał.

- Przywidziało się Janowej, i tyle - odrzekła niańka podejmując na nowo swoją jednostajną piosenkę.

- Ale!... Co mi się miało przewidzieć? Przecie człowiek nie pijany, jak Boga kocham, tak akuratnie między końmi coś siwego przeleciało... Pies nie pies, świnia nie świnia, żebym tak zdrowa była!

W tej chwili strażnik rzucił okiem i nie zobaczył górującej zwykle nad innymi czarniawej głowy Cygana.

- Cygan!... Gdzie Cygan?--- - wrzasnął przyskakując do wpółotwartej furtki.

Aresztanci spojrzeli po sobie. Cygana nie było.

- A to musi nie co, ino ten ladaco świsnął bez bramę pod wozem - mówiła Janowa klasnąwszy w dłonie. - Jak mi Bóg miły, takom go widziała. Ino mi się mignął... Jeszcze myślałam, że świnia.

- A żeby was najjaśniejsze!... - wrzasnął strażnik chwyciwszy się za głowę.

W podwórzu sądny dzień nastał. Aresztantów spędzono w jednej chwili w korytarze, pogoń za zbiegiem rzuciła się w ulicę.

- Łapaj!... Trzymaj!... - rozległo się najpierw z bliska, potem coraz dalej, dalej.

O sto kroków może od więzienia leżał siwy kubrak pod murem, nieco dalej leżała czapka.

Nie było teraz wątpliwości, w którą stronę uciekał Cygan. Jakoż w chwilę potem Filip, ojciec Józka, zobaczył Cygana, jak w koszuli i w hajdawerach leciał, jakby go wiatr unosił, ziemi ledwo dotykając stopami.

Okrzyknęła się pogoń ponownie, a zbieg pędził przed tym okrzykiem, jakby mu w dwoje tyle rączości przybyło. Zła jego gwiazda trzymała go wszakże ciągle w prostej linii na oczach goniącym. Biegł jak strzała szybko i jak strzała wciąż prosto przed siebie. To go zgubiło.

Okrzyki goniących dościgały go coraz bliżej, a przestrzeń, która go od nich dzieliła, zmniejszała się co chwila.

Wtem padł, a choć się w tejże sekundzie niemal porwał z ziemi i znów pędził dalej, znać było, że siły jego bliskie były wyczerpania.

Biegł wszakże jeszcze chwilę, coraz wolniej, wolniej, nareszcie jakby sarn czując, że nie ujdzie - odwrócił się nagle i stanął twarzą w twarz przeciw pogoni.

Był straszny- Oczy jak pochodnie, twarz trupio ściągnięta, zęby wyszczerzone jakby do kąsania, na ustach nieco krwawej piany. Filip dopadł pierwszy. Chwycił go Cygan za ożydla, zaszamotał nim i cisnął o bruk jakby powięź słomy. Za Filipem przypadli inni. Zbieg bronił się rozpaczliwie. Gryzł, darł, pięściami o łby grzmocił, kopał - był wściekły.

Aż go nasiedli w sześciu czy w siedmiu jak dzika, a obaliwszy na ziemię, zgnietli mu kolanami piersi, pokrwawili go, poszarpali na nim koszulę i tak zmordowali, że trzeba go było do więzienia na rękach nieść niby martwe brzemię,

Kiedy się ocknął w **ciemnej**, cały drżący i mokry od wylanych na niego kubłów zimnej wody- zawołano go do kancelarii. Jeszcze wszakże pan nadzorca nie zdążył przysiąść i zapalić cygara, które miało mu służyć do umilenia przykrej konferencji, jeszcze je ślinił obracając w pulchnych palcach pomiędzy grubymi i pięknie zarysowanymi wargami, kiedy w progu stanęła pod przywództwem strażnika deputacja poważna, bo z samych recydywistów i najstarszych złodziei złożona.

Dwóch posługaczy trzymało tymczasem pod pachy Cygana, który ustać na nogach nie mógł, chwiał się cały i co chwila ocierał pot z bladej jak chusta twarzy.

Pan nadzorca zmarszczył czoło i wydawszy policzki patrzył ku drzwiom pytającym wzrokiem. Trzech z deputacji podstąpiło do zielonego stołu i pocałowało "wielmożnego" w rękę.

- A co to powiecie? - zapytał udobruchany tą oznaką pokory dygnitarz.
- A to dopraszamy się łaski wielmożnego pana - przemówił Wiewióra, prowodyr recydywistów, który już zęby zjadł na więziennym chlebie - cobyśmy mogli Cygana sami bez się sądzić. Wszystkim on nam wstydu zadał i wszystkich przed oczami wielmożnego pana i ojca naszego w brudną koszulę oblókł. Nie będzie tera żadnej swobodności dla porządnego haresztanta i wszystko się skurczy. Dość już było ciężko (tu głośne sieknięcie pozostałych u drzwi deputatów), tera będzie jeszcze ciężej.
- O, co ciężko, to ciężko! - przerwał piskliwym głosem najbliżej stojący Żeglarek.

Drugie, jeszcze głośniejsze sieknięcie deputatów u progu.

- Tak my przyszli prosić i dopraszać się wielmożnego ojca i dobrodzieja, cobyśmy mu karę sami wysadzili, wedle naszego zrozumienia i po sprawiedliwości...
- No - przemówił wahające pan nadzorca - dobrze to jest, ale cóż wy z nim myślicie zrobić?
-A zbić, wielmożny panie - odparł Wiewióra głosem szczerego przekonania o doskonałości tego środka. - Na takiego, wielmożny panie, gałgana, to nie ma jak bicie. A co on, wielmożny panie? To on pierwszy się tu popadł i będzie wszystkim zaprószenie oczów robił? Wielmożnego pana martwił? Ojca, matki nie szanował, więzienia nie szanował, to co na

takiego jak nie baty?... On i porządnego bata niewart! Żeby jego choroba! Tfy!

Tu splunął mówca, a retoryczna ta figura pobudziła deputatów do nowych wzdychań u progu.

Pan nadzorca bębnił palcami po stole- Był on w położeniu arcydelikatnym. Z jednej strony uśmiechało mu się takie zakończenie tej niemiłej sprawy, z drugiej miał skrupuły co do legalności podobnego jej obrotu. Na szczęście przypomniał sobie, że czytał gdzieś niedawno, jako w Ameryce nieraz sami przestępcy wymierzają karę na swych towarzyszy. To go uspokoiło od razu. Owszem, nadało myślom jego bieg górny i wzniosły. Czuł się inicjatorem nowych idei w społeczeństwie, idei z Nowego Świata. Czuł się humanistą na wielką skalę.

Wydął tedy świeżo ogolone policzki, co uwydatniło piękny jego podbródek, i odsapnął kilka razy z zupełnym zadowoleniem.

Cygan tymczasem pochylił głowę na piersi i przymknął zagasłe oczy. Wszystkie muskuły jego bolesnej twarzy drgały. Zdawało się, że jest bliskim omdlenia.

- Dobrze to jest - powtórzył pan nadzorca - ale niechże kara nie będzie lżejszą od tej, jaką bym mu sam naznaczył.

Mówił to. aby coś powiedzieć. Przekonany był bowiem, że wydaje Cygana w ręce ciężkie i nieubłagane.

- Niech już wielmożny pan na nas się ubezpieczy. - Pokłonił się Wiewióra.

- Już my go tam tak oporządzim, coby mu się odechciało na drugi raz. Już my go...

Nie skończył. Pan nadzorca podniósł się z fotela.

- Jakub! - zawołał na strażnika - wyprowadzić go im na górny korytarz- Niech i inni posłuchają dla swojej nauki. A potem do mnie tu do kancelarii, to mu sumienie roztrząsnę.

Jakub zwrócił się na lewo w tył, pachołki popchnęli Cygana, a deputacja przystąpiła do ucałowania ręki "wielmożnego", który teraz dopiero mógł swobodnie zapalić cygaro i przejrzeć dzienniki.

W chwilę potem na górnym korytarzu rozległ się krzyk ostry, przeciągły.

Jedną z najmilszych czynności pana nadzorcy było roztrząsanie sumień aresztanckich. Posiadał on cały zapas przemówień moralnych w wielkim religijnym i społecznym stylu, całą kopalnię przestróg wzruszających, cały skarbiec pięknie zaokrąglonych zdań i budujących maksym. Stanowiło to jego specjalność i przedmiot prawdziwego dyletantyzmu- A czynił to wszystko z natchnienia, bez uprzednich przygotowań, improwizował po prostu. Przy improwizacji takiej sam bywał niezmiernie wzruszony, a drżący z lekka głos jego i oczy, mgłą wilgotną zaszłe, pobudzały do skruchy wszystkich, którzy się już do winy przyznali.

Stąd uważany był za urzędnika prawdziwie użytecznego, a to uznanie zasług pobudzało go do nowych wysiłków krasomówczych.

Tym razem wszakże wymowa pana nadzorcy nie znalazła odpowiedniego zastosowania. Cygan bowiem zaraz po egzekucji swojej stracił przytomność, a potem wpadł w taką gorączkę, że go jeszcze tej samej nocy do lazaretu przenieść musiano.

Leżał tydzień, leżał dwa tygodnie, pluł, kaszlał, kwękał, skarżył się, że go w piersiach, to w plecach kłuje, i wychudł strasznie. Zwlókł się nareszcie ze swego tapczana i pochylony, zestarzały, więcej do cienia niż do człowieka podobny, pod numer poszedł. Ale tu pogorszyło mu się raptownie. Dostał dreszczów, gorączki, krew mu się ustami rzuciła, aż trzeciej coś nocy umarł nad ranem, nie obudziwszy ani jednym jękiem żadnego ze swoich sąsiadów.

Teraz dopiero zaczęto przebąkiwać, że Wiewióra zanadto mu "dołożył". Młodsi zwłaszcza, "frajery", których zwykle recydywiści we wzgardzie i poniewierce mają, burzyli się po kątach.

- Jużci to nie po katolicku tak człeka zbić, żeby go aż ubić - mówił jeden.

- Przecie go nie ubili na piękne...

- Nie ubili na piękne, ale w nim wszystkie wątpia het precz oberwali. To jakże miał żyć? Musiał umierać.

Tymczasem w kancelarii przygotowywano raport, jako taki a taki więzień na gorączkę czy też febrę umarł. Właśnie podyktował był pan nadzorca powyższe słowa pomocnikowi swemu, kiedy ten rzekł:

- Kiedyż mu się wyrok miał skończyć?

- Tak na pamięć nie można wiedzieć - odparł "wielmożny" - ale przecież to wszystko podług księgi idzie. Jakub! podaj no księgę!

Podał Jakub czarno oprawny wolumin, a pan sekretarz przerzucać go zaczął.

- A to co? - zawołał nagle i podniósł wzrok na pana nadzorcę, wskazując palcem datę.

Pan nadzorca spojrzał niedbale przez ramię. Spojrzał i raptem zerwawszy się z fotela utkwił przerażone oczy w twarzy pana sekretarza. Chwilę trwało milczenie, podczas kiedy tych dwóch ludzi przenikało się wzajemnie wzrokiem.

- Tam do licha - zawołał wreszcie pan nadzorca zapomniawszy zupełnie o obecności Jakuba- - A toć się jemu wyrok skończył blisko na dwa tygodnie przed ową ucieczką...

Stał Jeszcze chwilę i patrzył osłupiały przed siebie.

- Diabli go wiedzieli! - wykrzyknął wreszcie rzucając się w fotel i nie było już więcej o tym mowy.

Przez parę wszakże następnych tygodni drzwi kancelarii nie zamykały się prawie. Od samego rana pukanie pod numerami.

- Czego tam?-pyta niecierpliwie strażnik.

- Otwierać no, otwierać! Muszę iść do kancelarii.

- A co tam? - pyta pan nadzorca wchodzącego aresztanta w towarzystwie strażnika.

- A to, proszę wielmożnego pana, przyszedłem się dowiedzieć wedle wyroku, bo może mi się już skończył.

- Cóż znowu! - mówił zmieszany „wielmożny" - przecież masz w wyroku dwa lata, a siedzisz dopiero półtora.

- Tak ci to niby jest, wielmożny panie, ale chciałbym wiedzieć dokumentnie według księgi...

Pan nadzorca przygryza czerwone, pełne wargi, żeby nie wybuchnąć.

Po chwili znowu ta sama historia. Za kwadrans - znowu. Dziewięciu, piętnastu, dwudziestu wali naraz we drzwi, wszyscy wołają strażnika, wszyscy chcą iść do kancelarii. Jakub biega od numeru do numeru, krzyczy, prosi, traci głowę, naresznie najciekawszych prowadzi do kancelarii.

- Proszę wielmożnego pana, przyszliśmy się dowiedzieć wedle wyroków. bo może już się nam pokończyły...

- Idźcie do diabła z waszymi wyrokami! - krzyczy w ostatniej pasji pan nadzorca. - A to człowiek nawet spokojnie odetchnąć nie może. -

Było to właśnie po obiedzie.

- Ale my chcieli zobaczyć księgę. Ja umiem czytać.

- I ja...

- I ja...

Pan nadzorca czuje się złamany. Każe Jakubowi podawać księgę, pokazuje palcem daty, tłumaczy. Aresztanci kręcą głowami z niedowierzaniem. Jeden z nich udaje, że czyta. Wychodzą wreszcie, aby powrócić jutro, pojutrze, za tydzień. O biedny Cyganie! To była twoja pomsta!

II. "JESZCZE JEDEN NUMER"

- A to? - zapytałam, kiedyśmy doszli do końca więziennego korytarza, gdzie w głębi widać było drzwi na klucz zamknięte.
- To - odrzekł zakołysawszy się lekko nadzorca - to jest jeszcze jeden numer.

Rozmowa miała miejsce za pierwszej bytności mojej w wiezieniu, kiedym jeszcze nie wiedziała, że się tu o nic pytać nie należy

Co zobaczysz, usłyszysz, zauważysz, w powietrzu chwycisz - to twoje, ale daremnie byś pytał o cokolwiek. Nie dlatego, żeby ci kto w odpowiedzi miał pozostać dłużnym. Broń Boże. Ale da ci taką odpowiedź, że z niej nic wycisnąć nie potrafisz.

Mury tu za to mówią, zwierzają się ściany, w długich korytarzach słychać szept stłumiony. Kto za tym głosem iść może, dochodzi czasem bardzo ciekawych rzeczy.

Nie znaczy to bynajmniej, aby z ludźmi tutejszymi mówić nie było warto. Owszem. Ale w rozmowie takiej trzeba uważać bacznie na dwie rzeczy. Na to, czego ci nie mówią, i na to, o czym za dużo mówią. Gadatliwość bowiem służy tu często ku tym samym celom, co i milczenie, a kancelaryjna wrzawa jest jak gdyby obliczoną na zatarcie jakichś cichych głosów, o których nie wiedzieć, czy są słowem, czy westchnieniem. Toteż przy zwiedzaniu więzienia szczególniej złudzeń słuchowych wystrzegać się należy.

To, co tu jest do zobaczenia, krótkowidz dojrzeć może, ale tylko subtelne ucho dosłyszy to, co dosłyszeć trzeba.

Najważniejszą ku temu przeszkodą jest uprzejmość samego zarządu. Gdy wejdziesz, a raczej, gdy się przekonają, że wejścia twego uniknąć niepodobna, stajesz się natychmiast przedmiotem niesłychanej, ojcowskiej niemal pieczołowitości i prawdziwie rycerskich względów. Sam „wielmożny" wybiega do przedsionka cię witać, sam cię do kancelarii wprowadzą, sadowi, uśmiecha się, zaciera dłonie i zapewnia, że jest z przybycia twego najszczęśliwszy. We wszystkim tym, co mówi, znać pewne roztargnienie. Przewraca papiery, szuka kluczy od biurka, skinieniem ręki odprawia strażnika, zaledwie stanął we drzwiach i usta otworzył, przy czym oczy jego odbywają szybki, sumaryczny przegląd kancelarii- Zapytuje się wreszcie, czy całe więzienie chcesz zwiedzić. Odpowiadasz skromnie, że zastosujesz się do woli i czasu pana nadzorcy. W tej chwili oczy jego uspokajają się nieco, wolniej oddycha, glos ma równiejszy, ruchy nie tak nerwowe.

Naturalnie, któż by się trudził zwiedzaniem wszystkiego! On sam ci pokaże, co jest najciekawsze. Wyda tylko pewne dyspozycje. Od chwili, gdy zaczął mówić, słyszysz ociężałe kroki w korytarzu. Odgłos ten irytuje "wielmożnego" widocznie. Marszczy czoło uśmiechając się do ciebie i rzuca w stronę korytarza skośne, urwane spojrzenia, mówiąc głośniej, niż tego wymaga potrzeba. Wybiega wreszcie, nie przerywając rozmowy aż do chwili naciśnięcia klamki, przy czym śmieje się krótkim, przymuszonym śmiechem.

Na progu ogląda się jeszcze. Znać, że rad by się rozdwoić, i tu zostać, i tam być koniecznie. Wychodzi nareszcie, a ty zostajesz sam.

Jeśli jesteś nowincjuszem w obserwacji, przyglądasz się wielkim księgom rozłożonym na zielonym suknie długiego stołu, szafom zapełnionym papierami, plikom aktów po kątach rzuconym i wspaniałemu przyciskowi, który leży na najwidoczniejszym miejscu. Zatrzymujesz wreszcie wzrok na czarnym krucyfiksie i Chrystusie z kości słoniowej i jakieś błogie ciepło napełnia ci piersi.

Jeśli zaś nowicjuszem nie jesteś lub jeśli oczy twoje instynktem widzą, gdzie w takich biurach iść i czego szukać, to przede wszystkim patrzysz na wytartą i jakby wyżłobioną licznymi stopami podłogę w progu, na szczupłe oszalowanie tworzące nie opodal od wejścia rodzaj wpółprzyćmionego i ciasnego kojca, gdzie się dają "widzenia", wreszcie spoglądasz na pokryte grubą warstwą kurzu książczyny, które leżą kupkami na oknie, widocznie rzadko bardzo poruszane.

W tej chwili wraca "wielmożny". Jednym rzutem oka obejmuje sytuację i kierunek twego spojrzenia.

- Ach, to? - mówi uśmiechając się skromnie. - To biblioteczka nasza... Początek, zaród biblioteczki... Zniszczone to, bo ciągle w ruchu - dodaje biorąc w rękę tomik, z którego się sypie kurz i wręcz słowom jego zaprzecza-

Zbliżasz się, przyglądasz, wreszcie, chcąc mieć wyobrażenie o całości, zapytujesz, jakie też w tej chwili książki są w czytaniu. Okazuje się, że w tej chwili, właściwie mówiąc, żadnych książek w czytaniu nie ma. Cały "zaród" na oknie leży pod warstwą pyłu. Dowiadujesz się przy tym, że te "szelmy" strasznie wszystko niszczą i że gdyby im tylko książek dać do ręki, to "oho!"

Dowiadujesz się także, że z więźniami w żadne rozmowy wdawać się nie warto, bo wszyscy kłamią; że on sam, "wielmożny", cudów tu dokazał, że go aresztanci jak ojca kochają, że wydatki są ogromne, że roboty ręczne postępują wzorowo, że wreszcie co do moralności więźniów to się tu nic zrobić nie da, bo to zatwardziałe dusze, z którymi czego on sam nie zrobił, tego już nikt nie zrobi!

Ale może byś chciał najpierw zobaczyć ogródek? Nie? Wolisz gmach oglądać? Naturalnie, każdy ma swój gust. Chociaż ogródek jest ciekawy, bardzo ciekawy. W inspektach są już nawet rzodkiewki. A gdy to "wielmożny" mówi, oczy jego biegają po twojej twarzy z niezmierną szybkością. Gdyby mógł, przebiłby cię na wylot spojrzeniem. Wchodzi wreszcie strażnik i w milczeniu staje w progu. "Wielmożny" rzuca na niego wzrok pytający. Strażnik skłania głowę. W tej chwili pan nadzorca zaczyna rozmowę o pogodzie wypowiedziawszy kilka zupełnie uzasadnionych poglądów na jej stan obecny i nagle przerywa sobie od niechcenia pytaniem, czy życzysz już zacząć swoje oględziny. Pytanie to postawione jest z mistrzowską obojętnością.

Naturalnie okazujesz zupełną gotowość. Strażnik drzwi otwiera, wychodzisz, a za tobą wychodzi "wielmożny".

Okazałbyś się zupełnym gburem, gdybyś nie pochwalił czystości schodów i korytarzy w tej samej chwili, w której uderzy cię na nich woń stęchła i o mdłości przyprawić mogąca. Nie skłamiesz. Podłogi są istotnie czyste.

Na schodach spotykasz więźnia czołgającego się na czworakach ze skorupą w ręku, którą skrobie stopnie.

Zobaczywszy "wielmożnego" więzień zrywa się, opuszcza ręce, staje pod ścianą przylepiając się do niej, spłaszcza, maleje, w mur wsiąka niemal. Nie przychodzi mu to z trudnością. Jego ogolona głowa, twarz szara i siwy kubrak odbijają od muru ledwo słabym tonem. Wyżej spotykasz dwóch jeszcze. Niosą oni dość duży ceber, przez którego uszy przechodzi drążek. Ta sama mdła woń, silniejsza tylko, bucha na ciebie z cebra. To obiad. Stajesz wreszcie na górnym korytarzu w oddziale, przypuśćmy, kobiecym. Tu strażnik zatrzymuje się i wysunąwszy wielki klucz spogląda na "wielmożnego". "Wielmożny" macha ręką na znak, że mu wszystko jedno. Po czym każe otwierać nr 9. Wchodzisz wzruszony, coś ściska cię w gardle, coś ci mgłą oczy zasłania. W pierwszej chwili nie czujesz nawet charakterystycznej mdłej woni, która tu jeszcze się wzmaga. Aresztantki otaczają "wielmożnego" całując go w ręce. Starsze wytaczają przed nim różne sprawy, młodsze uśmiechają się. mizdrzą, nastawiają, stroją dziwaczne miny. "Wielmożny" klepie je po ramieniu, grozi im palcem na nosie, zapytuje to o tę, to o ową, Wywołane po imieniu wychodzą z kątów; kilka z nich ma głowę głęboko spuszczoną.

Tymczasem zjawiają się inne, spod dalszych numerów, które strażnik otworzył także. Te są śmielsze jeszcze. Na ciebie patrzą z ciekawością, szyderczą niemal, i trącają się łokciami. Wreszcie jedna z nich całuje cię w rękę. Natychmiast czynią to samo wszystkie inne, pchają się, pociągając nosami i wzdychając głośno. Jeśli której zapytasz o co, odpowiada za nią sam "wielmożny", który też z właściwym sobie pięknym, okrągłym gestem przedstawia ci niektóre "bardzo porządne aresztantki". tudzież tłumaczy urządzenia izby, widoczne zresztą i bez tych objaśnień.

- Ot, tu mają okno - mówi na przykład - tu piec. tam tapczany...

Kieruje twoją uwagą, mówi bardzo głośno i bardzo obficie.

Gdy wzrok twój zatrzyma się dłużej na jakiejś twarzy lub na jakimś kącie, "wielmożny" niepokoi się natychmiast, mruga oczyma, podchodzi i pokazuje ci szydełkową robotę, wyjętą z ręki jednej z aresztantek. Jest przy tym psychologiem.

- To nic ciekawego - szepce krzywiąc wzgardliwie usta, skoro dojrzy żywszy błysk w twoim spojrzeniu - zwyczajna złodziejka!... Niewiele nawet skradła, nie opłaciło jej się...

Macha ręką i uśmiecha się gorzko. Po dziesięciu minutach spogląda ku drzwiom. Ma już tego dosyć. Ale nie byłby sobą, gdyby pominął tak wyborną sposobność do budującego przemówienia.

Podnosi tedy głowę, podaje pierś naprzód i zatrudniwszy białe palce pięknej swej ręki brelokami:

- No - mówi - bądźcie zdrowe! Widzicie oto, że są osoby litościwe, które was odwiedzają, które chcą widzieć, co tu robicie, jak się sprawujecie. Dla takich osób powinnyście czuć wdzięczność...

Tu przerywa mu głębokie, z kilkudziesięciu piersi jednym przeciągłym jękiem idące westchnienie, bardzo zresztą podobne do tego "a!!!", które w kościółkach wiejskich słychać podczas Podniesienia. Aresztantki rzucają się do ciebie, całują twoje ręce, twoje suknie, twoje nogi.

- ... wdzięczność - kończy "wielmożny" - którą najlepiej możecie okazać przez dobre sprawowanie się. No jakże? Będziecie się dobrze sprawowały? Powtórne, głośniejsze jeszcze "a!!!" napełnia izbę, przy czym aresztantki rzucają się do „wielmożnego", całując jego ręce, poły jego surduta, jego buty, jego kolana - i audiencja skończona. Taż sama ceremonia odbywa się jeszcze pod dwoma lub trzema numerami, po czym idziesz oglądać lazaret, przez który przeprowadzają cię z niezmierną szybkością do warsztatów, gdzie z progu rzuca się okiem na szewców i krawców, do kuchni, gdzie "wielmożny" bierze od kucharza warząchew i proponuje ci skosztowanie -porcji dla chorych - zdrowi już jedli, wreszcie wychodzisz do ogródka, w którym wolno ci zabawić dłużej nieco, gdzie dostajesz parę kwiatków albo próbujesz obraną uprzejmie przez pana nadzorcę rzodkiewkę i skąd powracasz do kancelarii.

Tu "wielmożny" okazuje ci żywe zainteresowanie się twoim zmęczeniem. Proponuje ci tedy z całą uprzejmością, że jeśli zechcesz jeszcze kiedy ponowić swoje odwiedziny - przeczuwa, niestety, że możesz to zrobić! - to on nie będzie już cię trudził chodzeniem po schodach, tylko tu, do kancelarii, każe sprowadzić parę z "ciekawszych" aresztantek, a ty będziesz mógł z nimi pogadać i „wpłynąć na nie".

Spodziewam się, iż masz tyle sprytu, że nie odrzucasz wręcz tej propozycji.

Już się do odejścia zabierasz, kiedy pan nadzorca, który na chwilę był wybiegł, powraca i prosi cię na wszystko, abyś do mieszkania jego wstąpić raczył, abyś nie gardził... Wymawiasz się zrazu, potem idziesz. Na wstępie spotykasz stoi nakryty do śniadania. Obok kredensu aresztant z podrosłymi nieco włosami i w cywilnym ubraniu przeciera talerze. Z głębokiego półmiska kurzą się flaki, obok stoi wyborne masło, rzodkiewka, bułeczki, sery, piwo i wino. Na próżno się upierasz, na próżno zapewniasz, żeś niegodny. Pan nadzorca sam ci na talerz nakłada, a napełniwszy kieliszki pije twoje zdrowie.

Po śniadaniu prowadzi cię gospodarz do salonu. Tu przede wszystkim dano ci jest podziwiać stoliczek zrobiony na imieniny przez więźniów, na stoliczku bukiet z chleba tejże fabryki, nad stoliczkiem laurka w ramkach, za szkłem, a na niej powinszowanie od aresztantek, zaczynające się słowami: "Jako to słońce, co świeci na niebie..." Na drugiej ścianie druga laurka, przeszłoroczna, nad fortepianem trzecia. "Wielmożny" ma całą galerię tych interesujących pamiątek. Oglądasz ich pięć, sześć, dziesięć, ale nie możesz obejrzeć wszystkich.

Żegnasz się wreszcie, gospodarz ściska twoje ręce, wyprowadza cię do sieni, do schodków, do powozu, którego drzwiczki sam zamyka za tobą. Jeśli w drodze konie cię nie poniosą i karku nie skręcisz, znaczy to, że nie wszystkie, choćby też najszczersze, życzenia ludzkie Opatrzność spełnić pośpiesza.

Łatwo pojąć, że choćbyś zrobił sto podobnych wizyt, pożytek z nich będzie taki właśnie, jak gdybyś na ulicy przed więziennym gmachem stanąwszy murom się jego przyglądał.

Na szczęście masz więcej cierpliwości niżli pan nadzorca, a także więcej czasu.

Długo wszakże trzyma się to w mierze.

Za drugiej, za trzeciej bytności twojej taka sama scena w kancelarii, tak samo "wielmożny" prowadzi cię na schody i pod numery, takie same miewa z powodu przyjścia twojego kazania i tak samo zaprasza cię na flaki.

Aż zdarzy się wreszcie, że go odwołaj na drugi koniec korytarza, gdzie się pierzarki pobiły, a ty zostajesz sam na pięć, na dziesięć minut. Innym znów razem zatrzymuje się "wielmożny" lub wybiega dla rozprawy z dostawcą grochu i sadła. Jeszcze innym wypadają właśnie "widzenia". Co w takich razach jest najpocieszniejsze, to usilne przeprosiny jego, że cię musi "na chwilkę samego zostawić". Tak, na chwilkę tylko. Ale byłbyś bardzo niezręcznym, gdybyś z chwilek takich skorzystać nie potrafił.

Drogą, na której tu wszystko zrobić można, jest droga powściągliwości i umiarkowania. Przede wszystkim nie należy niczym i nigdy wzbudzać nieufności w strażniku. Zostałeś sam, ale ani głos twój ani spojrzenie, ani ruch nie powinny być na jotę inne niż przy panu nadzorcy- Po wtóre nie należy strażnikowi nigdy ofiarować żadnych datków. On powinien wiedzieć, że masz prawo tu przychodzić i że otwieranie ci numerów nie zależy wcale od jego grzeczności i łaski, którą byś potrzebował opłacać. Jedynym gruntem, na którym tu silnie stanąć można, jest grunt najściślejszej legalności. Żadnych szeptów, żadnych intryg, żadnych konszachtów! Tym tylko sposobem dojść możesz do tego, że pan nadzorca przestanie za tobą biegać, a strażnik spostrzegłszy cię pochyli głowę siwą i pójdzie wprost na schody otwierać ci numery.

Skoroś to zdobył, wygrałeś.

Najpilniejszą teraz sprawą twoją będzie wyrównanie tego sztucznie wzniesionego poziomu, na jakim stosunek twój do więźniów postawiły przemowy pana nadzorcy-

Wchodzisz tedy cicho, spokojnie, jakby do miejsca wspólnego pobytu. Zdejmujesz kapelusz, rękawiczki, a pozdrowiwszy aresztantki siadasz pomiędzy nimi na ławce, nie pozwalając, aby przerywały swoje zajęcia, i zaczynasz z nimi najpotoczniejszą rozmowę. W rozmowie tej unikasz jak ognia wszelkich ogólników moralizatorskich, wszelkich wzdychań na temat zepsucia, obrazy boskiej, śmiertelnych i powszednich grzechów. Nigdy też nie wypytujesz o samo więzienie, o jego urządzenia, zarząd itp., ale zwracasz się do której z młodszych kobiet, dowiadujesz się, jaką robotę wykonywa najwprawniej, oglądasz wyplatanie krzeseł, szycie, haft, dzierganie, przychylając się do robotnicy i nie odbierając jej roboty z ręki, przez co okazujesz szacunek dla jej czasu. Przy tej sposobności pytasz o imię, nigdy zaś o nazwisko, które i tak ci sama aresztantka powie, pytasz o wiek. o rodziców, o rodzeństwo; wyrażasz przy tym skromnie domysł, że pewno tęsknią do niej, przez co podnosisz ją we własnych oczach, czyhać komuś drogą, słowem, zachowujesz się z aresztantka w taki właśnie sposób jak gdybyś zgoła nie w więzieniu ją poznał, ale w domu lub w warsztacie.

Nie zwracasz nigdy uwagi na rzeczy wstydzące młodą dziewczynę, jak np. obcięcie włosów i brzydki czepiec więzienny. Przy zadzierzgiwaniu tych pierwszych, tak subtelnych, a tak silnych węzłów wzajemnej ufności pomijasz prawie zupełnie chwilę obecną, zajmując się przeważnie przeszłością aresztantki i jej nadziejami na przyszłość, które musisz zatlić tam, gdzie ich nie ma, a podtrzymywać i kierować nimi tam, gdzie chwieją się i gasną.

Nie posługujesz się nigdy w tej pierwszej chwili takimi pytaniami i odpowiedziami, które by zarówno do niej, jak i do dziesięciu innych stosować się mogły; mówiąc z nią, o jej tylko los się troskasz, nią tylko jesteś zajęty, jej tylko oddany. Z szarej, bezbarwnej masy ogólnego przestępstwa i ogólnej kary wydobywasz zainteresowaniem się swoim indywidualność ludzką. A to jest twoim najwyższym zadaniem. Na usługi swoje musisz mieć wyborną pamięć, wielką delikatność uczuć i łatwość stawiania się w różnorodnych, psychicznych stanach.

Zwykle w numerze znajduje się małe dziecko. Czasem bywa tego po dwoje, po troje.

Bierzesz je od matki na ręce, dajesz mu jakiś przyniesiony z sobą kawałek bułki, trzymasz je na kolanach lub kołyszesz, jeśli jest senne. Matka, która nieraz przeklinała jego istnienie, uśmiecha się widząc to i jest wzruszoną. Jeśli dziecko było tym razem brudne i zaniedbane, niech cię to nie zraża. Za drugą bytnością twoją znajdziesz je z pewnością wymytym i w czystej koszulce.

Poruszasz się, mówisz i czynisz to wszystko z zupełnym spokojem. Owszem, głos twój jest raczej cichy niż donośny. Ci, co się zrazu skupiają dokoła, aby cię słyszeć, garną się później do ciebie, aby cię słuchać!

Innym razem zapytujesz aresztantek, ile ich jest ze wsi. Bywa ich zwykle połowa w każdym numerze. Pytasz tedy o okolice, o nazwy wiosek, o byt gospodarzy, o warunki dawnego życia. Korzystasz przy tym z bieżącej pory roku, aby mówić o siewach, o grabieniu siana, o żniwach, o kopaniu kartofli, o obróbce lnu, o tkaniu i bieleniu płótna, o pieśniach śpiewanych przy wspólnej pracy na polu i w chacie. Jeśli to jest niedziela, mówisz -kościele wiejskim, o dzwonach, co zwołują na Anioł Pański, o suplikacjach, które lud cały śpiewa, o krzyżu przydrożnym, który dziewczęta ubierają w kwiaty, o święceniu ziół, o pasterce, o rezurekcji...

Zrazu każda aresztantka ma coś do powiedzenia. Wkrótce wszakże głosy milkną, a po kątach słychać szlochanie i wycieranie nosów w grube więzienne fartuchy. Zapytujesz wtedy, czyby one nie chciały - ponieważ tam właśnie wszyscy się modlą - odmówić z tobą pacierza?

Zamiast odpowiedzi większa część klęka, wzdycha i bije się w piersi. Nie zwracasz uwagi na te. które stoją, i odmawiasz głośno, z wolna: "Ojcze nasz", "Kto się w opiekę" albo "Święty Boże". Gdy skończysz, spostrzegasz, że klęczą wszystkie, prócz Żydówek, a i na tych znać powagę chwili.

Wzajemnych skarg, plotek, opowiadań o cudzych przestępstwach nie dopuszczasz nigdy. Nigdy też, nawet w najpoufniejszej rozmowie, nie dopytujesz się o rodzaj i stopień winy. Twoim tryumfem będzie dowiedzieć się o tym od płaczącej u kolan twoich lub na piersiach twoich aresztantki, a to w takiej rozciągłości i z takimi szczegółami, jakich żadne śledztwo dobyć by z niej nic zdołało nigdy.

Gdy się to stanie, możesz iść na flaki, pić zdrowie i oglądać laurki "wielmożnego". Zrobiłaś swoje.

Z miesiąc coś może po owej pierwszej mojej bytności w więzieniu znów mi wypadło przechodzić przez korytarz, w którego głębi był... "jeszcze jeden numer". Stary Jakub, idący tym razem przede mną, zatrzymał się nieco, obejrzał, zażył tabaki i zmrużywszy lewe oko, jak to miał w zwyczaju, zapytał znienacka:

- A widziała też pani "Dziką"?
- Nie, nie widziałam-odrzekłam spokojnie.-A cóż to za **Dzika** ?'
- A licho ją wie, proszę łaski pani. Dzika i Dzika. Tak tu na nią wołają.
- Cóż to aresztantka?
- Iii - odrzekł Jakub machnąwszy ręką - taka niby dokumentna aresztantka to ona nie jest. Ale że ją tu trzymają wedle papierów...

Poruszył się i szedł dalej, to drepcąc parę kroków, to przystając i biorąc tabakę.

Naraz odwrócił się znowu.

- Bo to, proszę łaski pani - mówił zniżywszy głos nieco -jak była ta wojna, niby turecka, to insze panowie oficery nawieźli różności z tamtych tam krajów. Psy nie psy, konie nie konie, fuzje nie fuzje, Murzyny nie Murzyny, aż jeden sobie i pannę przywiózł. Od rodziców ją, powiadali, namówił czy coś. Tak mieszkał on tu z tą panną w mieście jakieś czasy, aż potem musiał z wojskiem na trawę ciągnąć, na wieś. A już mu się ta panna uprzykrzyła. Jak mu się też uprzykrzyła, to on co robiący, do wójta na onej wsi melduje tak a tak, co tu się taka a taka znajduje bez papierów. Ano dobrze. Jak on ją do wójta melduje, tak wójt ją łapać. Pobił ją ta on wójt, poturbował, bo się nie dała brać i strasznie do oczów skakała- aż ją do nas przywieźli. Jak ją do nas przywieźli, tak my ją zamknęli pod czternasty... Tam gdzie Walera, proszę łaski pani...
- Wiem, wiem.
- Jak my ją pod czternasty zamknęli, tak jej się zara w głowie zaczęło psuć, że ino ciągle chodziła, rękami wymachiwała i cości gadała a gadała, ale po jakiemu, to nikt nie mógł wiedzieć. Bez to myją i Dziką przezwali, że to i takiej czarniawej urody była przy tym... To znów jak na nią przypadło, to się cięgiem śmiała. Cha, cha, cha! i cha. cha. cha! Aż się, bywało, tak zmorduje, że się o ziemię jak drewno ciśnie i targa się za włosy i płacze tak, że aż się człowiekowi coś dzieje słuchając. A włosy, proszę łaski pani, to ma takie, że choć z nich bicze kręć na cztery konie... To jak ona tak śmieje się i płacze, to jedna i druga do mej z pięścią... A nic będziesz ty cicho, ty taka, ty owaka! Buch ją raz w kark, buch ją drugi raz. Ano dobrze! To taki nieraz, proszę łaski pani. wrzask był w korytarzu, że zwyciężyć nie było można... Aż też ją wielmożny tu przesadził, i tak tera siedzi.
- Tu, pod tym numerem?

-- A tu... Tera ją **fotegrafowali**, co jej **fotegrafiją** mają posyłać do tamtych tam krajów, coby się kto do niej nie przyznał, rodzice albo kto... Bo to młode, z osiemnaście lat temu, nie więcej.

-- I wy tam do niej chodzicie?

- A chodzę. Co nie mam chodzić? Ino że się z nią nijakiego rozmówienia nie ma- Jak tam nieraz człowiek wejdzie, a odezwie się ot tak, po dobroci, to się namarszczy. aż jej się te brwie zejdą...

W tej chwili doszliśmy do drzwi. Jakub klucz przekręcił w zamku i puścił mnie przed sobą.

Izdebka była niewielka, o jednym zakratowanym oknie, bielona jak wszystkie numery. Pod oknem stał czarny stolik, na nim cynowa miseczka więzienna z nie tkniętym jeszcze krupnikiem. Pod ścianą na lewo od wejścia ,tapczan taki, jakie tu w lazarecie są w użyciu. Na tapczanie twarzą do ściany leżała Dzika. Ogromne czarne włosy rozsypane były na wypchanej słomą poduszce, małe nóżki w podartych, niegdyś wykwintnych, trzewiczkach widać było spod jasnej, lekkiej sukni, której wesołe barwy dziwnie odbijały i od tego dnia zimowego, i od brunatnej więziennej kołdry.

Chociaż drzwi skrzypnęły dość głośno. Dzika nie poruszyła się z miejsca, tylko dłonią twarz zasłoniwszy, głębiej się w poduszkę wcisnęła. Dopiero kiedy Jakub do stolika podszedł i zapytał, czemu obiadu nie je, poniosła się nieco na łokciach i odwróciwszy głowę, pałającymi oczyma na niego spojrzała. Oryginalnie piękną była jej twarz śniada i niezmiernie wynędzniała, ale szlachetnie skrojona. **Brwie** - jak mówił Jakub - silnie ściągnięte, schodziły się niemal czarną, wąską linią, usta jej drgały.

Chwilę patrzyła tak na strażnika z wielką jakąś wzgardą, mrużąc ogniste oczy, aż zdławionym, hamowanym widocznie głosem wyrzuciła z piersi kilka gniewnych i szorstko brzmiących wyrazów w nie znanym mi języku...

Nagle wzrok jej padł na mnie i odbił ogromne zdumienie. Powolnym, jakby zawstydzonym ruchem odgarnęła z twarzy włosy, spuściła nogi, poprawiła suknię i podniosła się nie zdejmując ze mnie coraz głębszym cieniem zachodzących oczu. Postać jej była gibka, szczupła i składna.

Patrzyłam na nią z niezmiernym współczuciem. Co do Jakuba, ten wyniósł się dyskretnie i drzwi za sobą przymknął.

- *Au nom de Dieu, Madame* - wyszeptała wtedy Dzika, przyciskając do piersi obie ręce kurczowym jakimś ruchem - *au nom de Dieu...*

Chciała coś mówić, ale nagle drżeć zaczęła, przymknęła oczy i szukając ręką oparcia padła w tył na tapczan, uderzyła w ścianę głową i zaniosła się wielkim płaczem...

- *De Dieu... de Dieu... de Dieu...* - łkała nie mogąc wymówić nic więcej. A tuż zaraz chwycił ją spazmatyczny i niepowstrzymany śmiech, przy którym te powracające na usta jej wyrazy miały jakieś okropne, tragiczne znaczenie. Trwało to może kwadrans, a może i dłużej, w którym to czasie na próżno usiłowałam uspokoić Dziką. Rozpięłam jej stanik i zmaczawszy chustkę w dzbanku położyłam ją na drgającym sercu biednej dziewczyny. Siadłam potem przy niej, objęłam ją i przycisnęłam głowę jej do piersi. Po śmiechu przyszło łkanie, rozdzierające zrazu i rozpaczliwe, potem coraz cichsze, coraz cichsze, aż się rozpłynęło w westchnienia. Zmrok zapadł już zupełnie, kiedy Dzika głęboko zasnęła.

Wtedy jej głowę złożyłam na poduszce, otuliłam ją kołdrą i wyszłam cicho na palcach. Nie opodal ode drzwi stał Jakub. Spojrzał na mnie, pokiwał głową i zmrużywszy lewe oko zażył niuch tabaki.

III. ONUFER

1.

Już miałam wychodzić, kiedy Jan Zaparty, młodszy strażnik z pierwszego piętra, wpadł do kancelarii.

- Proszę wielmożnego - zawołał zdyszany, robiąc "front" u proga. - Pod piątym rewolucja! Osmólec tak tłucze Onufra, że go oderwać nie można.

- Co to nie można! - krzyknął pan nadzorca zrywając się z fotela. - Ruszaj po Jakuba, ciemięgo, kiedy sam rady dać nie umiesz, i przyprowadzić mi tu ich obu! Natychmiast! Słyszał?

- Słyszał! - odrzekł wyprostowany w kij strażnik i zniknął za progiem.

"Wielmożny" stał jeszcze chwilę twarzą ku drzwiom zwrócony, ze obiegniętymi brwiami na pięknym, białym czole. Oczy mu się paliły, krew podeszła do skroni, w całej postaci znać było gniewne wzburzenie. Po chwili wszakże opanował się, odsapnął, a rzuciwszy przez zęby: "cymbał", siadł i zaczął gładzić pulchną, błyszczącą pierścieniami ręką sinawy, gładko wygolony podbródek, przegarniając bujne faworyty na prawą i na lewą stronę. Mitygował się, ale znać było, że mu to przychodzi z trudnością. Nie lubił, aby sprawy podobne wybuchały wobec trzecich osób, rzucił mi też z fotela swego kilka szybkich, ukośnych, dosyć cierpkich spojrzeń.

Tymczasem w korytarzu rozległ się odgłos ciężkich kroków, a do kancelarii wszedł starszy strażnik Jakub, inaczej świętym Piotrem dla kluczów, którymi zwykle brząkał, zwany, popychając przed sobą drobnego, jak kogut nastroszonego więźnia z suchą, czarniawą twarzą i zuchwałymi oczyma, po których przelatywały złote i czerwone ognie. Dość było spojrzeć na niego, aby poznać, że gorący jest jeszcze od bójki, z której go wyrwano. Pięści miał zaciśnięte, na czole żyły jak postronki, kolana pod nim drżały, nozdrzami prychał, a ostre, rzadkie zęby błyskały mu spomiędzy warg jak u brytana.

Za Jakubem wszedł olbrzymi chłop w siwym, więziennym, szeroko na piersiach rozerwanym kubraku, z wielkim, głęboko między ramiona wciśniętym łbem golonym. Twarz miał dużą, ospowatą, mocno obrzękłą, a cala jego wielka, ciężka, skurczona w sobie postać przypominała wołu, ogłuszonego uderzeniem obucha.

Gdy wszedł, owinięte szmatami nogi zgiął w kolanach, łokcie w tył za siebie wysunął, a trzymając w obu rękach na obnażonej, rudo zarosłej piersi swoją aresztancką czapkę bez daszka, oczy w podłogę wbił i zaczął trząść wielką, wciśniętą w kadłub głową.

Chłop był młody, trzydziestu lat może nie miał, ale zniszczony był strasznie. Żarło go coś widocznie i krew z niego ssało. A nie było to owo powolne, charakterystyczne wyniszczenie, jakiemu podlegają dawni więźniowie i recydywiści, ale jakaś nagła i niepowstrzymana ruina, od której pomimo ogromnej budowy swojej tak zetlał, że zdawało się, iż potrącony palcem padnie o ziemię i w proch się rozsypie. Twarz jego nie była ani bezmyślnie tępa, ani też ponura, ale leżała na niej jakaś niezgłębiona troska i wielki, wielki, niezwyciężony strach; a lubo obrzękła od razów, jakie jej świeżo Osmólec zadał, znać było, że wyrazu swego nie zmieniła, go miała przedtem i mieć będzie potem, zawsze, zawsze. Zaciętości niedawnej bójki ani śladu. Parę razy, owszem, spojrzał olbrzym na Osmólca tak, jakby mu był wdzięczny za to, że go przed sobą widzi. Była to szczególna postać, która mnie zaciekawiła mocno.

Konwój zamykał Zaparty, a okrągłe, silnie wytrzeszczone oczy jego świadczyły o natężeniu mózgownicy ku spełnianiu rozkazów "wielmożnego".

- Osmólec - rzekł pan nadzorca silnym swoim, dźwięcznie wibrującym głosem. - Ty co znów? Doigrać się chcesz?

Mały, czarniawy więzień wystąpił ku środkowi i odrzekł śmiało:

- A nic, proszę wielmożnego...

Już po tym jednym ruchu i po tonie mowy poznałam, że to recydywista, stary, szczwany ćwik.

"Wielmożny" patrzył też na niego z pobłażaniem jakie tu tylko dawnych i dobrze znanych aresztantów udziałem bywa.

- Jak to nic? Co tam za rewolucję pod numerem robisz?

- Ja ta nijakiej rewolucji nie robię, tylko mi poszło o spanie. Spać każdy musi.

Przygasł już w sobie, ale mówił jeszcze ostrym, świszczącym głosem człowieka zmęczonego bójką. Czuł też widać, że słuszność przy nim, bo patrzył bystro, wprost w twarz "wielmożnego". "Wielmożny" zmarszczył czoło i zwróciwszy się do strażnika zapytał ostro:

- Zaparty! A co tam znów za nieporządki w spaniu?

Wyprostowany strażnik głębiej jeszcze brzuch wciągnął w siebie, szerokie piersi wystawił, but do buta przystosował, przełknął ślinę i szybko mrugając wytrzeszczonymi oczami rzekł:

- Nie pokazało się tam żadnego nieporządku, wielmożny panie!

- Nie pokazało! - powtórzył po nim zuchwale Osmólec, przekrzywiając głowę i mrużąc lewe oko. - A skąd to pan strażnik wie, że się nie pokazało?

- Jezu! Jezu! -jęknął nagle po dwakroć Onufer i podniósł wzrok błędny przed siebie.

Nikt wszakże nie zważał na to, a Osmólec tak mówił dalej:

- Niech no by pan strażnik choć jedną noc nocował na mojej pryczy, toby mu się zara pokazało!

Na twarzy olbrzymiego Onufra wybiła wielka męka. Głowa jego trzęsła się coraz silniej. Osmólec całkiem się tymczasem do Zapartego zwrócił.

- A ja panu strażnikowi powiem, że kiedy tutaj siedzę, to jestem **kazienny hareśtant** i wygodę swoją muszę mieć, bo tu na mnie wszystko z **kaźny** idzie! I jadło, i mundur, i spanie, i wszystko z kaźny na mnie idzie! Wie pan strażnik?

Mówił to zwrócony twarzą do strażnika, ale oczyma zuchwale ku "wielmożnemu" błyskał. Tę taktykę stawiania zarzutów przez elewację znałam doskonale. Używali jej zazwyczaj doświadczeni więźniowie, i to z powodzeniem. Jakub, stary strażnik, znał ją widać równie dobrze, gdyż obojętnie patrzył w okno, niuchając ukradkiem tabakę, ale Zapartemu złość po twarzy kipiątkiem szła. Nie patrzył on wszakże na Osmólca, tylko jak w tuza oczy w "wielmożnego" wlepił, przekazując mu niby to wszystko, co od Osmólca usłyszał. "Wielmożny", głęboko zasunięty w fotel, brwi miał lekko zbiegnięto i palcami podług zwyczaju po siole bębnił; piękne jego oczy podnosiły się przy tym i spuszczały długim, powłóczystym spojrzeniem. Zdawać się mogło, iż wywodów Osmólca przez roztargnienie tylko słucha, a myśl ma zajęta innymi, stokroć ważniejszymi sprawami.

I ta kancelaryjna taktyka obcą mi nic była. Wyznać nawet muszę, że przynosiła ona pewne, dość znaczne korzyści, a mianowicie: pozwalała wyświetlić się sprawie bez nakładu osobistego badania pomiędzy możliwymi zarzutami, możliwość zaś taką zawsze przewidywać należało, a władza stawiała mur ochronny, niejednokrotnie dla powagi tejże władzy konieczny; wreszcie bagatelizowała, że tak powiem, sprawę sama w oczach osób trzecich, wypadkowymi i niepożądanymi świadkami jej będących.

Najkomiczniejszym było to, że każdy z aktorów tego przedstawienia znał doskonale role wszystkich innych i że pomimo to sztuka ta odgrywała się z całą powagą należną wielkiemu zielonemu stołowa urzędowo żółtym ścianom, zapylonym stosom papierów oraz innym akcesoriom biurowym.

- A po drugie - mówił dalej Osmólec - człowiek trzeci raz już tu, Chwalić Boga siedzi, to wie, co do czego jest przynależące. Co złodziejstwo to złodziejstwo, a co zbójnictwo to zbójnictwo! W jednym msza polityka, a w drugim msza polityka. **Kuzdy** ma swój **hunor**! I pan strażnik ma swój **hunor**, i wielmożny nadzorca ma swój **hunor** i ja mam swój **hunor**. Kiedym ukradł, tom ukradł, to swoja rzecz, to mi nie pierwsze! A z takim zbójem świętokrzyskim graniczyć mi nie potrza! Pan strażnik dobrze wtedy na trzeci bok się wywróci, kiedy Onufer jak zapomniały po nocach się ciska, żeby jego choroba utłukła! Onegdaj a to świecę szewcom od łojenia porwał i jak gromnicę przy pryczy palił. Jeszcze kiedy całe **posiedzenie**het precz z dymem puści!

Zmarszczył się "wielmożny", głowę uniósł nieco i spod brwi nasuniętych gniewnie na Zapartego spojrzał. Strażnik stał wyprostowany i również w twarz "wielmożnego" patrzył. Co do starego Jakuba, ten z wielką uwagą obserwował szmat pajęczyny wiszącej nad piecem i dwa palce w tabakierce trzymał. Była to sytuacja nieocenionego komizmu pełna.

- A dziś - mówił Osmólec obtarłszy usta wierzchem ręki - to tak jęczał bez caluśką noc, jakby jego kto rżnął! Niestrzymane rzeczy! Człowiek, jak się układzie, toby i spał. bo ma ze wszystkim czyste sumienie: ataki **duszegub i dysperak** to i sam nie śpi. i drugiemu nie da!

Ino światło zgaśnie, zara stęka, że coś przed nim stoi. A ja co temu winien, że co przed nim stoi? Ja za nim pałki nie nosił! Człowiek, chwalić Boga, swój wyrok ma i za swój siedzi, a do inszych to mu ta nic! Żeby ja miał nad każdym zbójnikiem stękać, tobym się dawno rozpukł!

- Jezu! O Jezu! - głucho znów jęknął Onufer, ale nikt nie zważał na to.

Osmólec zaś tak rzecz swoją kończył:

- A pan strażnik kiedy taki mądry, to niech. Onufra na osóbek wytransportuje, to pod numerem nijakiej rewolucji nie będzie! Bo tam same porządne ludzie siedzą i już! Wie pan strażnik?

Nastawił się i aż w biodrach przysiadł. Przechodziło to widać miarę zwykłej bezczelności, bo stary Jakub splunął w bok i z szelestem ślinę butem zatarł.

- No, no! - zawołał marszcząc czoło pan nadzorca. - Nie bądź taki rezolutny! To ty nie wiesz, że za bijatyki ciemna? Jeśli ci się krzywda dzieje, to masz kancelarię! Masz mnie! A samemu sobie sprawiedliwości robić tu nie wolno!

Osmólec rzucił spode łba na "wielmożnego" szybkie, zadziwione spojrzenie. Tego tonu nie spodziewał się widać. Nie brał widocznie w rachubę mojej obecności. Po twarzy jego przemknęło najpierw zaniepokojenie, a potem szybka decyzja. Podszedł do fotela i uścisnął "wielmożnego" za kolana.

- A cóż to wielmożny pan - mówił wzruszonym głosem - mało się nad nami naturbuje, namęczy, żebym ja za lada głupością do kancelarii latał i wielmożnego pana fatygował? A czy mi to wielmożnego pana zdrowie niemiłe albo co? A toby mnie Pan Bóg za to ciężko skarał! Toć wielmożny pan nade mną ojciec i opiekun najkochańszy! Żeby nie wielmożny pan, toby ja był ze wszystkim sierota!...

Tu nos w palce wytarł i chlipać począł. Zapatrzył się na niego Jakub, a tak był przejęty mistrzowskim wykonaniem tej sceny, że tabakę w palcach trzymając nie niósł jej do nosa.

- Ani ja ojca, ani ja matki, ani żadnego przyjacielstwa! - chlipał Osmólec.

- Hu! hu! hu!... Bóg tylko jeden nade mną na niebie, a drugi wielmożny pan na ziemi, hu! hu!... Niech ta dziesięć razy bez dzień na mnie strażnik skarży, hu! hu! hu! A ja ojca swego i wielmożnego opiekuna, i dobrodzieja swego nie będę o lada co turbował, hu! hu! Ja wielmożnego pana tak kocham jak dziecko matkę!... hu! hu! hu!... Bo mi wielmożny pan za matkę stoi i za wszystkie majętności! hu... hu...

Mówił szybko, płaczliwym głosem, spode iba tylko zerkając, jak mu się ta sztuka udaje.

Dosyć! Dosyć już! - przerwał pan nadzorca z ojcowską surowością w głosie.

Osmólec jednak chlipać nie ustawał.

- Wielmożny pan mnie słuchać nie chce, hu... hu... hu... hu!... A ja bym wielmożnemu panu nóżki umył i brud wypił, hu! hu!... Jak ja stąd wyyszedł na jesień, hu! hu! hu!... tom sobie rady nie mógł dać bez wielmożnego pana! Żeby mi srebro, złoto dawali, żebym w aksamitach chodził, tobym bez wielmożnego pana żadnego wskórania nie miał... Hu! hu! hu! hu!... Dopiero, jakem się tu powrócił, a wielmożnego pana zobaczył, hu! hu!... to mi tak było, jakbym się na świat drugi raz narodził... hu!... hu!- hu!... A wielmożny pan za moje kochanie... hu! hu! hu!...

Aż mnie dziw brał, że pan nadzorca tak długo Osmólcowi gadać pozwolił, ale przypomniałam sobie, że - sam krasomówca - w bystrejmowie się kochał i obrotnego języka rad słuchał.

Tymczasem Osmólec plackiem na podłogę padł i buty "wielmożnego" całował chlipiąc głośno.

- No, no! Bez tych czułości - rzekł miększym już głosem pan nadzorca- - Ostatni raz ci daruję, pamiętaj! Jak tobie nie wstyd nawet, takiemu staremu, porządnemu aresztantowi, co już trzeci raz tu siedzi i przykładem dla innych być powinien, za łby się z frajerami wodzić! Nie spodziewałem się tego po tobie! Zawsze cię do porządnych ludzi liczyłem, a ty mi taki zawód, taki wstyd robisz! Pfe! Martwisz mnie!

- Hu! hu! hu!... - beczał Osmólec plackiem na podłodze leżący. - Ja bym dla wielmożnego pana krwi z małego palca utoczył! Ja bym wielmożnemu panu śmiertelny grzech powiedział! Ja wielmożnego pana tak kocham, że się we mnie wnętrzności od żalu pękają. Jak wielmożny pan się na mnie gniewa! hu! hu! hu!...

.- No, dosyć już, dosyć - rzekł, podnosząc go łaskawie, pan nadzorca. - Ruszaj pod numer i żeby mi tam było spokojnie! Rozumiesz?

- Rozumiem, wielmożny ojcze i opiekunie najukochańszy! Rozumiem!

Podniósł się Osmólec, stęknął, pociągnął kilka razy nosem, pięścią wytarł oczy, w których jakoś łez nie było widać, i ku progowi się cofnął.

Zaparty, wyprężając tymczasem kolejno wszystkie swoje muskuły, zdołał nareszcie przybrać jak najbardziej poprawną w stylu kancelaryjnym postawę. Istotnie, wyglądał on jak epileptyk w napadzie tężca. Oczyma już nawet nie mrugał, bo mu kołem, wpatrzone w twarz "wielmożnego", stanęły.

Stary Jakub miał je za to do połowy zmrużone, jakby, znudzony znanym sobie widowiskiem, usypiał; głowa mu też nieco z karku zwisła, co go uczyniło podobnym do starej szkapy, która - lubo w zaprzęgu - z lada przystanku korzysta, aby łeb stary zwiesić i zdrzemnąć na chwilę. Co do pana nadzorcy, ten był promieniejący i poglądał na mnie z pogodnym tryumfem, rad widocznie, że aresztant tyle sprytu i polityki okazał, a jego jasne piękne oko zdawało się mówić:

„A co? Tak u nas! Szaleją po prostu za mną ci hultaje!"

A tam, u progu, z wbitymi w podłogę oczyma stał tymczasem olbrzymi Onufer, w siwym swoim, rozerwanym kubraku, coraz silniej cisnąc czapkę do szerokiej, obnażonej piersi. Tego, co się dokoła niego w kancelarii działo, zdawał się nie widzieć i nie słyszeć wcale: głową tylko na obie strony chwiał i brwi na zżółkłym i zoranym przedwcześnie czole wysoko podnosił, jakby się dziwił czemuś i czymś przerażał w sobie-Po czy m znów nagle trząść się zaczynał i stękał jak ciężko chory człowiek.

Osmólec przechodząc koło niego rękę w kułak ścisnął i wysuniętym knykciem wielkiego palca w biodro go pchnął. Wielki Onufer ocknął się i spojrzał na niego zmąconym wzrokiem; na jego twarz śmiertelnie stroskaną nie wybił się najmniejszy siad niechęci- Po czym zaraz oczy wbił w ziemię i brwi nad czołem w niezmiernym zadziwieniu podniósł.

- A cóż ty tam! Nie ruszysz się? - przemówił po małej pauzie pan nadzorca. - W ziemię wrosłeś czy co?

Szturchnął go ponownie Osmólec.

- Dalej go! Będziesz tu jak drąg stał, kiedy nasz wielmożny ojciec i opiekun najukochańszy do ciebie gada? A padnijże do nóg pańskich! A podziękujże wielmożnemu panu!

Ale Onufer, zamiast ku fotelowi podejść, jak stał, tak na kolana u drzwi runął, a podniósłszy obie ręce trząść nimi zaczął, wołając zdławionym głosem:

- Ani drgnął! Ani zipnął, chudziaszek! Inom go, raz... I ani drgnął Ani tchu nie puścił! O Jezu! Jezu! Jezu!...

Rękami nad głową splasnął, palce splótł i czołem o podłogę z głuchym łoskotem uderzył, a ogromny, do ryku podobny jęk wstrząsnął żółtymi ścianami kancelarii. Pan nadzorca cofnął się od stołu z fotelem, chociaż go prawie cała długość pokoju od Onufra dzieliła, i przybladł nerwowo. Był wrażliwy i nie lubił scen przechodzących miarę zwykłego, łagodnie roztkliwionego liryzmu.

Widząc to Osmólec znów kilka kroków ku środkowi postąpił i pochylając się z miną zaufańca rzekł:

- I nie bydlę to, proszę wielmożnego? I to tak bez caluśkie noce idzie! Świętemu by cierpliwości brakło!

- Ani drgnął... Ani zipnął... Jak ten ptak... Jak ten ptak...-głuchym. zduszonym rykiem powtarzał Onufer. - O moje dziecko, moje dziecko! O Jezu! Jezu! Jezu!

Twarz pana nadzorcy zachodziła złowrogim cieniem. Palce jego coraz szybciej po poręczy fotela bębniły, a brwi zbiegły mu się nad gniewnymi oczyma groźne i drgające.

Chwile trwało milczenie.

Zaparty, który przy runięciu Onufra na kolana wyszedł był nieco z "frontu", znów się wyprężył do niemożliwości, a stary Jakub szyję z niebieskiej obwiązującej ją chustki wysunąwszy, głowę ku "wielmożnemu" podniósł i nozdrza nastawił.

Tak zmyślny wyżeł patrzy w oczy panu, rychło powieką mrugnie albo palcem ruszy.

- Do ciemnej go! - zakomenderował "wielmożny".

W jednej chwili zerwał się Onufer na klęczki i ręce do "wielmożnego" wyciągnął:

- Panie! - zawołał - Panoczku! Panie **miłosierdny** ! Rózgami siec każcie, język zakneblujcie, strawę odejmijcie, ręce i nogi zakujcie, ale dociemnej nie sadźcie! Nie sadźcie do ciemnej, panie **miłosierdny**, bo on tam z każdego kąta na mnie patrzy... Panoczku **miłosierdny**, nie sadźcie!

Na szeroką, obrzękłą twarz jego wystąpił wyraz śmiertelnego strachu, zaciśnięte ręce trzeszczały w stawach i trzęsły się ku "wielmożnemu" konwulsyjnym ruchem, oczy otwierały się coraz szerzej, głos chrypiał.

Począł się wreszcie Onufer na kolanach ku fotelowi czołgać powtarzając: "Panie miłosierdny! Panoczku miłosierdny!..."

Czołgał się powoli, ciężko, ciągnąc za sobą grube swoje, obwinięte szmatami nogi jakby wielki, wielki ciężar.

Widok był tak straszny, że mimo woli złożyłam ręce i pochyliłam się ku nieszczęśnikowi.

A wtedy pan nadzorca wstał i rzekł suchym głosem:

Na dwadzieścia cztery godzin!

Zakotłowało się u proga, strażnicy przy pomocy Osmólca chwycili olbrzymiego chłopa, pchnęli go, po czym drzwi się zamknęły, a ciężkie kroki oddalających się cichły stopniowo w długim korytarzu więziennym.

2.

Na kilka tygodni przed wyżej opisaną kancelaryjną sceną jedno z pism miejscowych podało następujący artykuł:

"Sądowa izba warszawska rozpatrywała w dniu wczorajszym na pełnym posiedzeniu sensacyjną sprawę o zabójstwo kupca N., właściciela sklepu towarów kolonialnych w X, spełnione w miesiącu wrześniu rb.

Sprawa ta po wysłuchaniu oskarżonego i świadków przedstawia się, jak następuje:

Przed dwoma blisko laty kupiec N. przyjął na parobka Onufrego Sęka, pochodzącego ze wsi Witaszewice, powiatu X, guberni Y, który po nastąpionej tamże pogorzeli do miasta, szukając zarobku, przybył.

Powołani świadkowie zgodnie zeznają, iż Onufer Sęk obowiązki swoje sumiennie pełnił, dobra pańskiego wiernie pilnował, trzeźwy był, uczciwy i spokojny.

Co zaś do osoby samego kupca N-, utrzymują oni, iż dla służby bywał srogi, źle ją żywił i w wypłacie zasług krzywdził. Zeznają dalej świadkowie, między którymi jest wielu dawnych sług zabitego, iż żaden z nich dłużej nad kwartał w służbie tej wytrwać nie mógł, a byli i tacy, którzy ją już po kilku dniach rzucali. Gdy zaś przy wzrastającej zgryźliwości i porywczości charakteru kupca N., który bezżennym będąc, sam gospodarstwo prowadził, coraz trudniej o ludzi było, Onufer całą robotę w domu i w sklepie sam spełniać musiał, gotując przy tym i usługując do stołu pryncypałowi. Usługiwanie to i gotowanie najwięcej mu się przykrzyło. Kupiec bowiem, ilekroć mu parobek w czym nie dogodził, rzucał w niego to szklankę z wodą, to widelec, to talerz z zupą, tak iż w kamienicy zwyczajną było rzeczą widzieć parobka poparzonym, pokrwawionym, z sińcami i guzami na głowie i twarzy. Dziwiono się powszechnie, dlaczego Onufer innej sobie służby nie szuka, ale źle płacony, licho żywiony i codziennie poniewierany, mimo to pana swego się trzyma. Ci, którzy na uczciwość i pracowitość parobka z bliska patrzyli, podejmowali się nawet dobre miejsce mu nastręczyć, ale Onufer odstać od kupca nie chciał. Po każdej nowej krzywdzie widziano go, jak siedząc na schodkach od podwórza gorzko płakał, ale gdy kupiec na niego zawołał, łzy ocierał i znów do roboty stawał.

Tajemnicą tej wytrwałości było niezmierne przywiązanie parobka do dwunastoletniego Julka, chłopca sklepowego, sieroty, który również poniewierany jak Onufer, miejsca przecież opuścić nie mógł, ponieważ oddany tam został przez opiekuna swego, a zarazem powinowatego kupca N. Jeden ze świadków opowiada, że nieraz widział, jak chłopczyna z płaczem na piersi parobkowi się rzucał i jak Onufer pocieszał, głaskał i całował sierotę, jak go nawet na ręce brał niby małe dziecko. Sypiali też raze na pawlaczu w kuchence, a kiedy parobkowi udało się kilka złotych zasług otrzymać, to buty chłopca do podzelówki dawał, choć sam w drewnianych trepach tylko chodził, to mu czapkę kupił, to nawet brudne koszule Julka sam nocami prał, za uprasowanie ich płacąc stróżce po parę groszy.

Sierota też całym sercem do parobka przyrósł, a kiedy widział, że Onufer nad dolą swoją płacze, przynosił mu to parę kawałków cukru, to kilka rodzynków, rzucał mu się na szyję i poty go całował, póki się Onufer nie rozjaśnił.

W niedzielę, dnia szóstego września, to jest w dniu, w którym zabójstwo spełnionym zostało, Julek do opiekuna swego od rana jak zwykle w święto poszedł, parobek zaś obiad zgotował i na stół podał. Pan jego był w wytkowo złym humorze i pod pretekstem, że zupa przesoloną została, ważkę nową z gorącym krupnikiem w twarz parobkowi cisnął, po czym resztę obiadu zjadłszy, na sofkę w stołowym pokoju stojącą dla poobiedniej drzemki się położył. Parobek się tymczasem wypłakał, obmył i ze stołu sprzątać bez żadnej złej myśli przyszedł, gdy jednak dręczyciela swego uśpionym zobaczył, złość i żałość w nim zakipiała, chwycił wielki gwicht w kącie pokoju na decymalnej wadze stojący i uderzywszy nim śpiącego w głowę. na miejscu go zabił. W tej właśnie chwili wbiegł na próg powracający Julek i zobaczywszy trupa, który się z sofki na ziemię stoczył, zakrzyknął. Onufer bezprzytomnie ku niemu się rzucił, za szyję chłopczynę chwycił i trzymanym jeszcze w ręku gwichtem w głowę go ugodził. Krew i mózg brynęły wysoko na ścianę, a chłopiec jak stał, tak padł, raz tylko krzyknąwszy. Przybyłym w parę godzin po katastrofie przedstawił się następujący widok:

Kupiec N. leżał na podłodze martwy, tuż obok wybitej skórą sofki, przy drzwiach zaś mały, rozciągnięty na ziemi sierota z głęboko pękniętą czaszką.

U nóg chłopca leżał wpółprzytomny parobek, ściskając jeszcze morderczy gwicht w ręku.

Ujęty nie bronił się i do spełnionego podwójnego morderstwa od razu się przyznał. Ma on lat 25, a odznacza się niezwykle silną budową i olbrzymim wzrostem. Gdy mu na sali sądowej przedstawiono poplamione krwią ubranie zabitego chłopca, zachwiał się i padł zemdlony. Publiczność jest niezwykle zajęta tą nader sensacyjną sprawą, o której dalszym przebiegu czytelników naszych poinformować nie zaniechamy"

3.

- A cóż tam z Onufrem? - zapytałam raz starego Jakuba, spotkawszy go na schodach.

Jakub spojrzał na mnie z namysłem, tabakierkę dobył i zanurzywszy w niej swoje wyschłe, sękate palce rzekł:

- Phi!... Cóż ta już Onufrowi! Wczora minął tydzień, jakeśmy go pochowali.

- Jak to? Umarł?

- A umarł.

- I z jakiej choroby?

- Choroby - odrzekł Jakub, z wolna otrząsając szczyptę - to tak akuratnie żadnej nie miał. Przecie mu i felczer pijawki stawiał, i pan doktor mu proszki dawał, to jakby miała być jaka choroba, toby się i pokazała. A tu nic!

Zażył tabakę, zmrużył oczy, pociągnął nosem i tak mówił dalej:

- Tak mu oto błąd jakiś do głowy przystąpił, że umarł.

- I cóż to było?

- Cóż ta miało być! Bieda była i tyle!

Obejrzał się na lewo, obejrzał się na prawo, a potem rzekł:

- Bez te ostatnie czasy to już nawet i pod numerem nie siedział, bo z nim msze aresztanty wytrzymać nie mogły, a co i raz, to dalej go, bijatyka. Aż go wielmożny na osóbku w komórce obsadził, tam gdzie te szewcy skład na skóry wprzód mieli. Jak go też wielmożny obsadził na osóbku, tak się wieszać chciał. Ano dobrze. Ale żeśmy go oderżnęli i do ciemnej coś na tydzień poszedł, więc już się tego potem nie chwytał. Ale i tak wskórania z nim nie było. Dzień jak dzień- Ale jak tylko Pan Bóg noc dał, tak do mego Onufra zara błąd przystępuje. Ino chodzi, ino ręce składa, ino cości prawi, a stęka, a płacze, aż ograża człowieka słuchający. A precz się prosi, żeby go na powrót pod numer dać. "Jakże cię pod numer dać - pedam - kiedy cię tam insze aresztanty tłuką?" „A niech mnie ta tłuką - peda - niech i zatłuką, żebym ja aby sam nie siedział!" Ale wielmożny przykazał, coby w komórce został. Tak patrzę ja raz przez luft we drzwiach, a miesiąc tak stał na niebie jako rybie oko i cała ona komórka aż biała była od jasności, a tam mój Onufer w kącie, plecami do muru przyparty, w jednej koszuli jak ten świątek stoi, ręce złożone przed sobą trzyma, nogi się pod nim trzęsą jak w zimnicy, a on sam dopieroż tak się modli, tak molestuje, właśnie jakby tam kto przed nim stał.

"O moje dziecko - peda - o moje kochające! Czemuś ty wtedy wyszło w złą godzinę? O moje dziecko najmilejsze! Toć ja ciebie ubić nie chciał! Toć ja ciebie jak własną duszę miłował!" Patrzę ja, wytrzeszczam oczy, nikogo w komórce nie ma, a ten się precz trzęsie a modli:„O moje dziecko, odpuść ty mnie - peda - odpuść ty mnie swoją śmierć niewinną! O moje dziecko najmilsze - peda - kochanie moje najsłodsze!"

Tak ja do niego: „Onufer! Co z tobą?" Tak on nic, tylko patrzy na mnie jak błędny- Tak ja do wielmożnego. Tak i tak, wielmożny panie, tak i tak - pedam - żeśmy to już na niego pobaczenie mieli po onym wieszaniu! Tak wielmożny idzie, patrzy, akuratnie wszystko prawda.

Chłop w jednej koszuli stoi i trzęsie się jak ta osika w boru. Tak wielmożny, że to miłosierne serce ma, zaraz mi kazał świecę wziąć, zapalić i Onufrowi ją z latarką w komórce postawić. Tak się dopiero ono chłopisko układło.

Umilkł i zażył tabaki, po chwili zaś tak mówił dalej:

- Ale mu ta i tak nie plażyło. Jedzenie to i do trzeciego dnia stało, jakem nie zabrał, a prosiętom pana sekretarza nie dał. Tak chłop wychudła, że się tylko skóra poopinała po kościach, a tak sczerniał jak ta święta ziemia. Aż go też do lazaretu wzięli. Jak go też do lazaretu wzięli, tak mój Onufer do cna skapiał. Leżeć nie leżał, chorować nie chorował, tylko tak sobie co nieco do głowy dopuszczał, po całych dniach pacierz mówił, w piersi się bił, a już jak wieczór przyszedł, to ino cości po kątach upatrował i do onego chłopaka, co go pono ubił. Jakby do żyjącego gadał i różnie go ta nazywał, że i rodzony ojciec lepiej by nie potrafił. Aż też tak jednej nocy zmarło ono chłopisko w kącie klęczący, Józef, ten czarny, z lazaretu, co go z Szymonem na tapczan z onego kąta niósł, powiadał, że taki był letki jak ten snop omłócony... Aż im dziwno było.

Zanurzył dwa palce w tabakierkę i wziął sporą szczyptę utrząsając z niej po trochu i w palcach ją ważąc.

- A cóż Osmólec? - zapytałam jeszcze.

Stary nie odpowiedział zrazu, ale obejrzał się na lewo, obejrzał na prawo i wziąwszy tabakę, nosem kilka razy czmychnął.

- Iii... Cóż tam taki Osmólec! - rzekł wreszcie. - Takiemu Osmólcowi biedy nie ma! Trzeci raz tu już siedzi, więc jest we wszystkim człowiek znający. Ano wziął go teraz wielmożny do siebie, do kredensu...

MIŁOSIERDZIE GMINY

Kartka z Höttingen

Dziewiąta dochodzi na zegarze gminy. Przez lekką mgłę poranną przebijają ciemniejsze, lazurowe głębie, zapowiadając cudowną i cichą pogodę.

Przed kancelarią snują się gromadki oczekując przybycia pana radcy Storcha, którego szary filcowy kapelusz i laskę ze srebrną gałką widać przed bliską kawiarnią Gehra, u stolika pana sędziego pokoju, czytającego tu przy cienkiej kawie swój poranny dziennik.

Pan radca może przybyć lada chwila; tak przynajmniej sądzi woźny stojący w półurzędowej postawie na ganku kancelarii i odpowiadający na pozdrowienia przechodniów przytknięciem dwu palców do granatowej z białą wypustką czapki.

Od strony kawiarni Gehra dolatują rześkie głosy obu rozmawiających panów. Pan radca zatrzymał się tylko na chwilę, nie siada nawet, ale rozmowa z panem sędzią bawi go widać, gdyż słychać od czasu do czasu jego śmiech swobodny, wesoły, któremu odpowiada krótkim naszczekiwaniem pyszny brunatny seter, w postawie sfinksa u stolika leżący.

Tymczasem ludzie przed kancelarię przychodzą, pozdrawiają się wzajem i stają gawędząc niedbale. Niektórzy idą wprost do kancelarii, inni przysiadają na kamiennych, połączonych luźnym łańcuchem słupkach, które niewielki, żwirem wysypany plac przed gmachem od ulicy dzielą; jeszcze inni zadarłszy głowę przypatrują się samemu gmachowi. Jest nowy. Stanął wszakże na miejscu dawno zadrzewionym, z którego mu pozostawiono dwa szeroko rozrosłe, o łupiącej się, delikatnej korze platany, których żywą zieleń jesienne słońce złocić już nieco zaczęło.

Sam gmach, prosty, szary, kwadratowy niemal, ma na płaskim dachu niską żelazną balustradę o złoconych gałkach, a na fasadzie cztery pilastry i pamiątkową tablicę z napisem. Napis ten, błyszczący wesoło złoceniem swych liter, przyciąga oczy ludzkie. Każdy prawie z przybyłych podnosi głowę i odczytuje go z powagą. Alboż nie ma prawa? Wszak każdy na wzniesienie kancelarii dał swoje trzy grosze, a dom jest wspólną własnością i wspólnym dziełem gminy. Nie mniej przyciąga oczy zegar, umieszczony w samym ostrzu trójkąta opierającego się podstawą o płaskie kapitele pilastrów, tylko że wskazówki jego zdają się dziś wolniej jakoś poruszać po okrągłej i błyszczącej tarczy. Tak przynajmniej mniema właściciel bliskiej piwiarni, który co chwila dobywa swoją wielką srebrną cebulę konfrontując ją z zegarem gminy. Miły Boże, po co się człowiek ma śpieszyć. Czas i tak leci.

Już tylko parę minut brakuje do dziewiątej; gromadki zaczynają się ściągać przed sam ganek kancelarii, śmiejąc się i rozmawiając głośno. Nie ma w tym zebraniu nic uroczystego: jak kto przy robocie stał, tak przyszedł. Zwyczajnie, za interesem.

Codzienne, "joppy" szarzeją się na grzbietach; rzeźnik Wallauer przyszedł w różowym, dymkowym kaftanie, Jan Blanc, rymarz z Höschli w zielonym kitajkowym fartuchu spiętym na mosiężną haftkę z łańcuszkiem; wielu, mimo rannego chłodu, stawiło się na zebranie w kamizelkach tylko; wdowa Knaus, jak szła z targu, tak wstąpiła z koszykiem ogrodowizny i z nową szczotką pod pachą. A cóż? Wszak tu wszyscy swoi. Nareszcie na kwadratowej wieżycy nowego Münsteru zaczynają bić kwadranse, a jednocześnie daje się słyszeć radosne szczekanie wyżła biegnącego u nóg pana radcy. Wyprzedza go, wraca, znowu go wyprzedza, znów w paru susach wraca, aż weszli razem w wybornych humorach w otwarte drzwi kancelarii. Zaraz za nimi zaczynają wchodzić czekające przed gmachem gromadki.

Wchodzą i w sieniach już dzielą się na dwie partie: ciekawych i interesowanych. Interesowani przepychają się zbitym szeregiem do żółtych drewnianych balasków dzielących salę na część urzędową i nieurzędową; ciekawi idą wolniej i obsiadają ławki biegnące dokoła pod ścianą.

Nie jest to rozdział stanowczy.

To z jednej, to z drugiej strony co i raz miano sobie coś do powiedzenia; czasem też który z ciekawych uczuwał się nagle interesowanym i u balasków miejsca sobie szukał. Człowiek może się namyślić i w ostatniej chwili.

Interesowanych jest mniej; ci mają ważniejsze stanowisko w sali. Jest tu powroźnik Sprungli, który się niedawno z wdową ożenił i warsztat chciał rozwinąć; jest Kagi Tobiasz, właściciel piwiarni "Pod Zieloną Różą"; jest piekarz Lorche; jest oberżysta z Mainau; jest Dödöli, właściciel winnicy; jest Wetlinger Urban, słodowinik; jest Tödi Mayer, ślusarz; jest kotlarz Kissling; jest ogrodnik Dörfii; jest stolarz Leu Peter i kilku innych jeszcze. Każdy z nich potrzebuje posługi to w warsztacie, to w domu, to w roli. Każdy też woli, że mu to taniej przyjdzie, niż gdyby parobka zgodził. Porozpierali się u balasków i gwarzą z cicha. Wdowa Knaus także się między nimi rozparła. Od czasu, jak się syn ożenił, na imię boskie nie ma się kim w domu pchnąć. Jest przy tym miłosiernego serca i chętnie by biedotę jaką wzięła, żeby tylko posługę z tego niezgorszą mieć można. No i żeby dopłata nie bardzo marną była. Nie może przecież niedołęgi darmo do domu brać. Gmina zresztą ma fundusze na to, żeby za biedaków, co już robić nie mogą, płaciła.

Żebrać przecież nie pójdą, nie wolno. Czy tylko będzie w czym wybrać?... Pod jesień słabnie to jak muchy. Wolałaby babę... Phi! weźmie i dziada, jak baby nie będzie. Aby od biedy, aby od biedy! A czy to mało tej hołoty w gminie? Tygodnia nie ma, żeby do kancelarii nie ściągła jaka mizerota, której się zdaje, że już nie poradzi robocie. Nieprawda! Takiego dobrze docisnąć, to i za młodego obsianie od nagłego razu. A i to błogie, co tam gmina doda. Nie raz, nie dwa jeszcze taki swego nie przeje, a już go śmierć ściśnie. Hoppingerom się trzydzieści franków po starej Reguli zostało, co ją na wiosnę z kancelarii wzięli. A Egii? Egii więcej niż w parobka w Alojza orał, a jeszcze połowy zapomogi nie wydał, kiedy stary

117

zipnął. Pan Bóg miłosierny niczyjej krzywdy nie chce!

Tu wdowa wzdycha, a czarny kamlotowy kaftan podnosi się z szelestem na jej szerokich piersiach.

Ale jeden i drugi ogląda się ku drzwiom. Czemu nie przyszedł Probst? Spodziewano się, że pierwszy do licytacji stanie, a jego dotąd nie ma.

Ucicha nareszcie w sali, a pan radca podnosi głowę od biurka, przy którym stojąc czytał papier jakiś.

Jest to młody jeszcze, przystojny i okazały szatyn, którego niewielka łysina niemal że nie szpeci wcale. Twarz ma mięsistą, okrągłą, wąs rudawy, spojrzenie otwarte, jasne. Ubrany z pewnym wykwintem, u szwajcarskich urzędników niezwykłym. Szczególniej uderza śnieżny gors u koszuli, na którym błyszczą drobne złote spinki. Podniósłszy głowę pan radca oczy mruży i znad złotych okularów po obecnych patrzy. W tej chwili właśnie woźny drzwi zamyka. Zdaje się, że już nikt więcej nie przyjdzie.

- No, moi panowie - odzywa się pan radca przeciągając palcem tłustej białej ręki pomiędzy przyciasnym kołnierzykiem a pełną, nieco nabrzmiałą szyją - no, moi panowie, mamy dziś, jak wiecie, posiedzenie sekcji dobroczynności w gminie. Czy tak?

- Tak, tak! - odzywa się kilka głosów w sali.

- A więc. moi panowie - dodaje radca zapuszczając palec między kołnierzyk a kark kładący się na nim fałdą tłustej skóry - a więc możemy zaczynać!

- Tak, tak! - odzywają się ponownie głosy. Ale pan radca, świeży urzędnik z wyborów, nie lubi tracić sposobności do małych przemówień, które by gruntowały popularność jego. Chrząka tedy i oparłszy obie dłonie na pulpicie swego biurka, tak rzecze:

- Wiadomo panom, jak opiekuńcze są ustawy gminy. Wiadomo panom, że gmina nie dozwala cierpieć nędzy żadnemu z członków swoich. Ociera łzy, odziewa nagich, karmi głodnych, bezdomnym daje dach nad głową, słabych wspiera.

Tu czując, że mu się ten frazes udał, robi krótką, lecz znaczącą pauzę. Obejmuje potem oczyma obecnych i tak mówi dalej:

- Ustawy gminy są ustawami chrześcijańskiego miłosierdzia, są one nie tylko naszą zdobyczą cywilizacyjną, ale naszą chlubą. Tak jest, panowie, one są naszą chlubą! Wiadomo panom, że młodość nie trwa, siły opuszczają, choroba i bieda łamie. Jest to powszechne prawo, któremu ulega świat cały. Ale nasza gmina podejmuje walkę z tym prawem. W jaki sposób? W bardzo prosty: przygarnia tych, których skrzywdziło życie, przygarnia nędzarzy i wydziedziczonych, przygarnia kaleki i niemocne starce!

Tu pan radca dziwi się, ze mu tak dobrze idzie, i znów robi pauzę. Żal mu po prostu, że słucha go tak mała garstka ludzi. Taka mowa, wypowiedziana na jakimkolwiek dużym zebraniu, zrobiłaby mu imię. Zaczem z wysoka rzuca okiem na salę i tak kończy:

- Tak jest, moi panowie! Gmina przygarnia ich i godząc rozumną rachubę z porywami serca mówi: starzec ten, nędzarz ten, ten kaleka nie może już wyżyć ze swej pracy. Owszem, nie może już pracować. Nie ma on rodziny, która by go żywić mogła, lub też ma rodzinę biedną, której praca ledwo starczy, by głodu nie zaznać. Mamże go puścić, by się włóczył po drogach jako wstrętny żebrak ? Nigdy!

Potrząsa głową energicznie i podnosząc głos mówi:

- Woźny, wprowadź kandydata!

Woźny przechodzi szerokim krokiem salę i znika we drzwiach bocznych do małej komórki, służącej niekiedy za kozę, wiodących; między zebranymi szerzą się półgłośne szmery, a pan radca stoi z podniesioną ręką, żeby nie wychodzić z pozy. Upływa krótka chwila. Nagle w drzwiach bocznych ukazuje się naprzód głowa, dygocąca na cienkiej, wychudłej szyi, potem kolana ku przodowi zgięte, potem stopy resztką obuwia ozute, potem ręce zgrabiałe i drżące, które się uszaków drzwi6 z obu stron chwytają, żeby dopomóc nogom przez próg, a wreszcie grzbiet w pałąk zgięty. Jest to Kuntz Wunderli, stary tragarz, którego wszyscy znają.

W sali zapanowywa szmer głośniejszy nieco.

- To kandydat?... Na miłosierdzie boskie, cóż to za kandydat? Któż to-weźmie do siebie takiego trupa? Co za pomoc z tego komu? Co za wyręka? No, no! Ciekawa rzecz, co też gmina dać myśli za wzięcie tego próchna! A toć to skóra i kości! Nic więcej!

Niezadowolenie się wzmaga. Są tacy, którzy od razu sięgają po czapki i od balasków odchodzą.

Ale pan radca na szmery te nie zważa i zaledwie Kuntz Wunderli ukazał się we drzwiach, tak mowę swą kończy:

- Tak jest, moi panowie! Piękne nasze ustawy wygnały z ziemi naszej żebraninę, a wprowadziły do niej miłosierdzie. Nie ma już opuszczonych! Nie ma już nędzarzy! Gmina jest ich matką, gmina jest ich żywicielką. Oto jest starzec niezdolny do pracy. Kto z panów chce go wziąć do siebie?

Niejedną posługę mieć można jeszcze z niego. Gmina nie wymaga, by jej członkowie czynili to darmo. Gmina gotowa jest, podług ustaw swoich, przyczynić się do utrzymania tego starca. Kandydacie, przybliż się! Panowie, przypatrzcie się kandydatowi!

Skłonił głowę i dobywszy fular, otarł nim czoło. Łatwo się pocił, a w sali stawało się gorąco.

Tymczasem Kuntz Wunderli, popchnięty nieco z tyłu przez woźnego, wydobywa się szczęśliwie ze drzwi i przy progu staje. Pełne światło, z otwartego na obszerną łąkę okna, pada teraz na jego zgarbioną i znędzniałą postać. Stoi tak przez chwilę, mnąc w ręku stary pilśniowy kapelusz, a chude kolana drżą mu coraz silniej. Jest wzruszony. Nagle prostuje się, podnosi głowę i z uśmiechem na obecnych patrzy. Uśmiech ma zachęcający, wesoły prawie. Kuntz Wunderli nie wie, kto będzie panem jego. Uśmiecha się tedy do wszystkich i raźno mruga oczyma. Oczy te są zimne, osłupiałe i stroskane. Stary Kuntz usiłuje im wszakże nadać filuterny, niemal lekkomyślny wyraz. Gdy mu się jedno zmęczy i staje w ciemnym swoim dole nieruchome, martwe, mruga drugim, jak gdyby chciał mówić: "Jeszczem ja mocny! O, i jaki mocny! Chleba darmo nie zjem, pracować będę, każdej robocie poradzę. I-wody przyniosę, i drew ułupię, i kartofli naskrobię, i izbę zamiotę... Dużą siłę mam jeszcze... dużą siłę..."

A gdy tak patrzy z wysiłkiem, stara jego głowa coraz silniej trząść się zaczyna, oczy nieruchomieją i zachodzą wielkimi łzami, a ręce szukają podpory. Jedne tylko wąskie i zapadłe usta uśmiechają się, ciągle się uśmiechają, wtedy nawet, kiedy dwie łzy ciężkie i zimne toczą się z wolna po zmiętej i zbrużdżonej twarzy.

Ten, to ów zaczyna mu się przyglądać. Istotnie, stary wygląda wcale jeszcze dobrze. Dziś rano ogolił się właśnie; woźny pożyczył mu brzytwy. Leży to w interesie gminy, żeby taki kandydat jak najlepiej i jak najraźniej się przedstawiał. Inaczej mógłby nie znaleźć wcale amatora. Nie tylko więc woźny pożyczył mu brzytwy, ale starego kubraka i niebieskiej chustki na szyję, które po licytacji znów sobie odbierze. Stary Kuntz umie to cenić. Wie on, jakie pobudki miała gmina w tak łaskawie udzielonej mu pomocy, i rad by przede wszystkim uwydatnić te piękne szczegóły swojego ubrania. Ale rękawy kubraka są na niego przydługie; sam kubrak, zbyt obszerny, wisi na nim raczej, niżli go odziewa, a bujny, niebieski, bawełniany fontaź dziwnie się sprzecza z jego wyschłą, pomarszczoną w tysiące szwów szyją, którą Kuntz to wyciąga, to chowa, nie wiedząc, jak lepiej przedstawi się chustka. Właściwie mówiąc jest w trudnym położeniu.

Trzeba mu i litość wzbudzić, i nie okazać się zbyt niedołężnym. Wie on, że stoi tu w charakterze starca, nie mogącego pracować, ale wie także, iż każdy z tych, co tu przyszedł, na ręce jego patrzy, czy się roboty chwycą. Gmina ma nad nim miłosierdzie, prawda, ale zbyt wiele dopłacać za niego nie zechce. On to wie, wie dobrze; zbyt wiele wymagać nie może... Zmieszany, wzruszony, patrzy ludziom po oczach, miarkując, co który myśli; na woźnego też rzuca w bok krótkie spojrzenia, jakby dla upewnienia go, że ani brzytwa, ani kubrak, ani chustka nie pójdą na marne.

Ludzie patrzą na starego i gawędzą głośno. Nie leży to w interesie żadnego z nich, żeby okazywać zbyteczny pośpiech. Staliby tak do południa może, porozpierani na balaskach i biorący tabakę, ale pan radca nie lubi przewlekłych posiedzeń.

- No, moi panowie - odzywa się on głośno. - Czy przypatrzyliście się kandydatowi?

- A cóż mu się tam przypatrywać - odpowiada po małym milczeniu kotlarz Kissling. - Toć my go co dzień widzimy. Stary ledwo dycha, nie uciągnie, nie dźwignie... Jak myślicie, szwagrze -zwrócił się do Faustyna Tröndi - będzie miał z ośmdziesiąt albo i więcej?

Stary chrząknął. Ośmdziesiąt dwa skończył, ośmdziesiąt dwa... Ale uśmiecha się tylko i milczy.

- Ile macie lat, stary? - pyta go Tödi Mayer. Kuntz szybko mruga ku woźnemu okiem, a potem mówi:

- Siedmdziesiąt i cztery, kochanku! Siedmdziesiąt i cztery!

- A pokaż no, stary, zęby - odzywa się oberżysta z Mainau. Kuntz znów rzuca szybkie spojrzenie na woźnego i rozszerzywszy zeschłe wargi ukazuje wcale jeszcze zdrowe zęby.

Publika zaczyna się śmiać.

- Ho! ho! - mówi jeden - a to by i kość ugryzł.

- Chleba się nie zlęknie! - dodaje drugi.

Leu Peter, stolarz, przychyla się ku niemu.

- A machnij no, stary, pięścią! Dalej!

Wunderli postępuje krok naprzód, podnosi nieco głowę, prostuje grzbiet i macha kilka razy ręką, której ściśnięta pięść ginie w długim rękawie pożyczonego kubraka. Ręka opada mu za każdym razem jak złamana gałęź. W stawach słychać trzask przykry.

- A co? Nieźle macha! - odzywa się ktoś z ławy.

- Phi!... - dodaje pesymistycznie drugi, wiedząc, że uwagi galerii nigdy nie są dla interesowanych stracone.

- A jakże nogi?-pyta znów Tödi Mayer, który widocznie na Kuntza ma ochotę. - Maszeruj no, stary!

Ale stary miesza się widocznie. Nogi to właśnie najsłabsza jego strona. Ba! gdyby nie nogi!... I nawet nie tyle nogi, co kolana... Na samą myśl o wyprostowaniu już mu w nich coś strzyka... Ale Kuntz Wunderli nie zawiedzie gminy. Z największym wysiłkiem unosi jedną stopę i stawia ją natychmiast na tym samym miejscu. Nie... nie... pomylił się. To nie ta! To gorsza! Podnosi tedy drugą, lecz jeszcze szybciej spuszczają z głośnym sykiem. Co u diaska! Czy to nie tamta? Czyżby ta właśnie była gorsza? Interesowani marszczą się i milczą. Galeria, która z ławek powstawszy podeszła do balasków, zaczyna się śmiać głośno.

- Dalej! Dalej! - wołają. - Maszerować! Maszerować, stary!

Pan radca surowo spogląda na śmiejącą się galerię, po czym zwrócony do starego mówi z odcieniem niecierpliwości:

- Czegóż stoisz? Ruszże się z kąta!

Kuntz Wunderli uśmiecha się nieśmiało, boleśnie. Zaraz, zaraz... Naturalnie! Czegóż on stoi? Zaraz się ruszy... Zaraz...

I nagle, zebrawszy siły, podnosi głowę, wytrzeszcza spłowiałe oczy, wyciąga jak żuraw szyję, prostuje się, przyciska rękami kolana i ku drzwiom maszerować zaczyna.

Jest to widok tak pocieszny, że całe zgromadzenie wybucha głośnym śmiechem. Stojący bliżej przy ławach padają na nie, chwytając się za boki, pan radca zasłania usta trzymaną w ręku ustawą, a woźny odwraca się do kąta i parska w kułak.

- Dobry! Dobry! - wołają głosy z ławek.

- Dalej! Dalej! - odpowiadają inne.

Stary idzie. Sztywne jego nogi nie zginają się wcale; podnosi on je jak kije z niezmiernym wysiłkiem i opuszcza na dół, rozpaczliwie przyciskając rękoma chore i obrzmiałe kolana. Tymczasem, jakby na złość, sala wydłuża się, rośnie, drzwi uciekają kędyś, ściany nabierają przeraźliwej głębi; staremu Kuntzowi zdaje się, że nigdy, nigdy nie zdoła dojść aż do nich... Czuje wszakże, iż wszyscy ci ludzie na niego patrzą, że gmina patrzy. Zaciska tedy zęby i znów podnosi sztywną i ciężką nogę.

Nagle staje i szeroko otwiera osłupiałe oczy. U drzwi, w gromadzie głów ludzkich, widzi głowę syna.

Tego się nie spodziewał. Nie, nie! Tego nie...

Ciemna czerwoność bucha mu na twarz resztką krwi spod serca.

Nie słyszy śmiechu ludzkiego, nie słyszy nawet głosu pana radcy, który go na miejsce woła. Widzi tylko syna.

Jak urzeczony patrzy na niego i zaczyna drżeć jak na wielkim, wielkim zimnie; wszystkie jego stare kości dygocą. Struchlała twarz blednie, bieleje, staje się biała, bardzo, bardzo biała. Na czole rysuje się dziwnie twarda i surowa bruzda; oczy jego zapalają się i gasną. Niepocieszone, martwe, stroskane, z dziwem i strachem patrzą się w twarz syna. Nie, nie, on nie chce, żeby go syn licytował w gminie... On nie chce!

Kurczy się, odrywa ręce od kolan i zastawia się nimi. Nie, nie! On się boi! On nie chce!

Ale woźny przystępuje i bierze go za ramię.

- Co u diabła? Czego stoi jak głupi? Czy nie widzi, że urząd czeka? Dalej, naprzód!

Stary Wunderli jest wszakże w tej chwili tak słaby, ale to tak słaby jak dziecko. Po prostu ruszyć się nie może. Nogi mu się plączą, zęby szczękają, głowa się chwieje jak ten liść jesienny. Woźny popycha go przed sobą, a także podtrzymuje nieznacznie. Gdyby go nie przytrzymywał, stary upadłby może. W duchu nie ma on wielkiej nadziei, żeby starego gmina łatwo pozbyć się mogła. Teraz widzi, że i brzytwa, i chustka, i kubrak- tak jak na nic... Zupełnie jak na nic.

- Prędzej! - woła niecierpliwie pan radca.

Kuntz Wunderli opamiętywa się jakoś i znów staje na poprzednim miejscu. Jest ono dobrze wybranym. Z szeroko otwartego na ogród okna pada na nędzarza pełne, złote światło. W świetle tym zmartwiała twarz starego nabiera nieco życia. Na łysej jego czaszce igra odblask cichej i modrej pogody. Osłupiałe źrenice podnoszą się i zawieszają kędyś daleko, na szerokim słonecznym błękicie.

"Kto wie? Może i nieźle byłoby, żeby się syn utrzymał. Kto wie? Synowa zła i skąpa, to prawda. Ale umarłby wśród swoich przynajmniej. I wnuki... widziałby co dzień wnuki..."

Źrenice starego wilgotnieją, stają się miękkie i rzewne; na ustach drży jakieś nie wymówione słowo, wielka surowa zmarszczka na czole wygładza się i znika.

Stanowczo nie wygląda w tej chwili na więcej jak na siedmdziesiąt cztery. To ożywia nieco interesowanych.

- Nietęgi w nogach! - mówi kręcąc głową piekarz Lorche.
- Co to nietęgi! - prostuje ktoś z ławy.
- On nas jeszcze wszystkich przeskoczy! - dodaje inny.
- Zuch stary! - woła trzeci.
- Jakże myślicie, szwagrze? - pyta półgłosem Tödi Mayer swojego sąsiada.
- A cóż? ja bym brał. Kiepski w nogach, ale w warsztacie posłuży.
- Ani bym na to chuchro nie spojrzał - mówi Dödöłi - gdyby tu był inny.
- A co? W domu i to się przyda - perswaduje Kissling.

Pan radca bystrym okiem po obecnych wodzi. Chwila wydaje mu się odpowiednią do zagajenia licytacji. I tak sprawa ta przeciągnęła się nad miarę dzisiaj. Za dużo było ciekawych.

Dobywa zegarek, podnosi go blisko do oczu, porównywa ze ściennym zegarem gminy i skinąwszy na woźnego rzecze pełnym inicjatywy głosem:
-Moi panowie, kończymy! Kandydat, przedstawiony wam przez sekcję dobroczynności gminy, ze wszech miar zasługuje na waszą uwagę. Zdrów jest, niezbyt podeszły w latach, siły dobrze mu służą i do każdej lżejszej roboty przydać się w domu może. Kto z panów reflektuje? I z jaką dopłatą?

Cisza nastaje po tych słowach pana radcy. Jaki taki liczy się z potrzebą posługi i z groszem.

Sprüngli porusza się i przestępuje z nogi na nogę. Zauważył to pan radca i skłaniając się uprzejmie w stronę powroźnika rzecze:
- Moi panowie, pan Sprüngli zaczyna. Panie Sprüngli, prosimy! Jakiej dopłaty żądałbyś pan od gminy za przyjęcie w dom swój kandydata?
- Dwieście franków! - rzecze powroźnik i urywa niepewny, czy nie zażądał zbyt mało.
- Co? Dwieście franków? - pyta udając zdumienie pan radca. Po czym zatrzymuje się na chwilę. - Moi panowie! Nic nie byłoby dla mnie milszego nad taki stan finansów gminy, który by sekcji jej dobroczynności pozwalał na podobnie kolosalne wydatki. Gdy jednak tak nie jest, musimy to uwzględnić i stawiać przystępniejsze cyfry. Namyślcie się, panie Sprüngli. Jakże, moi panowie? Widzieliście, panowie, żeby

kandydata? To człowiek silny jeszcze!

- I cóż tam zęby! - odzywa się oberżysta z Mainau. - To gorzej jeszcze, że zdrowe! Jak się stary rozje, to go nie natkam, a do roboty nie stanie.

- Oho! Nie ma biedy! Już my go napędzimy! - mówi Kägi mrugając zezowatym okiem.

- Ja? - obrusza się oberżysta. - Ja na dziecko nie zakrzywię palca!

- No, no! - odpiera Kägi. - Potraficie w parobka orać!

- Wy co? Czy to ja Probst jestem?

Roześmieli się obaj.

- Kto tam wie, czy i Probst winien! - rzecze Kissling. - Dziad napijał się może...

- Jako żywo! Nikt go pijanym nie widział - zaprzecza Lorche.

- Ale to tam nie Probsta robota, tylko żony! Żona jędza... - odzywa się głos z ławy.

- Baba spod ciemnej gwiazdy! - dorzuca ktoś z kąta.

- Jak było, tak było - mówi Sprüngli - dość, że się stary Hänzli u niego powiesił...

- Musiało mu być słodko.

- Jak to? - woła rzeźnik Wettinger. - To ja takiego będę żywił, odziewał, dach mu nad głową dawał za ten marny grosz z gminy, a do roboty nie będzie mi go wolno napędzić?

- No tak... Ale zawsze...

- Moi panowie - przerywa pan radca - przystępujemy do ukończenia tej sprawy. Czas urzędowych osób jest ograniczony. Pan Sprüngli podał dwieście franków. Kto z panów licytuje *in minus*?

Cisza.

- Kto z panów licytuje?- pyta ponownie pan radca. -Panie Sprüngli, namyślcie się, proszę.

- Jużem się namyślił - rzecze Sprüngli. - Mniej nie mogę niźli dwieście franków.

Pan radca odwraca się od niego.

- Kto licytuje, panowie? Kto licytuje?

- Sto ośmdziesiąt pięć wezmę! - mówi z wolna cedząc zgłoski piekarz Lorche. - Ale niech przynajmniej tę zimę w ubraniu swoim chodzi. U mnie ciepło.

Stary Wünderli spogląda po sobie najpierw, potem po sali i nagle drżeć zaczyna. Wydaje mu się, że mróz już mu kości sięga. W swoim ubraniu?

Cóż on za ubranie ma? Alboż on na ubranie zarobić mógł grosz jaki? Na chleb zaledwie mógł zarobić, a i to z ciężkością. Bluzę płócienną ma, łataną bluzę tylko. Jak tu zimę w tym przebyć? Co to za ubranie?...

- Sto ośmdziesiąt z tym samym warunkiem! - odzywa się grubym głosem Dödöli, właściciel winnicy.

"Z tym samym warunkiem? - myśli stary Kuntz, a nędzne jego nogi dygocą coraz silniej. - Miłosierny Boże! Po cóż tu jakie warunki? Wszak stoi tu jak ten Łazarz przed ludźmi... Cóż tu za warunki..."

Po oświadczeniu Dödölego znów się cicho robi. Pan radca stoi jak na szpilkach.

Chwilę bawi się koralowym brelokiem, po czym zmuszając się do uprzejmego tonu mówi:

- Dalej, moi panowie! Dalej! Kto licytuje?

- Sto siedmdziesiąt i pięć! - mówi dobitnie Tödi Mayer. Potrzeba mu na gwałt parobka. Robota aż kipi w domu.

- Sto sześćdziesiąt! - woła ktoś nagle z kąta.

Obejrzano się: nie dowierzano sobie. Zazwyczaj opuszczano po pięć franków, po siedm zresztą. Ale żeby ktoś o piętnaście od razu mniej chciał brać, tego przykładu nie było.

Sam pan radca spogląda ciekawie w kąt sali, stary Kuntz także podnosi głowę i patrzy.

Z boku nieco, bliżej drzwi, poza ramionami licytantów, u balasków rozparty stoi syn jego, z krótką fajką w zębach. Za rękę trzyma najmłodszego chłopca.

Stary otwiera usta i patrzy z mieszaniną strachu i nadziei.

Syn przeciska się do balasków, wyjmuje fajkę i w pierwszym rzędzie staje z podniesioną głową. Nikt mu tego za złe nie bierze.

Dzieciaków gromadę ma, sam ciężko pracować musi. Jedna gęba więcej u miski to duża rzecz tam, gdzie i ci, co do niej siedli, nie zawsze się najedzą. Trzymać ojca darmo nie może. Bóg widzi, jako nie może! Ale z tym, co gmina doda, spróbuje. Nie wymaga wiele. Od razu trzy razy tyle opuszcza, co ktokolwiek z obcych. Zarabiać na gminie i na starym nie chce. Niech tylko mu się własny grosz, choćby i nie cały, powróci.

Wszyscy to rozumieją doskonale; każdy by z nich zrobił to samo. Człowiek się tak jak każda rzecz zużywa, a zużyty cięży. Kto na to ma, może i dziada żywić, a nie dopiero ojca, ale kto nie ma na to, jużci, kraść nie pójdzie. Jest to rzecz jasna jak słońce.

A jednak od tej rzeczy jasnej jak słońce pada jakiś posępny cień na wszystkie czoła. Ludzie bokami patrzą, jakby nie chcieli, nie mogli spojrzeć sobie oko w oko. Cisza trwa dłużej niż zwykle. W ciszy tej słychać ciężkie, do jęku podobne westchnienie starego Kuntza. Pan radca bystro pogląda po ludziach. Widocznie syn się utrzyma.

- A więc, moi panowie - zagaja przemilczawszy nieco - a więc utrzymuje się ostatnia oferta: sto sześćdziesiąt franków! Cieszy mnie, bardzo mnie cieszy.

Tu urwał. Właściwie nie wie, co go tu ma cieszyć. Tego, iż cieszy się, że sobie wszyscy raz do licha pójdą, nie może im przecież tak w oczy powiedzieć.

Ale przemowa ta okazuje się przedwczesną. - Sto pięćdziesiąt i pięć! - podbija syna Tödi Mayer i ociera czerwoną bawełnicą szerokie, spocone czoło.

Syn cofa się w milczeniu od balasków i rozdmuchuje przygaszoną fajkę.

Ale dziecko, które za rękę trzymał, spostrzega w tej chwili starego.

- Dziaduś! Dziaduś! - woła cienkim, przenikliwym głosikiem.

Stary wnuka nie widzi, słyszy go tylko; rzewny uśmiech rozszerza jego zwiędłe wargi. Potrząsa radośnie głową i robi ruch taki, jakby brał tabakę. Idzie to jakoś, dzięki Bogu, idzie. Wszystko jeszcze może być dobrze! Wszystko może być dobrze.

- Sto pięćdziesiąt!-woła syn.

Ale Tödi Mayer ustąpić nie myśli. Zaperzył się; był z tych, którzy się rozpalają do każdej stawki. Cóż syn? Syn go mógł darmo trzymać. Za pieniądze gminy każdy teraz dobry, każdy ma prawo.

- Sto czterdzieści i pięć! - woła podniesionym głosem.

Syn przechyla głowę i patrzy na Tödi Mayera z wysoka lekko zmrużonymi oczyma.

Namyśla się chwilę, po czym macha obojętnie ręką. Nie może ryzykować więcej. Zrobił, co do niego należało, ale ryzykować nie może. Jego czarna o prostych włosach głowa i twarz kwadratowa, drewniana, cofa się z szeregu, a wysoka, koścista, nieco pochylona postać posuwa się ku drzwiom wskroś ciżby.

Stary patrzy za nim. Jest niespokojny, otwiera usta i wyciąga szyję, lewa powieka zaczyna mu drgać nerwowo. Wygląda teraz staro, bardzo staro. Tödi Mayer miarkuje, że nieświetny zrobił interes, i szepce z kumem Spenglerem.

Tymczasem pan radca uderza dłonią w biurko, przy którym stoi.

- A zatem - odzywa się dźwięcznym, jasnym głosem - sto czterdzieści i pięć franków! Po pierwsze... po...

- Za pozwoleniem! - przerywa nagle Tödi Mayer. - Czy tylko jopa należy istotnie do starego?

Pan radca marszczy piękne, gładkie czoło.

- To nie może wchodzić w zakres roztrząsań gminy! - rzecze z godnością, a woźny odwraca się do kąta i kaszle głośno.

- Jak to nie może? - ujmuje się za sąsiadem Spengler. - Gmina musi wiedzieć, co daje, a ten, kto bierze, musi wiedzieć, co bierze. To jasne!

- Jopa twoja? - pyta Tödi Mayer zwracając się bezpośrednio do starego Kuntza.

Ale stary Kuntz nie słyszy.

Lewa jego powieka drży coraz silniej, spojrzenie słupieje. Widzi, jak syn oddala się i jak we drzwiach znika. W chwilę potem widzi go jeszcze przez otwarte okno i słyszy szczebiot dziecka. Idą... Przeszli.

Stary opuszcza głowę i trzęsie nią w milczeniu. Potem ściska powieki z całej, całej siły. Coś mu żre oczy; słonego coś, gorzkiego... Żre i pali...

- Słyszysz, stary? - powtarza Tödi Mayer głośniej. - Pożyczył ci kto jopy czy własna?

Usłyszał wreszcie. Miesza się, spogląda po sobie, zaczyna szybko mrugać czerwonymi oczyma i rzuca ukradkiem spojrzenia w kąt, gdzie woźny stoi.

Tödi Mayer uderza pięścią w balaski.

- Ależ to oszukaństwo! - wybucha gniewnie.

- Tak! Tak! - odzywa się kilka naraz głosów.

Szmer rośnie w sali; oburzenie udziela się wszystkim.

- Człowiek ma miłosierdzie - woła Tödi Mayer szeroko rozkładając wielkie czerwone ręce - bierze sobie za marny grosz taki ciężar na kark, ale chce, żeby interes rzetelnie był zrobiony. To trudno!

- Tak! Tak! - potwierdza więcej jeszcze głosów. Ponad wszystkimi słychać głos Spenglera. Na twarz pana radcy bucha płomień gniewu.

- Ściągaj kurtę! - krzyczy na starego, a Kuntz Wunderli z pośpiechem rozpinać ją zaczyna.

Nie idzie to łatwo. Ręce mu się trzęsą, pokurczone palce nie trafiają do guzików od razu; staremu pomaga woźny, ściągając ze złością rękawy. Jako urzędnik gminy czuje się on niemal tak samo dotkniętym jak radca.

- Kapuściana głowa! Niedołęga! - szepce przyciszonym, zirytowanym głosem, szarpiąc na przemiany to jeden, to drugi rękaw nieszczęsnej kurty, po której zdjęciu okazuje się cała wyjątkowa nędza zapadłych piersi i wychudzonych żeber kandydata, ledwie co okrytych srodze łataną koszulą i szczętami letniej kamizelki.

Stary Wunderli drży silnie, częścią z chłodu, a częścią ze strachu. Wydało się... Co teraz będzie? Wszystko się wydało...

W niezmiernym pomieszaniu podnosi do szyi obie trzęsące się ręce i usiłuje rozplątać misternie przez woźnego zadzierzgnięty fontaź.

- I chustka nie twoja? - krzyczy Tödi Mayer, zdjęty ostatnią pasją w swym rozczarowaniu.

- Nie moja... - odpowiada ledwie słyszalnym szeptem Kuntz Wunderli.

Woźny wyszarpuje mu ją z ręki.

- Kapuściana... ośla... barania głowa!-mówi przez zęby z naciskiem.

Historia z chustką więcej go jeszcze gniewa niźli historia z kubrakiem. Inicjatorem pożyczki kubraka nie był sam: podsunął ją mimochodem pan radca, zważywszy, iż kandydat był zbyt źle odziany, aby się mógł pokazać w urzędowej części sali.

Ale chustka! Chustka była własnym pomysłem woźnego. Sam ją wiązał, włożył w wiązanie to coś z artystycznych instynktów swoich, coś z własnej duszy... Zdejmowanie jej nie było zresztą rzeczą konieczną, nikt chustki nie podejrzywał, nikt nie pytał o nią. Rozdrażnienie woźnego jest tak wielkie, iż zmiąwszy ten niebieski bawełniany szmatek w obu rękach, ciska go ze wstrętem pod wieszadło u drzwi stojące. Nie może w tej chwili dać dobitniejszego wyrazu oburzeniu swemu i swej wielkiej wzgardzie.

Ale Kuntz Wunderli stoi tymczasem przed publicznością zawstydzony, zgnębiony, odarty z uroku. Teraz dopiero można się przypatrzeć jego kolanom, tak ku przodowi wygiętym, że cała postać przysiadać się zdaje, teraz można widzieć jego wykręcone, ciężkie stopy i jasnokościste łokcie. Najzabawniejsze wszakże wrażenie robi szyja starego. Jest ona tak cienka, że zdaje się, biczem przetrząsnąć by ją można. W ogóle czyni ona starego podobnym do oskubanego ptaka; a to tym bardziej, że nie podparta sztywnym fontaziem głowa wydaje się przy tej cienkiej, zwiędłej szyi niepomiernie wielka i ciężka. Opada to na jedną, to na drugą głęboko zaklęsła jamę obojczyka.

Wesołość teraz wybucha na sali, jedni śmieją się dobrodusznie, drudzy złośliwie, poglądając przy tym na Tödi Mayera. Najlitościwsi kiwają głowami i uśmiechają się z lekka.

- *Ecce homo*! - odzywa się kotlarz Kissling, który ma brata dozorcę w kantonalnej bibliotece i darmo czytuje książki.

Szeroki wybuch śmiechu przyjmuje to porównanie. Większość mniema, iż jest to przymówka do szczytu wznoszącego się poza Mythenami, Dużym i Małym, który się "Ecce homo" zowie, w przeciwieństwie do sękatego Pilatusa; w zgromadzeniu są tacy, którzy górę tę widzieli z bliska. Stary nie ma wprawdzie żadnego podobieństwa do jakiegokolwiek szczytu, ale jest to tym śmieszniejsze!... Dalibóg, tym śmieszniejsze!

Jeden Tödi Mayer nie bierze udziału w ogólnej wesołości. Okrągłe jego, wypukłe i błyszczące oczy obiegają postać starego nędzarza, jak gdyby każdą z jego wyschłych i struchlałych kości czyniły odpowiedzialną za tak wielki zawód. Oczyma tymi świdruje go jak fałszywy szeląg, roztrząsa jak stary łachman, przenika go do ostatniej żyłki, do resztki tchu w piersiach.

- Cofam słowo! - woła wreszcie. - Nie mogę brać tak mało!

- Nie wolno słowa cofać! - rzecze z powagą pan radca.

- Jak to nie wolno? Woźny nie przybił jeszcze.

- Nie przybił! Nie przybił! -potwierdzają głosy z ławy, po czym ucisza się nagle.

Wszyscy czekają, jaki obrót sprawa weźmie. Pan radca jest niekontent. Rzuca on na obecnych chmurne spojrzenia spod oka, marszczy piękne czoło i ciągnie na dół to jednego, to drugiego wąsa.

- W takich łachmanach nie wezmę dziada i za sto ośmdziesiąt franków - woła rezolutnie Tödi Mayer, czując za sobą zgodę całej sali.

- Ja bym nie brał i za dwieście - popiera go kum Spengler.

- Co to dwieście! To i dwieście dziesięć nie byłoby nadto! - dodaje oberżysta z Mainau.

Stary Wunderli słucha tego i dusza w nim truchleje. Co to będzie? Co to jeszcze z nim będzie? A to może nikt i wziąć nie zechce? A potem, dlaczego tyle aż chcą brać? Dlaczego aż tyle?

Wielki niepokój i wielkie zdumienie odbija się w jego nędznej twarzy. Coraz wyżej podnosi brwi siwe, patrząc w ziemię, a głowa coraz szybszym ruchem opada mu to na jedno, to na drugie ramię.

- No, panie Tödi Mayer! - odzywa się urzędnik pojednawczo. - Nie rób pan żartów i kończmy, moi panowie!

- Dobrze! - woła energicznie ślusarz - wezmę, ale za równe dwieście!

- Co znowu! Co znowu! - odzywa się tracąc cierpliwość pan radca. - Skąd gmina może takie sumy płacić? Czy panowie myślicie, że gmina siedzi na złocie? Moi panowie, gmina nie siedzi na złocie! Gmina musi się liczyć z groszem. Gmina ma wydatki, duże wydatki! Miłosierdzie, moi panowie, jest dla niej rzeczą świętą, ale i w miłosierdziu miarę zachować należy!

Jeszcze pan radca nie domówił ostatniej sylaby, kiedy drzwi otwierają się szeroko i wchodzi Probst. Jest to tęgi mężczyzna z grubym karkiem i szeroką czerwoną twarzą. Jego brunatny, rozpięty Spencer pokazuje pierś potężnie rozrosłą i kołyszący się na niej łańcuszek ze srebrnych ogniwek. Spod niskiego tłustego czoła świecą małe, bystre oczy; rudawe, kędzierzawe włosy zarastają mu głęboko skronie. Probst idzie śmiało i macha wielkimi rękami, które mu po bokach wiszą zaciśnięte w kułak; miejsca sobie wszakże robić bynajmniej nie potrzebuje, gdyż każdy usuwa się przed nim z pewnym rodzajem respektu. Człowiek jest silny, tęgi, ma spojrzenie ponure i zuchwałe. Z takim nie zaczynać lepiej. Probst dochodzi do balasków, kłania się urzędnikowi i kiwnięciem głowy pozdrawia kilku obecnych.

Pan radca wybaczyć mu zechce... Spóźnił się, ale nie winien temu. Ten przeklęty parobek, którego po starym Hanzlim wziął, rozchorował mu się jak na złość... Sam dziś mleko rozwozić musiał, a to piekielny kawał, z góry i pod górę.

Pan radca słucha przytakując; pozdrowieni uśmiechają się życzliwie i kręcą głowami.

- Sam rozwozić mleko?... No, no! Kawał drogi!

Przez otwarte okno słychać głośne naszczekiwanie psa, którego wszyscy znają; trzy razy dziennie przybywa on z mlekiem, zaprzężony do wózka pełnego wysokich blaszanek. Probst piękną oborę ma... Piękną oborę!

I nagle przejmuje ich uczucie poważania dla tych tęgich pięści i grubego karku. Spengler odwraca się od Tödi Mayera i na Probsta patrzy; ślusarz czuje się już przez samo przybycie mleczarza jakby na pół pobitym. Patrzy to na jednego, to na drugiego z obecnych niby obojętnie; w rzeczy samej żal mu, że targu nie przybił. Ano, da się to widzieć, co będzie!

Ale Probst czasu nie traci. Opiera się ściśniętą pięścią o balaski, wyciąga grubą szyję i skubiąc żółto zarastający podbródek zmruża bure oczy i celuje nimi w starego jak wylotem fuzji.

Kissling i Dödöli trącają się łokciami.

- Jak ten patrzy! Jak ten bestia patrzy! Toć, chwała Bogu, każdy oczy ma, a nikt tak nimi człowieka nie umie na wskroś brać! Ten się zna! No, już ten się zna!

Tymczasem izba przybiera całkiem inny pozór. Czują wszyscy, że przybył koneser. Twarze się ożywiają, ci, co siedzieli na ławie, powstają i przystępują bliżej. Chwila zaczyna być naprawdę interesująca. Ale Kuntz Wunderli na widok Probsta porusza się niespokojnie, nerwowo. Wie on, że Hänzli, tak samo z gminy wzięty, po trzech miesiącach powiesił się u Probsta na strychu. Pamięta, jak Probstowa po nim sprzedawała buty. Pamięta też, jak stary Hänzli obtarte miał od szlej ramiona i jak mu u Probsta oczy zapadły, a twarz sczerniała i wyschła. Kurczy się stary, głowę w ramiona chowa, przyciska do boków kościste łokcie, staje się małym, bardzo małym, tak małym, że go i niewiele widać chyba. Co prawda rad by się pod ziemię całkiem, całkiem schować. Boi się tchnąć, boi się poruszyć, nawet kolana z wielkiego natężenia dygotać mu przestały.

Ale Probst zna się na tym wszystkim dobrze. Licytuje przecież tych hultajów od sześciu czy siedmiu lat w gminie. Wie on, że taka starota to jak pęknięty garnek: odrutuj, a czasem i za nowy trwa. Bądź co bądź najtańszy to robotnik, jakiego znaleźć można. Czy złością, czy dobrocią zawsze się z niego tyle roboty wyciśnie, ile zje, a co gmina doda, to jakby znalazł.

Sarkają ludzie, że cenę innym psuje. A co mu tam, byle sobie nie psuł. Niech każdy pilnuje swego i już.

Przekrzywia tedy Probst w jedną stronę ciężką swoją płaską głowę, przekrzywia w drugą, a potem spojrzawszy bystro w twarz urzędnika rzecze silnym, dobitnym głosem: - Sto dwadzieścia pięć!

Słowa te wywołują silne wrażenie. Najobojętniejsi nawet kręcą głowami z podziwu. Daj go katu! A to i nie spyta, co kto święci, tylko swoją kozerą wali z góry jak armatnią kulą!

W sali robi się wielka cisza, w którą wpada natarczywe, zajadłe szczekanie psa, pozostawionego przede drzwiami przy mleczarskim wózku. Stary Wunderli pogląda na lewo i na prawo, jakby szukał okiem, którędy ma uciec. Nie ucieka wszakże: stoi, jakby skamieniał, jakby wrósł w podłogę. Tylko coraz niżej opada mu dolna szczęka, a oczy otwierają się coraz szerzej.

- Sto dwadzieścia i pięć! - woła Probst raz jeszcze.

Pan radca promienieje. Chwilę wodzi po obecnych ożywionym wzrokiem, a gdy nikt nie podbija mleczarza, uderza białą ręką w leżące przed nim papiery i daje znak woźnemu.

- Po raz pierwszy! - mówi woźny stukając laską w ziemię i ucicha.
- Po raz drugi! - mówi głośniej jeszcze, a stary Kuntz Wunderli zmruża nagle oczy i kurczy się boleśnie, jakby kij przybijający dzieło miłosierdzia gminy w niego miał uderzyć.
- I-po-raz-trzeci! - woła razem z woźnym tryumfujący pan radca.

W chwilę potem Kuntz Wunderli stoi u dyszla mleczarskiego wózka, trzęsąc swą nędzną, starą, siwą głową i usiłując drżącymi rękami przełożyć przez siebie parcianą szleję. Z drugiej strony dyszla rzuca się w podskokach silny kudłaty pies w takiejże uprzęży, ujadając głośno, donośnie.

ZA KRATĄ

I

Kiedym przed piętnastu laty zwiedzała warszawskie więzienia, gmach przy ulicy Złotej nie był jeszcze wykończony, a oddział karny dla kobiet mieścił się razem z takimże męskim oddziałem w tak zwanym "Pawiaku", który wszakże aresztanci i aresztantki z nie znanego mi powodu powszechnie nazywali "Serbią". Pawiak, vel Serbia, jest to posępny żółty dom, z wieloma należącymi do niego budynkami, opasany murem; front jego wychodzi na ulicę Dzielną, tyły zaś na ulicę Pawią, od której i owa ogólniejsza nazwa jest wziętą. U furty tego gmachu stanęłam po raz pierwszy w dzień jesienny, dżdżysty, w towarzystwie jednej z moich znajomych, która, uzyskawszy odpowiednie pozwolenie władzy, dawniej już zaczęła odwiedzać więźniów i cieszyła się nieograniczonym ich zaufaniem.

Trzy czy cztery schodki, do furty wiodące, zaledwie pomieścić mogły kobiety, które się na nich cisnęły z węzełkami, tobołkami, garnuszkami, czekając na tak zwane "widzenie". Kumoszki z miasta, łatwiej zaznajamiające się z sobą, prowadziły nader ożywioną gawędkę, przerywaną głośnymi wyrzekaniami; baby ze wsi przybyłe, odziane w chustki lub fartuchy na głowę, dumały, podparłszy brodę na rękach, wzdychające, zawstydzone jakby...

Widzenie udziela się urzędownie raz tylko na tydzień, w niedzielę; wszakże stan zdrowia uwięzionych lub odległość zamieszkania przybywającej w innym dniu rodziny więźnia uwzględnia się dość szeroko i dlatego też nie ma dnia, żeby schodki owe przez baby oblężonymi nie były.

Poza furtą niewielka sień, także najczęściej interesantów czekających pełna; tu w bocznej ścianie znajduje się okienko komunikujące z kancelarią pana inspektora i ułatwiające kontrolę przybyłych. Z sieni tej parę stopni prowadzi na długi korytarz, z którego szereg drzwi wiedzie do kancelarii, do sali widzeń, do niektórych warsztatów, wreszcie do mieszkania inspektora. Wprost wejścia prawie, schody na piętra, z których pierwsze obejmowało podówczas oddział kobiecy. W oddziale było przeszło sto kobiet, mieszczących się w dziewięciu czy dziesięciu tak zwanych "kamerach", których każda ma oddzielne wejście z obiegającego piętro korytarza. Klucz zgrzytnął kilka razy, dozorca otworzył drzwi wszystkie, a kamery ukazały mi jednostajne swoje wnętrza.

Pierwsze wrażenie jest dość niespodziane. Więzienia przywykliśmy uważać jako coś bardzo ponurego i ciemnego: nie zdziwiłabym się też wcale, gdyby ściany były odrapane i brudne, okienka małe i nie dające światła, a barłóg ze słomy i dzban wody dopełniał tego urządzenia. Jasność więc kamer, ich czystość, ich obszar uderza czymś nieoczekiwanym. Są to w istocie dość duże, prostokątne izby z czysto wybielonymi ścianami i równie czysto utrzymaną podłogą. Dwa zwyczajnej wielkości, dość rzadko zakratowane okna, wychodzą na podwórko więzienne i dają światło bardzo dostateczne; w jednym kącie piec kaflowy, w drugim poskładane jeden na drugim i pokryte siwymi derami sienniki, dokoła ścian ławy, w pośrodku rodzaj warsztatu do wyplatania krzeseł służącego - oto wszystko. Pomimo wszakże tego schludnego pozoru, a nawet otwieranego ukradkiem lufcika, powietrze jest tak tu, jak i na korytarzach specjalne, że tak powiem, więzienne, ciężkie, duszne, jakby przesiąkło zastarzałymi miazmatami, tak że się trzeba uczyć nim oddychać i dopiero z czasem nawyknąć do niego można. Pod ścianami na ławach, przy warsztacie, kilkanaście starszych i młodszych kobiet; dwie czy trzy karmią żółte jak wosk i obrzmiałe na twarzyczkach dzieci. Siwa, gruba spódnica więzienna i takiż kaftan - na kilku uwięzionych tylko. Reszta odziana w suknie własne, których utrzymanie w całości lub zastąpienie nowymi jest, jak się przekonałam z czasem, przedmiotem największych wysiłków aresztantek. Widziałam takie, które miesiącami całymi nie dojadały, odkładając grosze za chleb na jakąś chustkę lub kaftan; widziałam fartuchy wycerowane jak siatka pajęcza, widziałam spódnice, które ujęte igłą w jednym miejscu, rozłaziły się w drugim, a przecież milsze były właścicielkom swoim od więziennej odzieży, w której grubym wojłoku robactwo zagnieżdża się z niesłychaną łatwością i jest prawie nie do wytępienia.

Izba, w której zatrzymałam się podówczas najdłużej i do której najczęściej zachodziłam potem, w ciągu cotygodniowych, przez rok blisko trwających odwiedzin, zajętą była przez bardzo interesujące typy. Przede wszystkim królowały tu dwie siostry, Helena i Waleria War., które pochodziły z rodziny specjalnie złodziejskiej, czyli z tak zwanej "złodziejskiej szlachty". Waleria chorowita, blada, wysoka, z długim wronim nosem i małymi oczkami, z jakimś fałszywym i brzydkim spojrzeniem, była przedmiotem namiętnego przywiązania młodszej Heleny, która miała w śniadawej twarzy i niebieskich oczach wyraz odwagi, szczerości, determinacji i jakiejś dziwnej pogody. Obie siostry już nie bardzo młode, nie po raz też pierwszy odsiadywały karę swoją w Serbii. Helena była już tu coś z czwartym powrotem, Waleria wpierw jeszcze zapoznała się z więzienną izbą. Tym razem ona to dostała, jak tu mówią, wyrok; ale Helena przyznała się do uczestnictwa dobrowolnie, żeby siedzieć z nią razem. Przywiązanie to wszakże nie przeszkadzało im bynajmniej lżyć się ostatnimi wyrazami, a nawet drapać przy każdej sposobności i dopiero wtedy, kiedy je kto rozbroić chciał, obie rzucały się na rozjemcę, stwierdzając tym sposobem swoją siostrzaną miłość. Nie wiem, co się działo z resztą rodziny War., ale widywałam tam ich matkę, staruszkę siedmdziesięcioletnią może, która je nawiedzała, błogosławiła i chlubiła się nimi tak, jakby to były najszlachetniejsze istoty w najwłaściwszym dla siebie położeniu będące i przynoszące jej największą pociechę; one też nawzajem odpłacały jej nadzwyczajną czułością i przywiązaniem. Obie siostry używały pomiędzy koleżankami wielkiego poważania.

O Waleni mawiano z rodzajem naiwnego podziwu, że "na wolności miała zawsze dobre zarobki", o Helenie wiedziano, że jest rezolutna, że w potrzebie za cały oddział się zastawi i nawet samego "wielmożnego" się nie zlęknie. "Wielmożnym", tak wprost, bez dodania tytułu lub wyrazu pan, nazywały aresztantki inspektora swego. "Wielmożny idzie", "wielmożny kazał", "powiem przed wielmożnym", oto wyrażenie, które mi się z początku zdawało dość dzikim, ale do którego przywykłam w końcu tak, że mnie razić przestało.

Lecz był jeszcze inny powód przewagi sióstr War. Oto należały one do zastarzałych recydywistek, a sądy, wyroki, pobyty, dozory, więzienia wreszcie, były dla nich niemal normalnymi warunkami życia. Etyka zaś Serbii polegała na tym, że o ile dostające się tam po raz pierwszy klientki lekceważone były i pogardzane niemal, o tyle wytrawne i wielokrotnie karane używały powagi i szacunku. "Frajerki" zamiatały i oczyszczały izbę, szorowały podłogi i nierzadko całowały w rękę "panie", które traktowały je protekcjonalnie i z akcentem pewnej wyższości. Zdarzało mi się nawet nieraz słyszeć, jak zirytowany strażnik wołał na jakąś krnąbrną nowicjuszkę: "ty frajerko!", okazując jawnie wzgardę swoją, jako władza, dla tych upośledzonych istot.

Dwie charakterystyczne cechy zauważyłam w mieszkankach Serbii: wielkie zdziczenie i wielką naiwność. O lada co, o słowo, o gest, o spojrzenie - wybucha tam wściekłość zwierzęca niemal. Złorzeczenia, klątwy, bójki są wtedy na porządku dziennym, tak pomiędzy zamkniętymi w jednej izbie, jak i pomiędzy izbami solidaryzującymi się z sobą. Drzwi, których zamek izbę od izby dzieli z wewnątrz, wytrzymać muszą wówczas kopania, uderzenia pięści, drapanie paznokciami, którym to wybuchom dopiero nadchodzący strażnik tamę kładzie.

Co do naiwności, tę spotkać można w starych nawet i wytrawnych złodziejkach. Pamiętam, była tam jedna, Jasielska, która odsiadywała wyrok za kradzież rzeczy służących do kobiecego ubrania. Otóż opowiadała mi ona, w jaki sposób tutaj **popadła**. Jakieś damy, sprowadziwszy się do Warszawy, rozpakowały swoje kufry w świeżo najętym mieszkaniu, a że szaf jeszcze nie było, więc rzeczy rozłożone zostały na krzesłach, stołach itd. Leżało to tak dzień czy dwa, to jest dosyć długo, aby zwrócić uwagę złodziei. Jakoż znajoma Jasielskiej i znajomej tej znajomy zajechali dorożką przed dom, w czasie kiedy damy wyszły, i wysłali Jasielską na połów.

- Wchodzę ja - proszę pani - a tu tyle śliczności, że nie wiedzieć, na co wpierw patrzeć. Biorę j a wsypkę jedwabną, co też tam leżała, i pcham w nią, co się mieści; niosę raz na dół - nic, niosę drugi raz - nic, niosę trzeci raz, aż tu mnie stróż pyta: co to pani tak spaceruje po tych schodach? A ja mówię: To te panie, co przyjechały, sprzedają niepotrzebne rzeczy, więc ja kupuję. I dobrze. A był tam kapelusz aksamitny z piórem. Ledwośmy do domu wrócili i rzeczy dobyli, a ta niegodziwa mówi: kapelusz mój. A ja mówię: nieprawda, bo mój. Tak oni zaraz na mnie we dwoje; pobili mnie, pokaleczyli, wypchnęli i pół rubla za mną jak za psem cisnęli. Aż tu niedługo robi się gwałt na mieście; lokaja wzięli, stróża wzięli. Jak zaczęli szukać, jak zaczęli trząść, tak znaleźli rzeczy u paserki na Pradze. Od jednego do drugiego, wszystko się wydało. Zabrali ich dwoje, zabrali i mnie. Tak potem, jak przyszła ta sprawa, prowadzą mnie do sądu. Patrzę ja, aż tu rzeczy precz porozkładane, a w sądzie pani i panna takie śliczne, jak te anioły z nieba, aż płaczą, tak proszą za mną. Panie sędzio, panie dobry! patrz pan, jaka ona młoda! poprawi się jeszcze, wypuśćcie ją, może głodna była, może z biedy... My już i tak mamy, co nasze, odpuśćcie jej, chociaż jej tylko! Tak już te panie proszą, tak się modlą, aż mi się serce kraje! A sędzia nie i nie.

Aż tu znów starsza mówi: "Panie sędzio! Tam w biurku u mnie leżało trzydzieści tysięcy rubli, a przecież ich nie wzięła". - Jak ja to usłyszę, proszę pani, jakby we mnie piorun trząsł! To ty, głupia, myślę sobie, za gałgany chwytałaś, a nie zajrzałaś, co było w biurku. Myślałam, że trupem padnę...

Otóż to taka mieszanina naiwnej skruchy i chciwości złodziejskiej jest charakterystycznym ich rysem.

Żadna z uwięzionych nie wyraża się inaczej o sobie, jak tylko że "popadła" w nieszczęście. Zupełnie jakby nie czuły ani udziału woli w swoich czynach, ani też moralnej za nie odpowiedzialności.

Wyjątkiem świetnym pod każdym względem była małorosjanka, Kazarynowa, przez długi czas "niania" w jakimś zamożnym domu, a potem za kradzież brylantów w jubilerskim sklepie na siedm lat więzienia skazana.

Cicha, spokojna, zawsze niezmiernie schludnie w czarnej sukni i białym czepeczku wyglądająca, nie podnosiła prawie oczu od szybko robionej cienkiej pończoszki. Pięć lat już siedziała tak w tym samym miejscu, pod oknem w rogu ławy, schylając swoją bardzo miłą i bladą twarz nad robotą. Kiedy inne narzekały, wypierały się, przeklinały, ona zawsze z niezmienną słodyczą mawiała: "Źle się zrobiło, trzeba znosić, co Bóg dał". To była filozofia, która jej dawała dziwną pogodę i otaczała kącik jej spokojem, wtedy nawet, kiedy cała izba wrzała jakąś burdą.

Ale nie tylko uczucie nienawiści było tam silnie napięte; toż samo działo się z uczuciem miłości. Każda aresztantka, czy starsza czy młodsza, miała swego wielbiciela; nawet zupełnie stare kobiety nie były wyłączonymi od pocisków Amora. Zdaje się nawet, że był to jeden z powodów, który, obok szczupłości pomieszczenia, skłonił władze do otworzenia karnego oddziału dla kobiet w osobnym gmachu i na innej zgoła ulicy.

Miłość w Serbii zawiązywała się jak wszędzie nie wiedzieć z czego. Przy więzieniu był ogródek, do którego wypuszczano aresztantki w południe, na ogródek wychodziły okna z męskiego oddziału, i tutaj to prawdopodobnie, podczas tych południowych przechadzek, pierwszym pośrednikiem bywał zmysł, "który kochać przymusza". Aż dotąd rzecz zwykła. Ale objawy tej miłości miały odrębny swój i godny uwagi charakter.

Kiedy więzień upatrzył sobie bogdankę, posyłał jej, mniejsza o to jaką drogą, nowe trzewiki. Były to jakby oświadczyny afektu. Jeśli afekt był podzielany, bogdanka przesyłała parę skarpetek przez siebie zrobionych, jako odpowiedź uczuciom zakochanego przychylną. Ale był to dopiero wstęp niejako, preludium miłości. Trzeba było bogdance pokazać, że się jest dzielnym chłopem, który wszelkiej przygodzie dotrwa i dostoi. W tym celu zakochany szukał zaczepki z pierwszym lepszym towarzyszem, a czasem i bez zaczepki dawał mu pięścią w kark lub między oczy; hałas sprowadzał strażnika, zakochany rzucał się na niego jak lew, rwał na nim ubranie, walczył i dopiero siłą większą pokonany, szedł na dwa tygodnie do**ciemnej**. Ciemna -jest to komórka sklepiona w piwnicach, bez podłogi, i z okienkiem tak małym, że dnia prawie nie dopuszcza, a takie w niej zimno nieznośne, nawet latem, że kiedym raz odwiedzała zamkniętą tam penitentkę, która koleżance swojej zrobiła dziurę w głowie szydłem przy wyplataniu krzeseł, to już po półgodzinie febra mnie trzęsła. Tapczan przy tym bez siennika, obostrzenie postu - oto ciemna.

Zakochany nasz jednak idzie tam na dwa tygodnie jak na bal: głowa do góry, spojrzenie wyzywające. Nie prosi o ulgę, nie prosi o skrócenie terminu, choćby nawet wiedział, że mu to udzielonym będzie. Przez cały ten czas wybranka jego serca chodzi z dumnie podniesionym czołem, nastręcza się strażnikom ze swymi aroganckimi minami, z najwyższą wzgardą spogląda na tak zwane "plastry", to jest na trwożliwe i uległe koleżanki swoje, samemu nawet ,,wielmożnemu" śmiało w oczy patrzy. Upływa wreszcie termin ciemnej, a zakochany bohater staje się na pierwszej przechadzce w ogródku przedmiotem powszechnej owacji.

Ale i kobieta chce okazać, że wcale nie ustępuje wybranemu co do wielkości serca i odwagi. Nie czekając tedy, daje w twarz którejkolwiek z towarzyszek, rzuca się na rozbrajającego je strażnika i naturalnie idzie także do ciemnej, odbyć swoją kolej, harda, nieugięta, nie prosząca o nic, i mężnie wytrzymuje swoje dwa tygodnie. Po takim eksperymencie następuje pomiędzy tym dwojgiem jakby jakiś sakramentalny związek serc, który rzadko kiedy zrywanym bywa, a otoczony jest szacunkiem towarzyszy i towarzyszek. Pierwszym, który ten rodzaj mistycznego ślubu dusz wprowadził w użycie w Serbii, był Józiek Kamieniarz, kochanek Heleny War. za jej młodych lat jeszcze. Byliby się oni nawet na dobre pobrali, tylko tak im jakoś zawsze wypadało, że albo jedno, albo drugie siedziało w więzieniu, albo wreszcie oboje razem. Poszedł raz nawet Józiek Kamieniarz na Sybir, a chociaż w tym czasie Helena nie naśladowała Penelopy zbyt ściśle, za złe jej tego nie miał i z dobrym sercem do niej powrócił, bo wiedział, że ona o nim tylko myśli, tak jak i on o niej.

II

Nigdy nie zapomnę ranka spędzonego w więzieniu 25 grudnia 1882 roku. Oddział karny nie miał przedtem kaplicy. Aresztantki chodziły wprawdzie niekiedy słuchać mszy w oddziale śledczym przy ul. Długiej, ale ponieważ na nabożeństwo takie trzeba było pod strażą przez ulice iść, wymawiały się od tego jak mogły, tak że niejedna całymi latami we wspólnej modlitwie udziału nie brała. Otóż kilka osób dobrej woli postanowiło urządzić ołtarz więzienny w samej Serbii, a ponieważ miejsca na kaplicę nie było, ustawiono go na korytarzu, wprost schodów, wiodących do izb kobiecego oddziału. Jeden z młodych naszych malarzy, p. St. R., odznaczony złotym medalem uczeń petersburskiej szkoły sztuk pięknych, wymalował Madonnę Łaskawą, która wszystkim do serca przypadła. Była to dziewicza postać w białej szacie, wyciągająca ręce do cisnących się u stóp jej nędzarzy. Formalności natury duchownej i świeckiej zajęły bardzo dużo czasu. Schodziły komisje, mające ocenić, czy miejsce na ołtarz właściwie jest obrane, zwlekano wydanie mensy, przypatrywano się, mitrężono po naszemu na wszelki sposób, aż wreszcie wszystko było skończone, załatwione i pierwsza msza odbyć się miała w dzień Bożego Narodzenia. Kiedym weszła, korytarz był już pełny. Dwa okienka, znajdujące się na dwóch jego przeciwległych krańcach, oświetlały z jednej strony zbitą masę pogolonych głów męskich i więziennych siermięg, z drugiej zastęp klęczących kobiet.

Z boku umieszczono melodykon, na którym, zastępując organistę, grał sam „wielmożny", a przed ołtarzem stał trzęsący się, zgarbiony ksiądz siwy, który głową chwiał tak, że mu słowa na zapadniętych ustach rwały się i ginęły w recitativach żałosnych, bardziej do jęków podobnych niżeli do śpiewu.

Tuż zaraz na prawo, z niezmąconą w twarzy pogodą, klęczała na czele kobiet Helena War., która się w ciągu dni kilku wyuczyła ministrantury i donośnym, czystym śpiewem podtrzymywała, owszem, zagłuszała niemal głos jakiegoś wyrostka do mszy służącego, a nawet ten ochrypły dzwonek, który mu w ręku kołatał.

Wszyscy byli dziwnie wzruszeni. Na wielu apatycznych twarzach znać było jakiś niepokój; wiele kobiet przylgnęło piersiami i obliczem do ziemi, załamane ręce trzymając przed sobą na podłodze; inne, wpatrzone w obraz, zdawały się być pod wpływem niespodziewanego uroku. Nie brakło i takich wprawdzie, które klęcząc zrazu, posiadały potem na piętach i albo o mur oparte drzemały, albo też bezmyślnie wodziły dokoła oczyma; ogół wszakże, a i o mężczyznach tu mówię, był poruszony, niespokojny, wstrząśnięty. Po takiej to mszy, wśród tego tragicznego tłumu zabrzmiała nagle z kilku setek piersi stara, wszystkim znana kolęda: "Bóg się rodzi, moc truchleje..." Zdawało się, iż pieśń przelewa się wierzchem przez te wszystkie serca. Śpiew grzmiał jak wołanie otchłani, niepowstrzymany, namiętny, wysilony boleśnie...

Ale przy trzeciej już strofie zaczęło głosów ubywać, potem się tu, to tam odezwało stłumione łkanie, aż wreszcie buchnął taki płacz, taki jęk, że sam "wielmożny" takt zgubił w przygrywce, jakby mu ręce zadrżały, a stary, siwy ksiądz, co przed ołtarzem klęczał, podniósł w górę trzęsące się dłonie, a głowę schylił nisko, jakby miał objawienie tej niezagasłej mimo wszystko iskry człowieczeństwa, która pod tymi guniami więziennymi tli przysypana popiołem długoletniej poniewierki, a rozdmuchnięta nagle powiewem uczucia wybucha niepowstrzymanie.

Odtąd niedziele były mniej posępnymi w Serbii. Młodsze z uwięzionych jedna przez drugą wyuczyły się różnych pieśni; po mszy bywała nauka, niekiedy bardzo niedołężnie, przyznać trzeba, wypowiedziana; melodykon także stanowił pewne urozmaicenie; a wszystko to dawało na resztę dnia przedmiot rozmowy choć cokolwiek spokojniejszej, kojącej te rozdrażnione umysły względną pogodą.

Uwięzione nazywały zwykle towarzyszkę moją "pani hrabina", co w ich przekonaniu i najwyższym zaszczytem było, i najlepiej malować miało ich uczucie wdzięczności dla osoby, która była prawdziwie ich opiekuńczym aniołem.

O mnie zaś, która im tyle dobrego zrobić nie mogłam, mówiły po prostu "nasza pani" i lgnęły do mnie dość łatwo.

Nie wszystkie jednak. Od dawna już uważałam, że jedna z aresztantek, niemłoda, z wiejska ubierająca się kobieta, trzyma się zawsze w pewnym oddaleniu, stojąc lub siedząc skulona pod piecem. Widziałam wszakże, iż od czasu do czasu zwraca głowę i słucha, co mówię z innymi.

Była to Szymczakowa, znana z procesu o liczne dzieciobójstwa, wspólniczka Szyfersowej, która wcześniej jakoś umiała się uwolnić z więzienia. Cały oddział miał Szymczakową w pogardzie; a inspektor nie wiedział, gdzie i jak ją pomieścić, bo żadna z aresztantek przy jej tapczanie siennika swego położyć nie chciała. Utrzymywały, że po nocach nie sypia, że stęka, zrywa się, że przez sen gada. Powoli też ona sama usunęła się od wszystkich, a zaciągnąwszy tapczan swój pod piec, trawiła w tym kącie dni całe, siedząc skulona i łatając wory.

Była to ohydna baba. Tęga, barczysta, dość słuszna, twarz miała ospowatą jakby, z której dawna czerwoność przeszła w jakiś żółtoceglasty, brudny odcień; kości twarzy tej były nadmiernie wystające, szczęki ogromne. Pod niskim, zachmurzonym czołem oczy małe, ponure, czasem jakby martwe, to znów latające, niespokojne, przestraszone jakieś. Była to jedyna z aresztantek, która przez ten rok cały nie przemówiła do mnie ani słowa.

Ja też nie szukałam zbliżenia. Powiem nawet, że czułam do niej jakiś wstręt, jakąś odrazę. A nie tylko ja. Towarzyszka moja, pomimo wielkiej swojej słodyczy i dobroci, także nie zbliżała się do Szymczakowej nigdy, odpychana jakby obawą jakąś. Tak upłynęło parę miesięcy.

Póki jeszcze więziennego ołtarza nie było, niedzielne ranki przechodziły zwykle w ten sposób, że opowiadałam aresztantkom coś stosownego dla nich albo z Ewangelii, albo z dawnych dziejów, a już z tego wywiązywały się potem długie rozmowy, w których i starsze, i młodsze chętny brały udział, siedząc około mnie na ławach, na podłodze, skupione, cisnące się, zadumane nieraz. Uważałam, że najchętniej mówią o dzieciństwie swoim i o młodych latach. Zdawałoby się, że te sponiewierane istoty mimo woli wracają myślą do chwil, w których jeszcze występnymi nie były. Mówiłam tedy z nimi o ich rodzinie, o rodzinnym miejscu, przypominałam im wieś, las, pole, żniwa, szkółkę. Nieraz też słuchałam opowiadań, które się zaczynały od kłamstw i wykrętów, a kończyły nierzadko we łzach i w prostocie słowa.

Większa część aresztantek lubi mówić dużo i mówi wcale gładko; niektóre z nich okazują wielką chętkę do książki i wszelkich opowieści słuchają chciwie. Dopytują się też gorliwie bardzo o to, co się dzieje "na świecie", a nawet politykują. Co prawda, polityka ta obraca się zwykle w sferze przewidywań nadzwyczajnych jakichś wydarzeń i płynących z nich manifestów, które by skróciły termin ich kary.

Jest zwykle "w kamerze" jedna lub dwie polityczni takie, które kombinują wypadki europejskie w sposób najpocieszniejszy, podczas kiedy inne słuchają ich z otwartymi z podziwu ustami, a wszystkie te kombinacje zawsze wypadają w ten sposób, że czy tak, czy owak, manifest musi przyjść i wyroki zmniejszone będą.

Zdarzyło się raz, że przyniosłam z sobą Zachwycenie Lenartowicza i czytałam głośno. Zeszła się kobiet pełna izba i słuchały z wielkim zajęciem, które się objawiało głośnymi westchnieniami. Aż kiedy przyszło miejsce o owych nie chrzczonych dzieciątkach, które się po otchłaniach tułają, nie mogąc zaznać spokoju, ruszyła się ku ogólnemu zdziwieniu Szymczakowa spod pieca i ciężkim krokiem, jakby ją kto po niewoli ciągnął, przyszła usiąść tuż przy moich nogach. Padła raczej niż usiadła i wielką swoją głowę, związaną w czerwoną chustkę, położyła mi na kolanach.

Muszę wyznać, że wzdrygnęłam się mimo woli. Głos mi się targnął, gorąco uderzyło do twarzy. Przemogłam się przecież i, nie przerywając czytania, położyłam rękę na tej wielkiej, ciężkiej głowie. Wkrótce uczułam, jak się ten kolos, oparty o mnie, zaczął spazmatycznie wstrząsać, a kiedy po kwadransie jakimś czytanie się skończyło, podniosła się Szymczakowa ciężko, sieknęła tak, jakby wielki ciężar dźwigała, i powlokła się pod piec na zwykłe miejsce swoje. A ja wtedy zobaczyłam, że mam suknię od łez jej mokrą.

Odtąd często tak przychodziła siąść na podłodze przy mnie, i ja też nieraz jeszcze kładłam rękę na tej potwornej głowie, i nieraz czułam, jak się te szerokie piersi wstrząsają u moich kolan jakimś wewnętrznym płaczem, ale ani ja, ani ona nie przemówiłyśmy nigdy do siebie.

Najmłodszymi z uwięzionych były wówczas: Leosia, szesnastoletnia może dziewczyna, która wszakże przeszła już całą szkołę ulicznego zepsucia, tudzież Mańka, mająca może lat ze czternaście, która od rodziców uczciwych, pracy rzemieślniczej oddanych, uciekła, aby kraść, jak ptak ucieka, aby latać. Wesoła, sprytna, śmiejąca się szarymi oczyma i zielonkawą, chudą bardzo twarzą, od szajki do szajki złodziejskiej wędrowała tak, jak od terminu do terminu. Dla jednych kradła pieniądze, dla drugich odciskała zamki, co kto chciał. Kochanka też miała już, niewiele starszego od siebie. We dwoje biegali kraść tak, jak inne dzieci w ich wieku biegają gonić motyle. W żadnej z najzatwardzialszych złodziejek nie widziałam tyle czelności, ile w tej zgubionej Mańce. Graniczyło to niemal z niewinnością, takie było jakieś dziwnie naturalne, przyrodzone jakby. Co się z nią stało - nie wiem, ale jest mi smutno, ile razy o niej myślę.

W ostatniej "kamerze" siedziały tak zwane "pierzarki". Były to stare baby, zajęte specjalnie darciem pierza i kłócące się z sobą od rana do nocy. Główną ich słabością było to, iż ogólnie chciały uchodzić za bardzo szanowne osoby. Ani jedna nie siedziała tam z własnej winy. Broń Boże! Wszystkie były czyste jak szkło. Tylko - ot, takie to już nieszczęście, że człowiek zawsze „popaść" w coś musi. Skutkiem tego właśnie ustawicznego dowodzenia swojej niewinności, zrobiły się baby owe tak drażliwe, że za najmniejszym gryzącym słówkiem, jakiego sobie przecież od czasu do czasu odmówić nie mogły, robiło się u pierzarek istne piekło. Strażnicy też, a nawet sam „wielmożny", mieli z nimi niemało roboty i wszyscy, przyznać to trzeba, bab tych nie cierpieli.

Była tam pomiędzy nimi jedna - nazwiska jej przypomnieć już sobie nie mogę - która miała różę w nodze, odnawiającą się ciągle i która, z małymi przerwami, siedziała w więzieniu od lat bardzo dawnych. Kiedy ją wypuszczano po raz ostatni, obejrzała się na prawo, obejrzała się na lewo, a potem prosto poszła do Świętokrzyskiego kościoła i ściągnęła obrus z ołtarza.

- Nie z biedy, proszę pani! Niech mnie tak Bóg da zdrowie, jak miałam jeszcze całe cztery złote w kieszeni!

- I cóż wam z tego przyszło? - pytałam baby.

- A ot co? - baba na to. - Musieli mnie wziąć. A co ja inszego będę na świecie robiła? Ni ja męża, ni ja dziecka, człowiek sam jeden, jak ten palec... A to już dwadzieścia siedm lat tu siedzę. I człowiek przywykł, i człowieka znają, i kąt ma swój, i poszanowanie...

O mało żem się nie roześmiała, słysząc o tym "poszanowaniu".

Strawę dostają aresztantki sporządzoną dość czysto i względnie wystarczającą. Groch, kasza, kapusta - na przemian, w południe; dwa funty chleba dziennie, rano jakaś zupa, też z kaszą, słowem, mogą nie być głodne.

Trzy razy na tydzień dostają w krupniku tak zwane "sztuczki". Sztuczki owe są niewielkie, a nawet dość małe kawałki mięsa, przy których rozdawaniu każdej z aresztantek zdaje się, że druga dostaje większy. Powstają stąd spory i zatargi nieskończone. Już to w ogóle przy jedzeniu panuję tam harmider nieznośny.

Obiad przynoszą w cebrzyku, który ustawia się w korytarzu przede drzwiami; strażnik pilnuje porządku, aresztantki podają jedna przez drugą swoje cynowe miseczki, a dwie uprzywilejowane nalewają warząchwiami strawę. Pamiętam, raz przyniesiono kaszę ze skwarkami z sadła. Aż tu gwałt. Najpierw krzyk, kłótnia, odgróżki, a potem patrzę, pięćdziesięcioletnia może baba płacze jak małe dziecko, chlipiąc, zanosząc się i klnąc w przerwach na czym świat stoi. Poszło jej o skwarki, na których jakoby pokrzywdzoną była.

Wtedy Helena War.. do kłótni tym razem nie należąca, zbiera z wyniosłym gestem sadło z własnej kaszy, rzuca je łyżką na miskę płaczącej, resztę zaś swego obiadu, z pełnym wzgardy rozmachem, wylewa z miski pod piec. Po czym wszystkie łyżki zatrzymują się w połowie drogi do ust, wszystkie oczy patrzą na nią z uwielbieniem, a Helena staje się bohaterką chwili.

III

Dzień w więzieniu wcześnie się zaczyna. Kiedy strażnik o czwartej z rana izby w Serbii otworzył, aresztantki powinny były być pomyte, poczesane i odziane. Wtedy wypuszczano je do ogródka. "Pod numerem", jak się tu mówi, zostawała tylko "porządkowa". Porządkowa jest jakby przełożoną izby, odpowiada za jej ład i czystość. Ona zaściela sienniki, ona utrzymuje w porządku niezbędne naczynia, posługując się pomocnicami wybranymi najczęściej z „frajerek". Dostaje za to czterdzieści groszy tygodniowo z kancelarii, a od każdej aresztantki "spod numeru" dwa grosze tygodniowo.

Porządkowa bywa zwykle dobierana z doświadczonych starszych kobiet, co to się i ze strażnikiem wykłócić umieją i w izbie rygor utrzymać potrafią.

Mając grosz częsty, mleko sobie kupuje na śniadanie albo przyrządza kawę: w postępowaniu swoim bywa przyzwoita, a pewne poważanie otacza ją widocznie. Wróciwszy z ogródka, aresztantki zabierają się do roboty. Zręczniejsze szyją, dziergają, robią pończochę, chustki szydełkowe; większość wyplata krzesła. Wyćwiczone aresztantki uczą mniej zdolne. Majstrowa z fabryki odbiera co tydzień robotę, próbując przy tym dźwięku palcem. Dobrze wyplecione krzesło "ma dzwon", nie dociągnięte daje ton głuchy, a robotnica odbiera naganę. Robotnica, która z funta trzciny wyrabia sześć krzeseł, dostaje od każdego krzesła dziesięć groszy. Ta, która sześciu wypleść nie może, dostaje dwa i pół grosza. .0 tych jest podejrzenie, że marnują trzcinę. Wiele tu zależy od zręczności, ale nie mniej od gatunku trzciny. Dobre robotnice wyplatają po piętnaście, dwanaście krzeseł dziennie; średnie po ośm do dziesięciu, najgorsze kończą na sześciu, a nawet na czterech.

Najzręczniejszą za owych czasów była Pekinowa, Żydówka. Wyplatała ona po ośmnaście krzeseł dziennie.

Niektóre stare baby wcale się wyplatania nauczyć nie mogą i opłakują rzewnymi łzami każde pociągnięcie trzciny, która im się w grubych rękach rwie, skręca i jest przedmiotem srogich przekleństw. Takie, które nawet czterech krzeseł wypleść nie mogą dziennie, idą do łatania worów, sienników i do darcia pierza.

Pierzarki dostają dziesięć groszy od funta zdartego pierza. Zarobek ich jest nędzny, jakkolwiek wiele z nich nabywa niesłychanej wprawy i porusza palcami z szybkością maszyny.

Zarobek tygodniowy aresztantki rozdziela się na dwie połowy. Jedna idzie "na wydział", druga "do książki". Połowa zarobku, wpisana do książki, stanowi fundusz zakładowy, który aresztantka odbiera wychodząc z więzienia. Za pieniądze idące "na wydział" może aresztantka dostać czego zechce: mydło, nici, igły, kawę, herbatę, masło, wędlinę, chleb biały, tabakę, a nawet wódkę.

Tylko że wódka zostaje w kancelarii, aresztantka zaś nie dostaje jej na raz więcej, jak jeden kieliszek. Za godzinę może znowu przyjść i wypić kieliszek drugi; ale ani dwóch naraz, ani flaszki "pod numer" nie dostanie. Może także aresztantka przyprowadzić z sobą do kancelarii na wódkę te, które chce poczęstować, i każda z zaproszonych wypija tylko po kieliszku. Naturalnie, że zapasy pochodzące z wydziału nie są nigdy "pod numerem" zupełnie pewne; a kłótnie o zjedzone masło, rozsypaną tabakę, zaginioną kiełbasę, zabraną igłę - są na porządku dziennym.

Około ósmej przynoszą aresztantkom śniadanie i rozdają chleb; w południe obiad, po obiedzie przechadzka w ogródku, z czego w chłodniejszej porze korzystają te tylko, które mają ciepłe chustki, a potem już robota do nocy. W dni zimowe zapala się o zmierzchu lampa wisząca nad warsztatowym stołem; większe izby mają po dwie takie lampy. Pilniejsze robotnice pracują zwykle dość długo z własnej ochoty; jeśli robota jest nagląca, wszystkie pracują dłużej. Nareszcie kładą się spać. W nocy strażnik po dwakroć izby otwiera. Pierwszy raz o dwunastej dla wpuszczenia świeżego powietrza; drugi raz około drugiej, kiedy idzie liczyć śpiące pod numerem aresztantki.

Niedziela tym się od dni powszednich wyróżnia pod względem administracyjnym w Serbii, że z rana otwierający drzwi strażnik przynosi pod numery czyste koszule, a wracając tą samą drogą, zabiera brudne, przy drzwiach porzucone.

Pranie odbywa się w wielkiej kuchni, gdzie na ogromnych trzonach gotuje się strawa w kotłach osobnych dla chrześcijan, osobnych dla Żydów, pod odpowiednim każdemu z tych wyznań nadzorem. Zapuszczenie tak zwanej "trefnej" warząchwi w kocioł żydowski karane jest ciemną.

W drugim końcu tej kuchni stoją bale, a przy nich - pracze. Mężczyźni bowiem piorą tu wszystką bieliznę, i swoją, i kobiet, a do roboty tej wybierani są zwykle spomiędzy aresztantów przybysze ze wsi. Zwyczaj ten datuje się tu od bardzo dawna, a powstał zapewne z potrzeby uniknięcia okazji wspólnego przebywania kobiet i mężczyzn w kuchni.

Pranie to pozostawia bardzo wiele do życzenia. Koszula wychodząca z rąk pracza jest zaledwie przebielona, przetarta z grubszego. Reszta się przymaglowywa, i dobrze. Nie wszystkie jednak aresztantki chcą nosić takie wspólne całemu oddziałowi, a nie doprane koszule. Otóż te wykwintnisie dostają z kancelarii po dwie nowe skarbowe koszule i same je sobie pod numerem piorą.

Różne metody prania zalecane bywają gospodyniom naszym, ale ta, która się praktykuje w Serbii, jest całkiem oryginalna. Do cebrzyka, w którym się aresztantki umywają, a który utrzymywany jest bardzo czysto przez "porządkową", kładą się koszule przeznaczone do prania i nalewają wodą. Piorąca wyciera mokrą szmatą kawałek podłogi, ustawia cebrzyk, klęka przed nim, i wykręciwszy lekko każdą sztukę, rozkładają przed sobą na podłodze, mydli i zwija. Potem kolejno pierze je, a raczej ściera, zawsze na podłodze, którą to manipulację powtórzywszy raz jeszcze, płucze w cebrzyku, wykręca, suszy i na maglownicy magluje. Przy całym praniu takim na klęczkach odbytym, ani podłogi nie zaleje, ani ścian nie zachlasta, ani nawet fartucha bardzo nie zamacza.

Prania podejmuje się zwykle porządkowa za opłatą dwu groszy od koszuli, do czego daje własne swoje mydło.

Jak widzimy, jest to sposób najpierwotniejszy i pozostałby zapewne takim, gdyby nie - miłość. Miłość wszakże, która w Serbii jest matką wynalazków, wprowadziła pewne ulepszenia i w praniu także. Aresztantka dbała o elegancję miłego, nie poprzestaje na wypraniu na podłodze jego koszuli, którą jakim sposobem dostaje "pod numer", jest dla mnie tajemnicą. Ona koszulę tę krochmali i prasuje także; ale do tego trzeba już zbiegu szczęśliwych konstelacji. Trzeba mianowicie, żeby dnia tego wypadały kartofle z barszczem. Kiedy ta pożądana okoliczność zejdzie się z praniem, piorąca wyjmuje z miski kartofel, opłukuje go czysto i rozpostarłszy pięknie gors koszuli, naciera go kartoflem raz koło razu, strzepuje potem, suszy i magluje. Po wymaglowaniu rozkłada koszulę raz jeszcze, a wziąwszy czysto wymytą drewnianą łyżkę do ręki prasuje nią gors, naciskając palcem wgłębienie tak, iż po niejakim czasie łyżka staje się gorąca, jak rozpalone żelazo, a koszula wyprasowana w ten sposób, jeśli tylko czysto dopraną była, wygląda jakby wyszła spod ręki specjalistki z jakiejś chemicznej pralni.

W sobotę łaźnia. Do łaźni aresztantki nie uczęszczają zbyt chętnie. Z niechęci tej zrodził się nawet przepis, że kto nie był w łaźni, ten jeść nie dostaje. Pomimo to wszystko, ochędóstwo w Serbii pozostawiało wówczas dużo do życzenia.

Chore aresztantki mieszczą się "na górze", w szpitalu kobiecego oddziału, złożonym z trzech izb, z których każda zaopatrzona jest w sześć łóżek i dwie. trzy kołyski. Aresztantkę, która "pod numerem" zasłabnie, prowadzą lub przenoszą natychmiast, choćby w nocy, na górę, gdzie zaraz ma sobie udzieloną odpowiednią pomoc, jeśli jej położenie tego wymaga, a z rana przychodzi lekarz więzienny. Chore dostają z rana kwaterkę mleka i bułkę; na obiad rosół z ryżem lub klejek z jęczmiennej kaszy i kawałek cielęciny, wieczorem herbatę. Na dzieci chore takaż sama porcja wydzielana bywa. Zdarza się, iż służąca za mamkę kobieta, której dziecko przy objęciu obowiązku umieszczonym zostało u Dzieciątka Jezus, dostaje się do więzienia na dłuższy wyrok, to jest na rok, na dwa lata. Wolno jej wówczas zażądać oddania swego dziecka, które jej do więzienia przynoszą, a ona karmi je i odchowuje sama. Na dziecko, choćby to niczego więcej nad pierś matki nie potrzebowało, dają kobiecie karmiącej kwaterkę mleka i pól funta białego chleba .dziennie, a oprócz tego drugą porcję zwykłej dziennej strawy, za którą, jeśli jej nie zużywa, dostaje dwa grosze. Do dwóch lat wieku tylko dzieci oddawane są uwięzionej matce, starszych zabierać z sobą ani trzymać przy sobie "pod numerem" nie wolno. Wyradza to czasem dziwne sytuacje. W ratuszu znajdowała się raz dziewczynka siedmioletnia może, z którą nie wiedziano po prostu co zrobić- Ojciec gdzieś wywędrował, czy zgolą znany nie był, matkę wzięto do więzienia, a dziecko do ratusza.

Kiedym poszła dowiedzieć się o jej losie, przechadzała się w najlepszym humorze pomiędzy zbieraniną uliczną najgorszego gatunku, służąc im za cel dowcipów i konceptów różnych. Pierwszą myślą moją, pierwszym poruszeniem było wziąć za rękę to dziecko i wyprowadzić je. Ale tego zrobić nie można. Nie ma na to przepisu.

- Gdzieżeś ty spała? - pytam małej.

- A ot tu, na ziemi - odpowiada otwierając szeroko oczy, zadziwiona tym, iż ktoś w tak prostej rzeczy ma wątpliwości jakie i przypuszcza, że gdzie indziej jeszcze niż na ziemi - spać można, l zaraz zaczęła mi opowiadać, że jej czegoś dać nie chcieli. "Ale narobiłam im takiego gwałtu..."

Śmiertelność była podówczas w Serbii dość znaczna, lubo nie tak wielka, jak w arsenale, gdzie tyfus przylgnął niemal do murów i zabierał liczne ofiary.

Toteż te z kobiet, które dostały długie wyroki, przenoszone bywały do Serbii, a odsiadujące krótką, kilkomiesięczną karę, pomieszczano w arsenale.

Najniższym stopniem kary jest odsiedzenie samego wyroku, po czym aresztowana wypuszczona jest na wolność bezwzględną. Drugim stopniem - odsiedzenie wyroku i „pobyt". Trzecim i najwyższym: zesłanie.

Kategoria druga jest stosowana najobszerniej i pociąga za sobą skutki najfatalniejsze. Do niej to jest przywiązany tak zwany "pobyt", którego istotą jest prawo orzekające, iż wypuszczonemu złodziejowi nie wolno przebywać ani w samej Warszawie, ani w miejscowości bliższej nad wiorst czterdzieści w jej promieniu.

Jeżeli sprawowanie się aresztantki należącej do tej kategorii jest bez zarzutu, wówczas dostaje przy wyjściu z więzienia tak zwany "rozpis", z którym idzie sama, bez strażnika, na miejsce pobytu i tam melduje się w kancelarii, gdzie z niej spisują protokół i pozostawiają własnemu przemysłowi.

Jeśli na taki dowód zaufania zasłużyć sobie w więzieniu nie umiała, wówczas prowadzi ją strażnik etapem, zdając władzy od gminy do gminy, po czym tak samo ją "opisują" w kancelarii i puszczają wolno, aby sobie poszukała roboty. Jeśli to lato. rzecz nie jest lak trudna. Mieszczanie mają zwykle ogrody, pola, przy których roboty nie brak; dwie zatem zdrowe ręce zawsze tu są pożądane i mogą zapracować dziennie na łyżkę strawy, a noc krótką przepędza się w bruździe, pod płotem, na polu. Lecz zimą - rzecz inna. Zimą roboty przenoszą się pod dach i ograniczają do domowych zajęć: są one wprawdzie często tego rodzaju, że pomoc owych zdrowych rąk przydałaby się i przy nich, ale kto do domu zechce wziąć złodziejkę, którą strażnik przyprowadził "w pobyt", którą "opisano" w kancelarii? Naturalnie nikt.

"Pobytowa" wie o tym dobrze i dlatego korzysta z pierwszej sposobności, aby uciec na powrót do Warszawy, gdzie z biedy chwyta się złodziejstwa, gdyż jawnej, legalnie wykonywanej roboty nigdzie nie dostanie.

IV

Temu, kto bliżej poznał Serbię, jej tradycje, jej charakterystykę, wewnętrzne urządzenia, obyczaj i względną, trochę republikańską swobodę, więzienie istniejące przy ulicy Złotej wyda się z konieczności bezbarwnym, mało zajmującym, powiem nawet - banalnym nieco.

Tam był świat cały sam w sobie, dziwny, oryginalny, zaciekawiający w najwyższym stopniu; tu dom karny, biuro, zamknięcie na ludzi i rzeczy.

Tam praktykował się cały system indywidualnego sprytu z jednej strony a różnorodnej pobłażliwości z drugiej; tu karność wykonywa się chłodna, jednostajna, poważna, raz na zawsze do wszystkich jednakowo zastosowana. Tam widniał wszędzie - w złym i w dobrym - człowiek, tu widnieje - prawo.

Sam już gmach nie ma w architekturze swojej nic więziennego. Jest to wielka, na krańcu prawie ulicy wzniesiona kamienica, tym się chyba różniąca od innych, że stoi przed nią budka, a żołnierz z karabinem odbywa przed jej frontem nieskończoną wędrówkę.

Gmach nie posiada żadnego specjalnego nazwania, co samo już dowodzi, że mu i wewnątrz, i zewnątrz brak tej wybitnej charakterystyki, która stwarza imię w jednej chwili - i na zawsze. Jest to „Oddział kobiecy więzienia karnego przy ulicy Złotej", a urzędowy stempel tego tytułu silnie odciska się tu na wszystkim i wszystkich. Drzwi główne otwierają się cicho, przyzwoicie, jak każda przeciętna brama, bez tych zgrzytów i pisków, z jakimi podnosiły się i zapadały rygle i zamki w Serbii; odźwierny trochę szablonowy, mógłby być równie dobrze woźnym w jakiejś finansowej instytucji. Jakże mu daleko do starego Jakuba z Serbii, który nosił niebieską, bawełnianą chustkę na szyi, cały był osypany tabaką, mrużył oczy i uśmiechał się, drepcząc z wyciągniętym przed siebie wielkim kluczem, więzienie uważał za najrozkoszniejsze miejsce pobytu, a siebie za kogoś bardzo zbliżonego do świętego Piotra w tym raju!

Z bramy widać podwórze obszerne, obudowane dokoła oficynami, na prawo wejście do kancelarii. Schody i korytarze woskowane i zasłane suknem, powietrza dużo, i to dobrego powietrza.

Kancelaria obszerna, jasna, niezmiernie prosta, uboga niemal, opatrzona tylko w najniezbędniejsze sprzęty; ściany purytańsko białe i nagie. Jedyną ozdobą tego przybytku jest wielka uprzejmość p. nadzorcy i jego twarz pełna słodyczy i ludzkości. Zaledwie zdążyłam usiąść na jednym z trzech krzeseł, stanowiących wraz ze stołem całe umeblowanie kancelarii owej, kiedy się drzwi otwarły i weszła młoda panna, brząkając ciężkimi kluczami. Jest to **strażnik** więzień pierwszego piętra. Zawsze ja marzyłam o takim kobiecym dozorze nad uwięzionymi kobietami; a jednak - mamże wyznać - doznałam, zobaczywszy ową pannę, pewnego rozczarowania. Jak to, więc już cię tu nie spotkam, ty wyprostowany, surowy na pozór argusie, któryś w swojej filozoficznej wyższości uważał więzienie za menażerię, a siebie za poskromiciela dzikich zwierząt? Więc już cię tu nie zobaczę, Katonie "od numerów", którego niezłomnie gładki, nie mający ani jednego lekkomyślnego zagięcia mundur pokrywał jednak pierś przystępną wielu bardzo ludzkim uczuciom...

Ale jużeśmy weszli na schody i tu nas opuściła jasność niebieska, a przed nami rozciągał się korytarz zupełnie ciemny. Korytarz ten, niezmiernie wąski i długi, ma z lewej i z prawej strony szereg przeciwległych sobie drzwi, w które wpierw nosem trącić musisz, nim je zobaczysz, a które, gdy się otworzą, sprawiają gwałtowny, grożący paraliżem przeciąg.

Poza tym wszystko tu jest w porządku. Izby jasne, okna cały dzień otwarte, czyste bielone ściany, którym biegnące dokoła lamperie czarne nadają coś żałobnego, podłoga lśniąca, jakby pociągnięta woskiem. Właściwie przecież jest ona tylko wypolerowana denkami od butelek i skorupami stłuczonych szklanek, którą to manipulację wykonywają aresztantki z wielką zręcznością i wprawą. W każdej izbie mieści się kilkanaście tapczanów. Są to łóżka żelazne, wąskie, na dzień składane do połowy i zastępujące wówczas miejsce ławy dla zajętych pod numerem kobiet. Łóżko takie naciągnięte jest silnie grubą, płócienną płachtą, na nią idzie stary, z wybrakowanych kołder pochodzący, kawał dery, we dwoje złożony, pod głowę wąska poduszka, nałożona garścią słomy, na to zaś wszystko gruby wojłok, służący do okrywania się.

Wszystkie kobiety zostające "pod numerem" przez dzień cały szyją więzienną bieliznę i garderobę. Są to po większej części dość stare już baby, które innej, delikatniejszej roboty nauczyć się nie mogą; najstarsze i najniedołężniejsze przędą.

O szyciu tym wiele by się powiedzieć dało, i niejedna z was, czytelniczki, nie widziała przez całe życie takich obrębków i stebnówek, jakie się tu praktykują w najlepszej wierze. Trzyma się to jednak kupy, jak to mówią, a kilkanaście robotnic, na jakie sto może, szyje wcale nieźle.

Dziwić się nie ma czego. Palce grube, przy złodziejskim procederze od igły odwykłe, często od długoletniego pijaństwa drżące, zginają się sztywno jak kołki; i to, co robią, dość na nie.

Pilna szwaczka oddaje w ciągu dwóch dni pięć koszul, czasem nawet wykańcza trzy dziennie; inne szyją po dwie i mniej jeszcze.

Bielizna i garderoba uszyta pod numerami idzie do magazynu, który zaopatruje wszystkie więzienia w kraju. Magazyn ten jest to spora o dwóch oknach sala, obstawiona szafiastymi półkami, które, zamiast drzwi, mają firanki płócienne, na półkach, aż pod sufit, stosy koszul męskich, kobiecych, ręczników, płacht, fartuchów, kaftanów i spódnic. Spódnice i kaftany letnie szyte są z drelichu w paski siwe i czarne, który to drelich, jak również i cały zapas zużywanego tu płótna, produkują warsztaty arsenału. Odzież zimową stanowi kaftan i spódnica z siwego sukna. Chorzy używają z tegoż sukna krajanych kapot, podszytych nieco za stan miękkim, lnianym płótnem. Wiele z przedmiotów, znajdujących się w magazynie tym, figurowało w Rzymie na kongresie więziennym, i trzeba wyznać, że roboty naszych więziennych warsztatów i wyroby Osad Rolnych trzymały jedno z pierwszych miejsc na tej wystawie.

Teraz dopiero spotrzegłam, co tutaj nadaje wszystkim uwięzionym jakąś wspólną, posępną cechę. Jest to obowiązująca wszystkie zarówno odzież więzienna. W Serbii, mimo istniejących przepisów, każda ubierała się, jak mogła i chciała. Ostatnie nędzarki ledwo nosiły więzienne czepce i kabaty. Były tam grzywki, pretensje, jedwabne chusteczki, jasne suknie, zalotne kaftaniki i fartuchy. Recydywistkom grożono wprawdzie siwym kubrakiem, ale nikt jakoś bardzo ściśle do wykonywania tej groźby się nie brał.

W tym pstrym i kolorowym tłumie ujawniały się różne indywidualne cechy uwięzionych; próżność, względny dobrobyt, chęć odznaczenia się, różnego rodzaju pretensje znajdowały tu swój wyraz. Na Złotej więzienny drelich zatarł wszystkie te różnice; kaftan pasiasty wisi jednostajnie na wszystkich grzbietach. Płytkie trzewiki obuwają wszystkie stopy, a białe czepki okrywają wszystkie głowy.

Reforma ta tu właściwie dała się przeprowadzić najgładziej; w obrębie bowiem więzienia nic nie podsyca żądzy podobania się, która była w Serbii nader silnym czynnikiem wielu spraw. Tutaj żadne okno nie otwiera się, kiedy aresztantki są na przechadzce, a nawet klucze od numerów ma nie strażnik, ale młoda panna, która bądź co bądź bardziej jeszcze nieugięta jest od niego.

- A to karcer - rzekł uprzejmie pan nadzorca, kiedyśmy się znaleźli w końcu korytarza.

Otworzył drzwi i ciemność, w jakiej znajdowaliśmy się poprzednio, nagle zgęstła. Puszczono dopiero nieco światła z "numeru" i wtedy zobaczyłam izdebkę, której szczupłość odgadywać się dawała po stęchłym powietrzu raczej, gdyż ściany ginęły w mroku. W głębi tej izdebki poruszyło się coś za naszym wejściem. Była to aresztantka odsiadująca ciemną.

Dowiedziawszy się, że skazana jest **tylko** na trzy dni (nie bierzcie proszę tego **tylko** za ironię), ośmieliłam się prosić pana dozorcy o uwolnienie jej. Gdy wyszła na próg, ja i ona zadziwiłyśmy się głośno, była to bowiem ta sama Pudłoska, którą już w Serbii odwiedzałam w ciemnej. Stała zrazu chwilkę, jakby uderzona jakąś myślą, potem spróbowała się uśmiechnąć, wreszcie zaczęła płakać i powlokła się do swojej roboty. Od czasu, jakem ją poznała, nie wychodzi prawie z więzienia, przenosząc się kolejno spod "numeru" w "pobyt" i z "pobytu" pod "numer"

Na tym samym piętrze jest warsztat klejenia pudełek. Warsztat ten zatrudnia przeszło dwadzieścia kobiet młodszych i starszych, a obstalunków dostarcza fabryka zapałek Bieńkowskiego. Robota idzie szybko i składnie, a magazyn oboczny posiada znaczne zapasy już zapakowanych i schnących dopiero pudełek. Robotnica bierze od tysiąca sztuk czterdzieści groszy. Połowa tego idzie "na wydział", a połowa do książki -jak w Serbii.

Na pierwszym piętrze mieści się pracownia robót dżetowych. Jest to obszerna izba o dwóch długich stołach, przy których pracuje dwadzieścia dwie kobiety pod okiem uczącej je specjalistki. Przed każdą robotnicą rozpostarty arkusz bibuły, a na nim kupki drobniejszego i grubszego dżetu, drut, nici. Z tej to pracowni wylatują te czarne, błyszczące motyle, którymi piękne panie lubią przystrajać kapelusiki swoje; tu się wykańczają klamry, fantazyjne siatki dżetowe, piórka itd. Po dwumiesięcznym terminie bezpłatnej pracy, który zarazem jest terminem nauki, robotnice wynagradzane są w miarę uzdolnienia od dziesięciu do dwudziestu kopiejek dziennie.

Weszliśmy na drugie piętro, gdzie nas spostrzegła druga z dozorczyń, i poprowadziła do przędzalni.

Z trzydzieści chyba kobiet jest w niej zaznajomionych przędzeniem na wrzecionach lnu i konopi oraz kręceniem nici. Wszystkie już starsze wiekiem, pomiędzy nimi dwie wieśniaczki.

O kilka drzwi dalej szwalnia, którą trzyma na siebie prywatna przedsiębiorczym, a zarazem nauczycielka szycia bielizny i haftu.

Na pierwszy rzut oka spostrzegłam tu Walerię War. Postarzała, zżółkła, z przewiązanym chustką czołem, miała nos jeszcze dłuższy niż dawniej i jeszcze ostrzej świdrujące oczy. Podeszłam do niej prosto. Przyjęła to całkiem obojętnie.

- Gdzie Helena? - zapytałam z cicha.
- Na wolności...
- Cóż, pracuje?
- I... nie. Pracować, to ona nie pracuje, my już tam nie do tego.
- Coś przecie robi?
- At, zarabia trudem.

Wiedziałam już, co to za **zarobki**, więc bliżej się nie rozpytywałam.

W szwalni tej robotnicom wolno się ubierać w kaftaniki białe, przez wzgląd na delikatniejszą ich robotę, która musi być wykonywana czysto. Przeszło trzydzieści pracuje ich tam w jednej obszernej izbie. Hafty nie są świetne, ale znaczenie bielizny i samo szycie bardzo dobre.

Rozejrzawszy się po szwalni, spostrzegłam kilka jeszcze starych znajomych z Serbii. Niektóre z nich okazywały wiele radości, inne trochę wstydu.

Pod oknem świeżo wypuszczona Pudłoska kończyła stłumionym, syczącym głosem kłótnię, za którą siedziała przed kwadransem w ciemnej. Przeciwniczka jej zdawała się być zgnębiona niespodzianym obrotem sprawy. Szło im o chodzącego w podwórku szyldwacha, którego długi, ruchomy cień rzucał się na kraty otwartego okna.

Karność, praktykowana przy ulicy Złotej, dwojako oddziaływa na uwięzione. Jedne z nich zapadają niemal w apatię, graniczącą z idiotyzmem, drugie podlegają zwodniczemu podnieceniu nerwów. U tych ostatnich rysy twarzy są jakby naprężone, oczy posępnych błysków pełne, ruchy niecierpliwe, nagłe, głos ostry, twardy.

Spokoju, jakim się odznaczała Kazarynowa, nie widziałam tu na żadnej twarzy.

Najbystrzejsze i względnie najpogodniejsze, najbardziej inteligentne fizjognomie mają Żydówki. Jest ich tu spory procent. Cała jedna izba jest im oddana wyłącznie, reszta mieści się wspólnie z innymi.

Najtragiczniejszą grupą na Złotej są tak zwane "posielanki" i te, które do ciężkich robót idą. Wysłano już znaczną partię, coś parę tygodni temu, a teraz znów ich tu do trzydziestu. Nie wszystkie jednak czują nieszczęście swoje. Są też biedne, niepoczytalne istoty, które raczej należałoby leczyć, niźli karać. Do tych należy Agda. Pamiętasz zapewne, czytelniczko, sprawę tej młodej podpalaczki i zabójczyni, o której rozpisywały się dzienniki nasze. Patrząc na to śliczne dziewczę, nigdy byś nie przypuściła, że w niej coś zbrodniczego być może. Średniego wzrostu, składna brunetka, biała i kwitnąca jak róża, dziwnie wyglądała w dużym, więziennym czepcu, spod którego błyszczały jej oczy jasne i uśmiech dziecięcy.

Zaledwie podeszłam ku niej, kiedy skubiąc w ręku trzymaną robotę, z miną, jaką miewają czasem pensjonarki, rzekła cichym i słodkim głosem: "To macocha... wszystko macocha..."

- W Sybir idziesz, dziewczyno! - rzekłam, chcąc ją rozbudzić nieco.

- W Sybir idę... - powtórzyła jak echo, przy czym uśmiech nie zszedł ani na chwilę z jej pełnych ust rumianych.

Skazana na lat szesnaście.

Patrzałam jeszcze na nią, kiedy mnie z głośnym płaczem chwyciła za nogi stara jakaś, wyschła kobieta, na której brunatnej, głęboko obnażonej szyi występowały żyły jak postronki. Chciałam ją podnieść, ale ręce jej trzymały się mnie jak kleszcze.

- Oj! ratujcie mnie, ludzie, ratujcie!... Oj, pani moja złota, zmiłuj się nade mną, sierotą... Jak Bóg żyjący na niebie, nie na syna była ta trucizna, ino na szczura była... Syn mnie zgubił, pani moja droga, pies nie syn! Od maleńkości pies był!... Adyć tu przychodził, adyć go tu ludzie widzieli, adyciem go tu za nogi obejmowała, żeby mnie nie gubił... A bodajże on jasności boskiej nie oglądał!... Oj, zgubił mnie, poganin, syn, bił mnie do śmierci!... Kat nie syn!

Jęczała i głową o deski tłukła, chwytając się rzeczy moich nieprzytomnie, jak tonący. Ledwo się wydarłam tej okropnej matce. Skazana na całe życie na Sybir.

Z boku tymczasem chlipała, krygując się, szpetna jakaś baba, z wielką, jak pająk włochatą brodawką na górnej wardze.

- Jak Bozię kocham, wielmożny panie - mówiła do nadzorcy, strojąc dziwne miny - żebym tak zdrowa była, jak mu nic nie jest. Żeby choć oślepł, toby człowiekowi nie żal było przynajmniej, wielmożny panie. A teraz chłopu nic, a ja na taki los popadłam. Powiada wielmożny sąd, że był kwas... Abo ja wiem czy kwas? Kiedy nie oślepł, to może i nie kwas był. Jak Bozię kocham...

Stara ta baba skazana była na sześć lat na Sybir za wypalenie kwasem siarczanym oczu swemu kochankowi.

Tuż pod oknem stała bardzo blada kobieta, która się wpatrywała we mnie natężonym wzrokiem i której dłonie złożone pod piersiami trzęsły się coraz bardziej. Ta nie przemówiła ani słówka, tylko oczy jej nabierały wyrazu coraz większego przerażenia i usta otwierały się od chwili do chwili - bez głosu.

Za morderstwo skazana do robót ciężkich, w drodze łaski, z powodu słabego zdrowia, na więzienie dożywotnie. Nic nie mówi, chowa się zawsze w kąty, cała się trzęsie, słuchając jęków skazanych na zesłanie.

Sześć czy ośm spomiędzy nich karmią niemowlęta. Dzieci te blade, przejrzyste nieledwie, jedne śpią jakimś snem niezdrowym przy piersiach matek, drugie szeroko otwierają zadziwione oczy, i słuchając tych wszystkich jęków, same zaczynają płakać. Zbliżyłam się, aby uspokoić jedno z tych małych. Matka miała twarz martwą jakby i śniadszą jeszcze od śniadej odzieży więziennej. Na dziecku także już odcień tej śniadości był widny. Kiedym je wzięła za chudą rączynę - matka wybuchnęła gwałtownym płaczem.

Skazana na sześć lat na Sybir za podpalenie. Co się stanie z jej dzieckiem? Co się stanie z tymi wszystkimi dziećmi?

V

Pomiędzy więzieniem na Złotej a Sybirem stoi - pośredni etap - arsenał. Arsenał jest to gmach posępny, ciężki, którego mury przesiąknięte chroniczną wilgocią, podziurawione są opatrzonymi mocną kratą oknami w półkole. Pomimo wszystko, co dla zamaskowania tych murów zrobił p. nadzorca, człowiek obdarzony niezwykłym zmysłem organizacji i wielki miłośnik ogrodownictwa, pomimo całą tę działalność, jaką tu rozrzucił, mury te nie straciły na zewnątrz nic ze swojej ponurej grozy. Jest to prawdziwe więzienie, "warownia", jak tu nazywają niektórzy; a ciężka brama, jaka się do niego otwiera, wydaje zgrzyt przeciągły, do ludzkiego jęku podobny. Podwórze wewnętrzne wygląda jak piękny ogródek, z fontanną, klombami kwiatów, trawnikami, wśród których wznoszą się dawniej sadzone drzewa. Wprost wejścia jest piękna stylowa brama kamienna z czasów Batorego, która niegdyś zamykała lazaret wojskowy.

Bardzo szerokie schody prowadzą na obszerne jasne korytarze, które umiano obecnie dosyć przewiewnymi uczynić. Wzdłuż korytarzy kilkadziesiąt warsztatów tkackich ustawionych jest pod ścianą, jeden za drugim, a każdy z głuchym łomotem podnosi i spuszcza swoje ramy, przesuwa czółenko, co wszystko razem tworzy jednostajny, rytmiczny odgłos, podobny do pochodu olbrzymiego wahadła w jakimś tajemniczym zegarze. Słuchając tego odgłosu, żywo przypomniałam sobie ów wiersz Heinego, gdzie każda strofa kończy się słowami:
Wir weben - wir weben...
Ci tkacze posępni także tkają całun dla cząstki ogólnego życia...
Pod przeciwległą ścianą siedzą rzędem na niskich ławach bladzi bardzo, różnego wieku mężczyźni, a przed każdym kądziel lnu albo konopi, a każdy snuje swoją nić szarą... Kółka warczą, jak drażniony brytan, szpulka chwyta nić i nawija nieskończone pasmo, nogi uderzają w takt niecierpliwym lub wpółsennym ruchem. To więźniowie przędą. W błędzie jest ten, kto sądzi, że to wygląda komicznie i przypomina „Osiek" Fredrowskiej komedii. Zaręczyć mogę, że żaden uśmiech nie przychodzi

na usta wobec tych znędzniałych twarzy, więziennych kapot i głów pogolonych. Czujesz, że oddychasz wszędzie nieszczęściem. Wyznać tu muszę, iż mi było przykro bardzo przechodzić tak obojętnie przed szeregiem tych nędzarzy i patrzeć na nich, jak na dziwowisko, które ciekawość budzi. Zauważyłam nawet, że wielu nie podnosi oczu i schyla się nad swoją kądzielą... Inni patrzą z wyrazem cierpienia w oczach. Usiadłam na chwilę przy jednym z tych ostatnich, na wolnym brzeżku ławy, i chciałam do niego przemówić, kiedy strażnik chwycił go za ramię i podniósł na równe nogi. To odjęło mi ochotę do rozmowy, a na twarzy więźnia wywołało nagłą czerwoność, ale regulaminowi stało się zadosyć. Więzień poznał prawidło grzeczności. Charakterystycznym jest, że podczas kiedy twarze uwięzionych kobiet są - z małymi wyjątkami - głupowate, owcze, że tak rzekę, wyraz oblicza uwięzionych mężczyzn jest - także ogólnie biorąc - jakiś dziki, bolesny, wytężony, a nierzadko strachem przejmuje. Zdawałoby się, że utrata swobody ruchu i samodzielności musi być większą karą dla mężczyzn, których życia istotę stanowi, niźli dla kobiet, które się i na wolności łatwiej bez nich obchodzą.

Tkactwo i przędzenie zatrudnia przeszło dwustu więźniów - przedtem jest jeszcze warsztat stolarski, gdzie się wyrabiają bardzo piękne rzeczy; tokarnia, warsztat krawiecki, szewski i bednarski. Te trzy ostatnie zaopatrują tylko potrzeby więzienne. Nie wszyscy przecież więźniowie znajdują w warsztatach zatrudnienie.

Po kilku, po kilkunastu nawet, siedzi bezczynnie w izbach sypialnych - czasowo wzywani tylko, do robót takich, jak szorowanie izb, pranie, kopanie, itp. Pan nadzorca ma zamiar rozprzestrzenić warsztaty arsenału i wszystkim uwięzionym dać dobrodziejstwo pracy. Niechby chociaż na wrzecionach przędli, jeśli kółek ustawić gdzie nie ma. Pobieżnie tylko oglądałam tym razem arsenał. Bywałam tu niegdyś, kiedy więzienie to miało swój oddział kobiecy, a z owych czasów pozostały mi wspomnienia nader przykre, gdyż nigdzie nie spotkałam tyle, co tu, rozzwierzęcenia w kobietach. Tutaj to siedziała wówczas la sławna Zabór., która otruła kochanka swego i rywalizującą z nią o względy jego macochę; której nabrzmiała i trędowata twarz była ohydną maską zeszpeconą przez zażywanie arszeniku. To była komediantka wytrawna, mająca na zawołanie łzy, skruchę, szczerość, wszystko, co wzruszyć i rozbroić może. Ona to pisała w swoim czasie ów list do arcybiskupa, prosząc o spowiedź, jawną i publiczną pokutę, co nie przeszkadzało jej bynajmniej wymyślać najohydniejsze przestępstwa i przechwalać się z ich spełnienia. Ona to umiała utaić przy sobie w więzieniu taką ilość arszeniku, z którego spożywania zrobiła sobie rodzaj sportu, że kiedy była bliską śmierci, skutkiem tych nadużyć właśnie, i oddała osobie zaufanej resztę swoich zapasów, lekarz ocenił, iż wystarczyłoby jeszcze tego dobrego na otrucie trzydziestu ludzi.

Topiąca się - i wyratowana, powieszona i odcięta - snuła się tam jak widmo złowróżbne, nienawidzona przez wszystkich. Pomimo to jej fantazja twórcza nie spoczywała ani na chwilkę. Upajała się atmosferą wymyślonych zbrodni, tak jak pijak upaja się wódką. Pozowanie na bohaterkę scen najsromotniejszych zaspokajało ledwo w części jej żądzę złego. Nie przez to cierpiała w więzieniu, że jest karaną, ale przez to, że nie może znaleźć nic godnego siebie. Był to subiekt niezmiernie dla psychologa ciekawy. Kiedy ją z arsenału przeniesiono do Serbii, straciła wiele na fantazji. Nie była to już warownia, brakło tu sklepionych korytarzy, odgłosów i zmierzchów tajemniczych, które tam nastrajały ją i pobudzały.

To ją tylko pocieszało, że znalazła tu świeże audytorium dla tego demonicznego dramatu, którego sceny rozgrywały się w jej rozpalonym mózgu. Widziałam ją raz jeszcze na Złotej, w samych początkach istnienia tam kobiecego oddziału, opuchniętą od swego arszeniku, bez kropli krwi w strasznej, zagasłej twarzy, umierającą niemal. Wyzdrowiała jednak, a ja straciłam ją z oczu.

W jednej przecież izbie arsenału zatrzymałam się i teraz dłużej, a mianowicie w tak zwanej „Szkole". Jest to szkoła małoletnich przestępców, którzy bądź z powodu jakiegoś defektu organicznego, bądź innych uwzględniających się przez zarząd przyczyn, nie mogą być pomieszczeni w Studzieńcu.

Zorganizowanie, stworzenie pod tym względem szkoły i - przykładu innym więzieniom, to piękna karta z życia p. J. Maternickiego, któremu zawdzięcza początek swój i szczęśliwy rozwój.

On to, objąwszy przed trzydziestu laty nadzór kieleckiego więzienia, zastał tam szesnastu uwięzionych chłopców, którzy po dwóch, po trzech rozrzuceni byli po izbach między dorosłymi przestępcami. Jakiego zepsucia było to źródłem - łatwiej sobie wyobrazić, niżli opowiedzieć. - Otóż wygarnął on ten drobiazg, zamknął osobno, uprosił kapelana o lekcje religii dla nich, sam na siebie wziął godziny matematyki, sekretarza swego posadził do lekcji geografii, malcom dał w rękę książkę, zaopatrzył ich w papier i pióra - i tak więzienie tych dzieci zmieniło się w szkołę. Władza mile przyjęła tę nowość; z czasem wyznaczono etat dla stałego nauczyciela, a wszystkim więzieniom w kraju polecono iść za przykładem kieleckiej szkółki. Upłynęły lata od owego czasu, a dobre dzieło rozwinęło się i przyniosło owoce. Jedna to z najpiękniejszych zasług, jakie człowiek, na tym stanowisku stojący, położyć może względem społeczeństwa swego. Gdyby tak coś podobnego w więzieniach kobiet...

Pod względem stosowania praw karnych trzy lata Osad Rolnych odpowiada sześciu tygodniom zamknięcia w więzieniu. Małoletnim jest przestępca do lat piętnastu włącznie, po czym podlega prawom ogólnym. Sześciu chłopców było wtedy w arsenale; najstarszy miał lat czternaście, najmłodszy z jedenaście może. Szkoła jednak, która jest zarazem ich sypialnią, mieści dwadzieścia łóżek, gdyż do tej cyfry dochodzi nieraz liczba małych przestępców. Nauczyciel przychodzi do nich z miasta na parę godzin dziennie. Stary, przyzwoitej powierzchowności człowiek, także więzień, ma nad nimi bliższy nadzór. Smutne bardzo wrażenie robiła siwizna i to dzieciństwo zrównane wobec więziennej kapoty...

- I za cóż ty siedzisz, biedaku? - spytałam najmłodszego z chłopców, który wtulił ogoloną główinę pomiędzy ramiona, podczas kiedy ręce jego ginęły w zbyt długich rękawach siwego kubraka.

- Ano - odrzekł cienkim głosikiem - za te węgle...

- Jakże to było?

- Ano, matka mi kazała po węgle iść, było zimno, ja też poszedł. Tak ja przelazłem bez płot, tak matka stała na ulicy - tak ja rzucałem matce węgle... A tam był pies, takie wielkie psisko... Jak wziął szczekać, jak wziął ujadać, tak mnie i złapali.

- A matka?

- Ano, matka poszła do dom.

- I cóż dalej?

- Ano, tak mię wzięli.

- Czemużeś nie powiedział tak wszystkiego przed sądem, jak mnie ty mówisz?

- Ale... powiedziałem. Ino, że mi zaraz dali w kark, że niby łżę; i przyświadczyli, że ja sam kradł, i kuma Jędrzejowa też przyświadczyli, i stróżka...

Zamilkł i westchnął ciężko, głębiej jeszcze wtulając głowę między ramiona.

- I dobrze ci tu jest?

- Dobrze - odrzekł i znów westchnął, aż się więzienna gunia pod- niosła na jego szczupłej, dziecięcej piersi.

O prawo! jakie ty winy karzesz!

Najstarszy był Żydek. Szczupły, czarnooki, trzymał w ręku książkę z wyobrażeniem jakiegoś przedpotopowego mastodonta, ale oczyma bystro rzucał na wszystkie strony, jakby szukając szpary, przez którą by mógł czmychnąć.

Z pozostałych zwrócił jeszcze moją uwagę blady, mocno piegowaty, rudy chłopak, dość tęgiej budowy, którego szare, małe oczki migotały pod żółtymi rzęsami. Był to typ prawdziwego "andrusa". Co słowo powiedział, to się w piersi tłukł ściśniętą pięścią, dodając za każdym razem: "jak Boga kocham, proszę wielmożnego pana". Był to dezerter z Osad, złapany na ponownym przestępstwie.

Zbyt długo jednak może zatrzymuję cię, czytelniczko, w arsenale, gdzie, jak widzisz, kobiet nie ma. Bywają jednak! Ale dzień, w którym bywają, jest dniem płaczu i zgrzytania zębów...

Kiedy już termin zsyłki oznaczonym został i partia zebraną, odprowadzają aresztantki do arsenału, strzygą im włosy, dają po dwie koszule skarbowe i grubą więzienną odzież, po czym wraz z partią odstawiają pod strażą na tak zwany punkt zborny, na Pragę.

Do partii przyłączają się kobiety, które chcą towarzyszyć mężom na Sybir. Te, jeśli drogę chcą odbyć na koszt rządu, podlegają całemu regulaminowi, jaki ustanowiony jest dla aresztantek. Tak samo strzygą im włosy, nakładają białe czepce, z szeroką, na czoło opadającą szlarką, dają płytkie obuwie, więzienną siwą spódnicę i kaftan, biały fartuch i białą perkalową krzyżówkę na piersi. Tylko odbywające drogę na koszt własny wolne są od tego skarbowego umundurowania.

Zdarza się, iż aresztantka, której miłego czeka zsyłka, porozumiewa się z nim, podaje prośbę - zawsze uwzględnioną - dostaje ślub i idzie na Sybir.

Przy każdej niemal partii znajdują się ochotnice takie. Kto na koszt skarbu podróż odbywa, nie może z sobą zabierać żadnych własnych pakunków większych, pościeli itd. Wszystko musi pomieścić w niewielkim węzełku, który się przez plecy zawiesza; a jeśli dziecko jest, w ręku się je trzyma. Parę lat już minęło, jakem widziała partię taką, a dotąd mam ją przed oczyma.

Piąta może była rano, kiedym stanęła na Pradze, w gmachu, który nazywają punktem zbornym, a który mnie się wydał czymś w rodzaju wojskowego biura w połączeniu z koszarami. Przyprowadzono właśnie więźniów; oficer odbierający partię liczył ich i załatwiał formalności wstępne.

Kilka kobiet z miasta oczekiwało wraz ze mną w wielkiej sali, gdzie na ławach kamiennych, wpuszczonych w głębokie framugi okienne, a przypominających kanonickie stalle, siedziało kilkunastu żołnierzy, zajętych pisaniem i czytaniem. Młody jeden sołdat przechadzał się, gwiżdżąc wesoło i spluwając przez zęby, to na prawą, to na lewą stronę.

- Wy nic nie robicie? - zahazardowałam nieśmiało pytanie.
- A co robić? - odparł mi na to. - Teraz wolna **etaka** godzina.
- A cóż drudzy robią? - rzekłam dalej.
- Listy piszą do domu i do rodziny.
- A wy rodziny nie macie?
- I u mnie jest rodzina. Matka jest, siostry...
- A skąd wy?
- Z daleka.
- To pewno i matka, i siostry czekają na stówko jakie od was.

Młody sołdat za całą odpowiedź zaczął mocniej jeszcze gwizdać. Po chwili wszakże przystanął u okna i popatrzył na nie, podszedł w jeden kąt, potem w drugi, nareszcie czołem się o piec wsparł i zaczął mocno ucierać nos palcami, a oczy rękawem. O gwizdaniu i spluwaniu nie było już mowy.

Wtem rozległ się dźwięczny odgłos młota, uderzającego o żelazo. Próbowano kajdany, czy dobrze zakute.

W więzieniach teraz nie nakładają kajdan nikomu, chyba w charakterze czasowej kary tym, którzy usiłowali uciec. Po izbach i korytarzach nie rozlegają się już te przewlekłe brzęki, w których wprawne ucho z daleka rozróżnić umiało gatunek i wagę kajdan. Kiedy żelazo wlokło się z głuchym łoskotem, mówiono: "warowny" idzie. Były to kajdany ważące ośm do dziesięciu funtów. Charakterystyczny brzęk, jakby okutego wozu, wydawał idąc "ciężki", którego kajdany miały od czterech do ośmiu funtów. Zwyczajne wreszcie kajdany od dwu do czterech funtów, nakładane lżejszym przestępcom, dzwoniły jak sygnaturki w porównaniu do owych potężnych, jak wielki dzwon rozlegających się brzęków. Wtedy to i kobiety nosiły żelazo. Teraz kują tylko przed samą zsyłką partię mężczyzn, każdego na obiedwie nogi, i po dwóch za ręce! Kobiety wolne są od kajdan zupełnie. Wyprowadzono ich wreszcie. Mężczyzn było ze trzydziestu i cztery kobiety. Gromadka ta uformowała prostokąt i stanęła na placyku otoczonym drzewami. Za nią wytoczył się wóz, na którym złożono węzełki; na węzełkach siedziała jedna z kobiet, wycieńczona widocznie, tudzież młody jeszcze Żydek, kiwający się rozpaczliwie w tył i naprzód; za wozem oddział żołnierzy, których karabiny oślepiająco błyskały w słońcu bagnetami.

Właśnie uderzył dzwonek na mszę ranną. Mężczyźni odkryli głowy, a kobieta, siedząca na wozie, zaczęła mocno płakać. Większość miała na twarzy jakąś martwotę i pognębienie; niektórzy uśmiechali się z desperacką obojętnością na wszystko. Przybyłe z miasta kobiety rzuciły się żegnać, o potrzeby pytać, o zlecenia. Jeden zażądał szkaplerza, drugi tytoniu, jeszcze jeden o listy prosił. Niektórzy nie odpowiadali wcale na pytania. Był i taki, który wieszającą mu się na szyi kobietę odepchnął tak silnie, że potoczyła się o kilka kroków i omal nie padła.

Ośmnastoletni może wyrostek szlochał, stojąc za wszystkimi, jak żuraw na jednej nodze, i poprawiając wstrętne, brudne szmaty, którymi druga owinięta była. Ponieważ nikt go o nic nie pytał ani go żegnał, podeszłam ku niemu. Prosił, żeby go na wóz zabrano, a prowadzący etap uwzględnił to skromne życzenie. Zakomenderowano tymczasem. Czterech podoficerów z obnażonymi pałaszami stanęło przy czterech bokach prostokąta, kobiety zaczęły szlochać, i cały pochód ruszył ku kolei. Ulice były jeszcze zupełnie puste; bramy dopiero otwierały się gdzieniegdzie, wśród pustki tej brzęk kajdan rozlegał się donośnie. Kobiety z miasta rozproszyły się; każda usiłowała być jak najbliżej swego; straż nie broniła im tej ostatniej pociechy.

Z punktu zbornego do dworca kolei droga dość daleka; nikt przecież nie przemówił i słowa przez cały czas jej trwania, ci nawet, co sobie mieli najwięcej do powiedzenia.

Wróble tylko świergotały wesoło, iż dzień był pogodny.

Stanęliśmy nareszcie u celu.

Natychmiast zaczęto umieszczać więźniów w zakratowanych wagonach, osobno mężczyzn, osobno kobiety, a kiedy otworzono drzwi na peron, u krat tych gęsto błysnęły pogolone głowy i wyciągnięte ręce. Ktoś zakupił kosz chleba, oficer pozwolił go rozdać. Czas upływał, kobiety jedne stały tuż przy wagonach, inne posiadały pod murem i patrzyły na odjeżdżających, tak jak się na umarłych patrzy. Nareszcie dano sygnał, rozległ się ostry świst lokomotywy, a długi szereg zakratowanych wozów zaczął się poruszać, z wolna zrazu, potem coraz szybciej, aż zniknął w końcu, unosząc skazańców w daleką, dla wielu niepowrotną drogę.

WIERSZE I OBRAZKI

WOLNY NAJMITA

Wąską ścieżyną, co wije się wstęgą
Między pólkami jęczmienia i żyta,
Szedł blady, nędzną odziany siermięgą,
Wolny najmita.

I nigdy wyraz nie był dalszym treści,
Jak w zestawieniu takim urągliwym!
Nigdy nie było tak głuchej boleści
W jestestwie żywym.

Rok ten był ciężki: ulewa smagała
Srebrnym swym biczem wiosenne zasiewy
I ziemia we łzach zaledwie wydała
Słomę a plewy.

Z chaty, za którą zaległy podatki,
Wygnany nędzarz nie żegnał nikogo...
Tylko garść ziemi zawiązał do szmatki
I poszedł drogą.

W powietrzu ciche zawisły błękity,

Echo fujarki spod lasu wschód wita...
Stanął i otarł łzę połą swej świty,
Wolny najmita.

Wolny, bo z więzów, jakimi go przykuł
Rodzinny zagon, gdzie pot ronił krwawy,
Już go rozwiązał bezduszny artykuł
Twardej ustawy...

Wolny, bo nie miał dać już dzisiaj komu
Świeżego siana pokosu u żłoba;
Wolny, bo rzucić mógł dach swego domu,
Gdy się podoba...

Wolny, bo nic mu nie cięży na świecie -
Kosa ta chyba, co zwisła z ramienia,
I nędzny łachman sukmany na grzbiecie,
I ból istnienia...

Wolny, bo jego ostatni sierota,
Co z głodu opuchł na wiosnę, nie żyje...
Pies nawet stary pozostał u płota
I z cicha wyje...

Wolny! - Wszak może iść albo spoczywać,

Albo kląć z zgrzytem tłumionej rozpaczy,
Może oszaleć i płakać, i śpiewać -
Bóg mu przebaczy...

Może zastygnąć, jak szrony, od chłodu,
Bić głową w ziemię, jak czynią szaleni...
Od wschodu słońca do słońca zachodu
Nic się nie zmieni.

Ubogi zagon u nędznej twej chatki
I mokrą łączkę, i mszary, i wrzosy
Obsadzi urząd... podatki! podatki!
Ty idź do kosy!

Idź, idź! Opłatę do kasy wnieść trzeba,
Choć jedno ziarno wydadzą trzy kłosy
I choć nie zaznasz przez rok cały chleba...
Idź, idź do kosy!

Czegóż on stoi? Wszak wolny jak ptacy?
Chce - niechaj żyje, a chce - niech umiera!
Czy się utopi, czy chwyci się pracy,
Nikt się nie spiera...

I choćby garścią rwał włosy na głowie,

Nikt się, co robi, jak żyje, nie spyta...
Choćby padł trupem, nikt słówka nie powie...
- Wolny najmita!

SOBOTNI WIECZÓR

Od zgrzytającej zębami maszyny
Powstał znużony, z osłupiałym okiem,
W którym się palił płomyk jakiś siny,
I przeszedł izbę w milczeniu głębokiem.
O czym miał mówić? - Myśl jego, wtłoczona
Pomiędzy koła i śruby, i piły,
Była tak ciężką jak jego ramiona,
Co się bezwładnie wzdłuż ciała zwiesiły...
O czym miał mówić? Wszak świata obroty,
Jego pragnienia i walki, i ruchy
Nie dobiegają tam, gdzie ciężkie młoty,
Grzmiąc przez dzień cały, ogłuszają duchy.
Jak senny przeszedł przez puste warsztaty,
Z głową zwieszoną, z obliczem wygasłem
Aż tam, gdzie kasy okienko zza kraty
Migało wypłat tygodniowych hasłem.
Wokoło gwarnym cisnęli się tłumem
Dnia najemnicy, z zamgloną źrenicą;
A zmrok zapadał z głuchym jakimś szumem

Ponad tych istnień smutną tajemnicą...
Zapłatę swoją wziął w ciżbie ostatni
I wyszedł czoło ocierając z potu.
Po dniu spędzonym wśród maszyn łoskotu
Chciałby usłyszeć głos ludzki, głos bratni,
Myśl z odrętwienia rozbudzić w gawędzie,
Uścisnąć rękę przyjaźni życzliwą,
Poczuć w swym bycie nie martwe narzędzie,
Lecz jakieś żywe ludzkości ogniwo...
Stanął w ulicy; na rogu jaskrawy
Napis obwieszczał, że tutaj dostanie
Głośnej muzyki i hucznej zabawy,
I zapomnienia o każdej swej ranie...
U wejścia para buchnęła gorąca,
Tłum w drzwi otwarte cisnął się nawałem,
A błędny obłok skrzydłem swojem białem
Chwytał przebłyski gasnącego słońca...
Cofnął się młody robotnik sprzed progu;
Ten zmierzch wieczorny, przejrzysty, różowy
Jakieś mu dumki nawiewał do głowy
O wiośnie, ciszy, przyrodzie i Bogu...
Jakieś pytania o życiu, o świecie
Zmąconą falą o duszę mu biły...
On czuł się cząstką i ruchu, i siły,
Lecz nieświadomą i bierną jak dziecię...

Powiew żywszego, szerszego już prądu
Pchnął myśli jego na głębię od brzegu...
Lecz brakło steru i w błędnym tym biegu
Nie umiał dostrzec przystani i lądu...
Czuł, że są wyższe i czystsze uciechy
Nad wrzask pijanej ciżby i muzyki,
Nad wyuzdaną swawolę i śmiechy,
Nad brzęk kieliszków i klątwy, i krzyki...
Lecz gdzie je znaleźć? Ach, gdyby w tym tłumie
Usłyszał jakieś dobre, mądre słowo,
Rzeźwiące rosą myśl jego jałową,
Jakżeby słuchał w poważnej zadumie!
Jakżeby chętnie podzielił się biciem
Serca, stwardniałej dłoni swej uściskiem...
Jakżeby chętnie żył, choć chwilę, życiem
Wiedzy i światła, i prac ducha bliskiem...
Stał tak niepewny, a wrzawa kipiała.
Przed nim szli ludzie... Myślące oblicza
Siła sympatii jakiejś tajemnicza
Nieraz ku niemu przyjaźnie zwracała...
Z przechodniów owych niejeden zapewne
Kochał lud, myślał o jego oświacie
I miał dla niego to uczucie rzewne,
Które obcemu nawet mówi: bracie...
Lecz gdzież są drogi, na których by duchy

Dwóch sfer odmiennych schodziły się społem?

Czy liż zwyczaje, jak więzów łańcuchy,

Każdej z nich ciasnym nie zamknęły kołem?

Przedmiotem czyjej troski i narady

Jest znikczemnienie w zwierzęcym spoczynku?...

Czyliż więc dziwno, że wyrobnik blady

Postał, podumał i poszedł - do szynku.

PRZED SĄDEM

Drobny, wychudły, z oczyma jasnemi,

W których łzy wielkie i srebrne wzbierały

I gasły w rzęsach spuszczonych ku ziemi,

Blady jak nędza, a tak jeszcze mały,

Że mógł rozpłakać się i wołać: Matko!

Gdyby miał matkę... i mógł stroić psoty,

I pocałunków żądać, i pieszczoty,

I spać na piersiach ojca... a tak drżący,

Jak ptak wyjęty z gniazda i już mrący,

Wiejski sierota stał w sądzie przed kratką.

A dziwna była ta sala sądowa,

Wielka i pusta, i ciemna, i chłodna,

I bezlitosna, i łez ludzkich głodna.

I nigdy dla nich nie mająca słowa

Miłości bratniej, i taka surowa,
Tak spiskująca ławkami w półkole
Na ludzką nędzę i ludzką niedolę,
Że Chrystus biały, co stał tam w pobliżu,
Zdawał się cierpieć i drżeć na swym krzyżu.

Przy winowajcy nie było nikogo...
I któż by bronił dziecięcia nędzarzy?
Chyba te wielkie dwie łzy, co po twarzy
Leciały jakąś pełną iskier drogą.
Chyba dzieciństwo, nędz pełne, sieroty
I chyba tylko promyczek ten złoty,
Co mu przez okno upadał na głowę,
Jakby Bóg gładził włosięta mu płowe.

Wszedł sędzia, spojrzał i rzekł: "Gdzie rodzice?"
"Nieznani" - odrzekł pan pisarz z powagą.
Chłopiec wzniósł zgasłe, błękitne źrenice
I ściągnął świtkę na pierś swoją nagą,
Bo oto nagle od jednego słowa
Zjęło go zimno i pustka grobowa...
Sędzia zadumał się, pochylił czoła
I spytał znowu: "Czy w wiosce jest szkoła?"
"Nie". - Pisarz zwykle chmurny był w urzędzie,
Przy tym - pytanie było jakoś dziwne...

Wahał się chwilę, czy właściwym będzie
Odpowiedź chłopca pisać w protokóle;
Więc wyprostował palce swoje sztywne
I bębnił z lekka po szarej bibule...
A sędzia patrzył na drżącą dziecinę,
Na ręce nagie, wychudłe i sine,
Na pierś zapadłą i nędzne łachmany,
Na blask tych oczu zmącony i szklany,
Gdzie przecież mogły odbić się niebiosy...
Na drobną główkę, gdzie myśl głucho śpiąca
Nie znała światła innego prócz słońca
I innych wrażeń ożywczych prócz rosy.

I dziwnym cieniem zaszło mu oblicze,
I w piersi uczuł drżenie tajemnicze,
Jakby ta sala pusta była tronem,
Nad którym przyszłość z czołem zachmurzonem
Zasiada, pełna klęsk i spustoszenia...
I jakimś grzmiącym i ogromnym słowem
Oblicza plony na polu jałowem,
Przed sąd wzywając całe pokolenia...
I widział, jak szły gęste, ciemne tłumy
I tamowały ruch globu w błękicie...
I spostrzegł, pełny trwogi i zadumy,
Że były chmurą ogromną o świcie,

Przez którą przebić nie mogło się słońce,

I zmierzch nad ziemią trwał przez lat tysiące...

Widział, że tłum ten - to siła stracona

Dla wielkich celów i dążeń ludzkości,

I czytał w groźnym spojrzeniu przyszłości,

Że chce rachunku - z miliona...

I ujrzał nagle, że wydziedziczeni

Za społeczeństwa swego cierpią winy...

I przerażony - posłyszał w przestrzeni

Sądy - nad sprawą chłopczyny...

"Niechże was Chrystus - głos mówił - rozsądzi,

Kto więcej winien: czy ten nieświadomy,

Co drogi nie zna i w ciemnościach błądzi,

Czy wy, co grube spisujecie tomy

Karnej ustawy, a nie dbacie o to,

By uczyć dziecię, które jest sierotą?...

Niechże was Chrystus sądzi!"

Lecz krzyż czarny

Stał nieruchomy i cichy na stole,

Jako milczące wobec łez ołtarze...

A sędzia powstał i szedł, gdzie pacholę

Blade czekało na wyrok surowy,

I dotknął ręką jego płowej głowy,

I rzekł: "Pójdź, dziecię! ja cię uczyć każę!"

Z SZOPKĄ

Przed dworskim gankiem stanęło ich czworo,
Główki na mrozie odkrywszy z pokorą.

Zwyczajnie, dzieci, z maleńka już karne,
Wiedzą, że dwór jest rzecz pańska, wielmożna,
Nie to, co chaty ich, nędzne i czarne,
Gdzie ledwo śnieżnej zamieci ujść można!
Nie wiem, czy które z tych biednych usłyszy
Kiedy w swym życiu, co godnym jest części;
Nie wiem, czy przyjdzie kto, by w chaty ciszy
Zasiąść do wielkiej lat dawnych powieści;
Czy im kto powie, jak kochać potrzeba
Zagon ojczysty, co daje kęs chleba,
Jak cudze prawa szanować, jak żywem
Poczuć się w wielkim łańcuchu ogniwem,
Lecz wiem, że z dawna uczono batogiem
Odkrywać głowę przed pańskim tym progiem.
Stanęły zbite w gromadkę; nad niemi
Jaskrawa gwiazda na żerdzi wybłyska,
Ścieląc snop światła krwawego po ziemi...
Kometa drżąca, dziwna, bez nazwiska,
Co raz do roku zjawia się-i świeci
Ponad głowami bosych, chłopskich dzieci...
Drżące od zimna podniosły się glosy

I uderzyły po śnieżnej przestrzeni,

A noc słuchała, smętna, a niebiosy

Pełne się zdały iskier i płomieni,

I ech żałosnych, zmieszanych w rozdźwięki,

I w jakieś ciche westchnienia, i w jęki.

Najmłodszy, dziecko drobne, co z drugimi

Stał wpośród jasnej okien dworskich łuny

Odziany w łachman, z stopami bosymi,

Umilknął nagle jak rwące się struny...

I ponad gwiazdą, klejoną z tektury,

Wielkie i smutne oczy wzniósł do góry

I myślał sobie: „Czemu to, mój Boże,

Choć Chrystus przyszedł, tak źle jest na świecie

I czarnej mąki garść tylko w komorze?

I nie ma ciepłej sukmanki na grzbiecie?

I tatuś, taki pijany z wieczora,

Matulę bije, choć płacze i chora?...

Czemu to ludzie w przednówek tak bledną

I jakby cienie po drogach się włóczą?

A dzieci we wsi z maleńka już kradną?

A jego dotąd na książce nie uczą?

Choć rad by wiedzieć, co jest tam daleko,

Het, het, za lasem, za młynem, za rzeką!...

Widać dla chłopów nie przyszedł Bóg może?

Wszakże, choć co rok do dworu chłopięta

Idą z kolędą i z szopką w tej porze,
On przecie nigdy, jak żyw, nie pamięta,
Żeby kto z dworu do chaty przychodził
I mówił: "Bracia, Chrystus się narodził!"
Czemu?" -
O dziecię! mgła nocy zasłania
Dzień, co odpowie na twoje pytania...
Och! oby tylko nie wzeszedł on sądem
Klęsk ostatecznych nad morzem i lądem!
Och! oby tylko wiekowi przyszłemu
Grom pomsty twego nie powtórzył: "Czemu?!"

CHŁOPSKIE SERCE

W tłumie, na mrozie stanęła pod ścianą,
Okryta starą, mężowską sukmaną.

Posępna rzecz jest ta siwa siermięga,
Przesiąkła potem i łzami i zdarta
Na zgiętym w pracy i niedoli grzbiecie
Nędzarza, który nigdy z ciemności nie sięga
Do światła żadną ożywczą nadzieją...
I smętna rzecz jest, i zadumy warta,
I sama w sobie taka żałośliwa,
Jakby nie łachman, ale rana żywa

Na narodowym ciele się krwawiąca...

Kiedyś, gdy wichry i burze przewieją

I rozbłękitni się w sobie wiek słońca,

O tej siermiędze mówić będą w świecie

I zwać jej dzieje ludu epopeją...

I może wtedy nawet my, my sami,

Wśród narodowych skarbów i pamiątek

Ten nędzny, zgrzebny, poszarpany szczątek

Chować będziemy - i oblewać łzami!

Pół dnia już stała tak, nieporuszona,

Bezwładnie oba zwiesiwszy ramiona,

Patrząc upornie na gmach, kędy w sali

Rekrutów strzygli i mundurowali,

W ręku ubogi węzełek trzymała -

Chudoba syna, mizerna i licha...

Twarz jej wygasła, pożółkła, zmartwiała,

Jak pustka była posępna i cicha,

I tylko usta zacięte, drgające,

Jakiś krzyk duszy zdradzały ogromny,

Co mógł wybuchnąć dziki, nieprzytomny,

I bić w niebiosa, i wstrząsać to słońce,

Co bezpromienną i zimną swą głowę

Ukryło kędyś za chmury śniegowe.

Sąsiad przemówił do niej: „Pochwalony!"
Odrzekła na to jękiem jakimś głuchym...
Pierś jej w śmiertelnej podniosła się męce
I znowu wzrokiem błyszczącym i suchym
Patrzyła na drzwi zamknięte, przed siebie.

O, pochwalony! O. błogosławiony
Bądź Ty mi, Chryste, co przebite ręce
Rozciągasz ponad wieśniacze zagony
Z przydrożnych krzyżów! Tyś jest Bóg nędzarzy!
Ty liczysz kędyś w błękitnym swym niebie
Wszystkie gryzące łzy troski i bólu,
Co żłobią bruzdy wśród zwiędłych tych twarzy...
O! pochwalony bądź, boleści Królu!

Z trzaskiem otwarto drzwi sali: w natłoku
On jeden tylko jest widny jej oku...
Jej Jasiek!... Dziwne spostrzega odmiany:
Jakieś odblaski tragiczne, surowe
Padły już na tę obnażoną głowę,
Którą dziś jeszcze ocieniał włos lniany...
Klasnęła w dłonie i w oczy mu patrzy.
Podszedł w milczeniu. Był gibszy i bladszy,
A łzy, co kędyś pod sercem zaległy,
Wielkie i słone po licach mu zbiegły...

„O matko!" - „Nie płacz! Pan Jezus przemieni...

Tyś głodny; weź to, posil się na drogę..."

Chleb mu podała: wyjął nóż z kieszeni,

Odkroił kęsek i szepnął: „Nie mogę!

Nie mogę, matko, sam!" - Jak chusta zbladła,

Lecz rozłamała chleb - i z synem jadła.

A wtem wydano ostatnie rozkazy.

Marsz zabrzmiał. Jakieś zmieszane obrazy

Łąk, pól i lasów, i chaty, i wioski

Powiały razem z dźwiękami tej nuty...

- Hej!... nie zobaczyć już tego w żołnierce! -

Powstał zgiełk, lament... Jaśka tylko matka

Bez łzy, bez skargi trwała do ostatka,

Zwróciwszy oczy smutne, pełne troski,

Na drogę, którą iść miały rekruty...

Nagle, jak gdyby zawiodła ją siła,

Syna rękoma za piersi chwyciła...

"Dziecko!..." krzyknęła raz tylko i zbladła,

I zatoczyła się - i martwa padła...

Mówiono, że jej pękło chłopskie serce.

JAŚ NIE DOCZEKAŁ

W ubogiej izbie gość zjawił się błogi:

Słoneczny promień wiosenny, majowy!

Wszedł przez okienko z szybami drobnemi

I jasnym snopem rzucił się po ziemi,

Jak złota strzała padł na stół sosnowy,

Na deski starej, spaczonej podłogi,

Na tapczan nędzny, zasłany barłogiem,

Na komin pusty, zimny, bez ogniska,

Na obraz, który jaskrawie wybłyska

Złocistą glorią w poddaszu nędzarza,

Tak, jakby mógł Ten, co biednych jest Bogiem

I miłosierdziem, i smutnych odwagą,

Gromadzić skarby u swego ołtarza

I stać w purpury blaskach i kamieni,

Gdy ludzie głodni, nędzni, opuszczeni,

Korząc się przed nim, biją w pierś swą - nagą!

Był to niedzielny poranek wiośniany.

W izbie wyrobnik siedział z zgasłą twarzą

U pociemniałej i wilgotnej ściany,

Po której zamróz kroplami ociekał...

Aż z dum swych ciepłym zbudzony promieniem,

Posłyszał wróble, co na dachu gwarzą;

Spojrzał po izbie okiem smętnem, mgławem,

Potem na jasność tę ożywczą słońca

I szepnął z cichym, stłumionym westchnieniem:

„Jaś nie doczekał!"

I otarł grubej koszuli rękawem

Łzę, co po twarzy toczyła się, drżąca

I taka mętna, i ciężka, i wielka,

Jakby to wody nie była kropelka,

Lecz kamień, który, wyrzucony z duszy,

Padnie w głębiny i ziemię poruszy.

Zima ta ciężka była. Śnieżne duchy

Pomiędzy ziemią latały a niebem,

Białymi skrzydły zakrywszy błękity,

A mroźne wichrów północnych podmuchy

Dreszczem wstrząsały ubogie te ściany,

Wśród których nędzarz tak rzadko jest syty

Twardym i czarnym niedoli swej chlebem;

Tak biedne nosi na grzbiecie łachmany,

Tak ciężko musi pracować na dzieci

Wśród skrzących mrozów i wietrznej zamieci!

Zima ta ciężka była. Na kominie

Ogień nie co dnia rozniecał się lichy,

Nie co dnia ciepłą gotowano strawę.

Ojciec przychodził wieczorem bez siły,

Nie mogąc dźwignąć siekiery ni piły,

I padał spocząć, jak martwy, na ławę...

A Jaś tymczasem, w nędznej koszulinie,

Coraz to bledszy, coraz bardziej cichy,
Na kształt mdlejącej lampy lub pochodni,
Zjadał kęs chleba - i siadał na ziemi,
Patrząc na ojca oczyma smutnemi.
Jak ci, co mówić nie śmią, że są głodni!

Wreszcie z tapczana nie podniósł się wcale,
Ojca witając z daleka - uśmiechem...
Przeląkł się nędzarz, chwycił go w ramiona,
W piersiach mu grały i łkania, i żale...
Noc całą dziecko zagrzewał oddechem,
Bo mu się zdało, że stygnie, że kona...
Modlił się, płakał, o ściany tłukł głowę,
A ściany skrzyły się jak diamentowe...
Bo zima na nie rzuciła płaszcz biały.
Łzy na nich marzły - i jak perły stały.

Rankiem wyrobnik zastawił swą piłę,
Porąbał stołek, rozpalił ognisko,
Przyzwał lekarza. Lekarz, człowiek młody,
Oświadczył, że tu jest powietrze zgniłe,
Że straszna wilgoć ma tutaj siedlisko,
Że dziecku trzeba dać lepsze wygody,
Izbę obszerną, jasną i ogrzaną,
Ciepłe okrycie, a przy tym co rano

Posiłek lekki; pożywny, gorący.

Zapewnił nadto, że jeśli chłopczyna

Wiosny doczeka, to wzmocni go słońce.

Wreszcie oświadczył, że mróz - trzaskający!

I wyszedł. - Ojciec stanął jak zmartwiały,

We drzwi wlepiwszy źrenice błyszczące...

A wiatr tymczasem rozmiatał z komina

Iskry i dymy i w szyby tak siekał,

Jakby brał szturmem tę izbę ubogą.

Blada twarz chłopca zrobiła się sina...

Do ojca sztywne wyciągnął rączęta,

Rzucił się... wargi drobne mu zadrgały...

A śmierć, srebrzystą szatą owinięta,

Wzięła go z sobą tajemniczą drogą...

Promienia słońca Jaś już nie doczekał!

W mogiłce leży i nigdy mu duszy

Żadne już światło nie zbudzi, nie wzruszy...

Nigdy nie wzniesie pogodnych swych powiek

Na wielkie cuda tworzącej przyrody

I nigdy zapał do wiedzy, swobody

Nie drgnie mu w piersi okrzykiem: Tyś człowiek!

Ach, ileż takich mogił jest na ziemi

I jakże smutne są takie mogiły!

Ludzkość żyć winna siłami wszystkiemi,

A nędza co dzień odbiera jej siły...

Ten szereg drobnych grobów wśród cmentarza,

Co myśliciela smętnego przeraża,

To siew bez plonu, rzucony na marno,

Kwiat bez owocu - i stracone ziarno.

Poprzez mogiły, gdzie śpią te dzieciny

W milczeniu śmierci przeraźliwem, głuchem,

Ludzkość, uboższa ramieniem i duchem,

Idzie tak wolno, jakby cel się zwlekał!

O bracia, czy w nas wcale nie ma winy,

Że słonka Jaś nie doczekał?

W PIWNICZNEJ IZBIE

W piwnicznej izbie zmrok wczesny pada,

Wilgotny a ponury;

Mętnymi szyby drobne okienko

Na brudne patrzy mury.

W piwnicznej izbie głos dziecka słychać:

To westchnie, to zagada...

Ojciec chleb czarny wykuwa młotem,

Przy igle matka blada.

"Moja mateńko! Moja rodzona!

Jak też tam na wsi onej ?

Czy też tam dzieci chodzą w słoneczku,

Po trawce, po zielonej?

I nie mieszkają, jak my, w piwnicy?

I widzą het... obłoki?"

"Oj, widzą, synku, wszyściutko widzą,

Caluśki świat szeroki!

Oj, widzą one pola i lasy

I łąki i zagaję;

Widzą, jak słonko idzie do morza

I jak znów rankiem wstaje...

Widzą, jak pługi rzną wiosną skiby,

Jak siewacz rzuca ziarna,

Jak woły ciągną zębatą bronę,

Jak rodzi ziemia czarna...

Oj, widzą one, jak źródła biją,

Jak mokre rzeki płyną,

Jak dzikie gęsi na ugór lecą,

Jak staw zarasta trzciną...

"A nie ma takich murów dokoła,

Że aż się przegiąć trzeba,
Żeby choć. skrawek, choć odrobinkę
Zobaczyć czasem nieba?"

"Niebo tam, synku, wszystkim otwarte,
Z wschodu na zachód wolne,
Czy zorza świeci, czy gwiazdy wschodzą,
Jako te kwiaty polne".

"To i Pan Jezus bliżej być musi
I patrzy na te dzieci...
A od nas tutaj do Pana Boga
I pacierz nie doleci..."

....

W piwnicznej izbie jęk zabrzmiał cichy,
Matka się po niej krząta...
W gęstnącym zmroku głos dziecka słaby
Z ciemnego słychać kąta.

"Moja mateńko, moja rodzona,
A jak tam jest w tym polu?"
"W polu to, synku, zboża a zboża,
Przetkane w kwiat kąkolu...

Takie ci owsy, takie ci żyta,
Że się w nich człowiek schowa!
A grusza na nie cień rzuca chłodny,
A wkoło woń chlebowa...

Spojrzysz na lewo, spojrzysz na prawo,
To kłosy aż się garną.
Jakby kto złotą nakrył kurzawą
Całą tę ziemię czarną...

A wierzchem takie ci idą szumy,
Takie w powietrzu granie,
Jak kiedy, na ten przykład, w kościele
Zagrają na organie...

Od spodu słoma, jak trzcina, stoi,
Ot, gdzie tam do niej tobie!
A takie ziarnem pełniuśkie kłosy,
Aż kładą się po sobie!

A jęczmień to ci taki wąsaty!
A gryka taka miodna!
A lny - jak niebo... a grochy w strąkach,
Że ich nie przejrzysz do dna.

A tu ci zając spod miedzy smyrgnie,
Przepiórka w głos zadzwoni...
A z łąki kędyś po rosie słychać
Spętanych rżenie koni..."

....

W piwnicznej izbie zmrok coraz gęstnie,
Wilgotne ściany płaczą...
Dziecko w ciemności oczy otwiera,
Czy czego nie zobaczą...

....

"Moja mateńko! Moja rodzona!
A jak tam na tej łące?"
"Na łące, synku, to trawy rosną,
W srebrzystej mgle stojące...

A w trawach kwiecie żółte i białe,
A bokiem modra struga,
A słonko sobie po niebie chodzi
I złotem okiem mruga...

A po mokradłach bocian szczudłuje
I żaby dziobem bierze...
A skowroneczek do Boga leci
I śpiewa swe pacierze...

A dziewczę idzie i krówkę pędzi -
Chuścina i zapaska...
A krówka ryczy a porykuje,
A pastuch z bicza trzaska...

Brzeżkiem, nad rowem, złocieniec rośnie
I wierzba na fujarki...
A siwy kaczor w trzcinach się zrywa.
Sznurkuje derkacz szparki...

A po przydrożku, pod leśną ścianą,
Kosiarze idą z kosą,
A te dziewczęta, jak gąski białe,
W dwojakach jeść im niosą..."

....

W piwnicznej izbie głos dziecka wzdycha
Z wilgotnej, brudnej pleśni...
A oczy jego patrzą w okienko,

Czy mu się czasem nie śni...

....

"Moja mateńko! Moja rodzona,
A jak tam jest w tym lesie?"
"W lesie to, synku, szum się okrutny
Po wielkich sosnach niesie!

I wielkie jakieś dziwy powiada
O starych onych czasach,
Co to już o nich wieść tylko lata
Po ciemnych, cichych lasach...

A taki zmrok tam zielony, świeży,
Że - gdzie!... i ksiądz sam nie ma
Na Boże Ciało, na procesy!,
Takiego baldachima!

Dęby a jodły, jako te wieże,
Pod niebo się dźwigają,
Że i królowie w złotych pałacach
Piękniejszych wież nie mają...

A sosny śmigłe szumią a szumią,

A brzozy liściem trzęsą,
A dzień się przez nie, jak sitem, sieje
I patrzy złotą rzęsą...

Czasem gdzieś gołąb dziki zagrucha,
Czasem wiewiórka świśnie,
A jarzębiny w koralach stoją
I pachną leśne wiśnie...

A jakie to tam gniazda są ptaszę,
Furkania a szczebioty!
A gąszcz ci taki, że słońce ledwo
Przeciśnie. smużek złoty!

A co tam żuczków, a muszek brzęku,
A co tam jagód krasnych,
A co mchów tkanych, jak aksamity,
A co dzwoneczków jasnych!

A owczarz sobie pod lasem stoi,
Siwe owieczki pasie,
A Kurta szczeka, a naszczekuje:
A nawróć się! A zasię!...

A z Bożą męką krzyż w macierzankach

Starej mogiły strzeże.

A kto tam przejdzie, ten sobie westchnie

I szepce swe pacierze...

A dech ci taki słodki a mocny,

Gdzie stąpisz dookoła...

Bo smółki topną i mirrę sączą,

I zdrowiem tchną tam zioła..."

"A to i ja bym może, maleńko,

Ozdrowiał w onym lesie?

A w tej piwnicy, tom jak źdźbło ono,

Co się za wiatrem niesie..."

"Oj, ozdrawiałbyś, synku, nieboże,

Mój ty świerszczyku cichy!

A tak mi zamrzesz jeszcze przed zimą,

Jak ten wróbelek lichy...

Oj, ozdrowiałbyś, synku rodzony,

Mój ty robaczku marny!

A tak mi przyjdzie twoją główeńkę

Zakopać w dołek czarny!"

....

"Nie płaczcie, matuś, nie plączcie ino!
Możeć się jeszcze uda...
A teraz precz mi rozpowiadajcie,
Jakie to tam są cuda?"

"Oj, są tam cuda, dzieciątko moje
Serdeczne a rodzone!
Złociste łany, srebrzyste zdroje
I sady rozkwiecone...

Oj, są tam takie cuda na niebie
I na tej bożej ziemi,
Że człowiek nie wie, na co ma pierwej
Oczami patrzeć swemi!"

"A jaż, mateńko, zobaczę kiedy
Wszyściutko, co mówicie?
One to ptaki w lasach grające,
One zajączki w życie?

A jaż, mateńko, nie taki samy,
Jako te insze dzieci,
Co to się dla nich zieleni łąka
I jasne słonko świeci?"

....

W piwnicznej izbie ciężkie westchnienie
Z ciemnego słychać kąta...
Ucichło dziecię na swym barłogu,
Matka się we łzach krząta.

W piwnicznej izbie zmierzch zapadł czarny,
Jako ta czarna dola...
Któż dziecku temu da trochę słońca,
Pokaże lasy, pola?

A JAK POSZEDŁ KRÓL...

A jak poszedł król na wojnę,
Grały jemu surmy zbrojne,
Grały jemu surmy złote
Na zwycięstwo, na ochotę...

A jak poszedł Stach na boje,
Zaszumiały jasne zdroje,
Zaszumiało kłosów pole
Na tęsknotę, na niedolę...

A na wojnie świszczą kule,
Lud się wali jako snopy,
A najdzielniej biją króle,
A najgęściej giną chłopy.

Szumią orły chorągwiane,
Skrzypi kędyś krzyż wioskowy...
Stach śmiertelną dostał ranę,
Król na zamek wraca zdrowy...

A jak wjeżdżał w jasne wrota,
Wyszła przeciw zorza złota
I zagrały wszystkie dzwony
Na słoneczne świata strony.

A jak chłopu dół kopali,
Zaszumiały drzewa w dali.
Dzwoniły mu przez dąbrowę
Te dzwoneczki, te liliowe...

Z WIERSZY DLA DZIECI

STEFEK BURCZYMUCHA

O większego trudno zucha,

Jak był Stefek Burczymucha,

- Ja nikogo się nie boję!

Choćby niedźwiedź... to dostoję!

Wilki?... Ja ich całą zgraję

Pozabijam i pokraję!

Te hieny, te lamparty

To są dla mnie czyste żarty!

A pantery i tygrysy

Na sztyk wezmę u swej spisy!

Lew!... Cóż lew jest?! - Kociak duży!

Naczytałem się podróży!

I znam tego jegomości,

Co zły tylko, kiedy pości.

Szakal, wilk,?... Straszna nowina!

To jest tylko większa psina!...

(Brysia mijam zaś z daleka,

Bo nie lubię, gdy kto szczeka!

Komu zechcę, to dam radę!

Zaraz za ocean jadę

I nie będę Stefkiem chyba,

Jak nie chwycę wieloryba!

I tak przez dzień boży cały
Zuch nasz trąbi swe pochwały,
Aż raz usnął gdzieś na sianie...
Wtem się budzi niespodzianie.
Patrzy, aż tu jakieś zwierzę
Do śniadania mu się bierze.
Jak nie zerwie się na nogi,
Jak nie wrzaśnie z wielkiej trwogi!
Pędzi jakby chart ze smyczy...
- Tygrys, tato! Tygrys! - krzyczy.
- Tygrys?... - ojciec się zapyta.
- Ach, lew może!... Miał kopyta
Straszne! Trzy czy cztery nogi,
Paszczę taką! Przy tym rogi...
- Gdzie to było?
- Tam na sianie.
- Właśnie porwał mi śniadanie...
Idzie ojciec, służba cała,
Patrzą... a tu myszka mała
Polna myszka siedzi sobie
I ząbkami serek skrobie!...

KUKUŁECZKA

Po tym ciemnym boru

Kukułeczka kuka,
Z ranka do wieczora
Gniazdka sobie szuka.
Kuku! Kuku!
Gniazdka sobie szuka.

- A ty, kukułeczko,
Co na drzewach siadasz,
Jakie ty nowiny
W lesie rozpowiadasz?
Kuku! Kuku!
W lesie rozpowiadasz?

Leciałam ja w maju
Z ciepłego wyraju,
Zagubiłam w drodze
Ścieżynkę do gaju!
Kuku! Kuku!
Ścieżynkę do gaju!

Zgubiłam ścieżkę
Do gniazdeczka mego,
Teraz latam, teraz kukam,
Ot, już wiesz dlaczego.
Kuku! Kuku!

Ot, już wiesz dlaczego

ZŁA ZIMA

Hu! Hu! Ha! Nasza zima zła!
Szczypie w nosy, szczypie w uszy
Mroźnym śniegiem w oczy prószy,
Wichrem w polu gna!
Nasza zima zła!

Hu! Hu1 Ha! Nasza zima zła!
Płachta na niej długa, biała,
W ręku gałąź oszroniała,
A na plecach drwa...
Nasza zima zła!

Hu! Hu1 Ha! Nasza zima zła!
A my jej się nie boimy,
Dalej śnieżkiem w plecy zimy,
Niech pamiątkę ma!
Nasza zima zła!

JAK SZŁA WISŁA DO MORZA

A ta śliczna Wisła
Na Śląsku wytrysła,

Przeleciała kawał świata,
Nim tu do nas przyszła.

Przeleciała Śląsko,
Przeleciała Kraków.
Czerpało z niej magiereczką
Nie mało junaków!

Przeleciała Kraków,
Poszła pod Warszawę,
Rozśpiewała swoim szumem
Każde serce prawie

Spod Warszawy poszła
Pod wysokie Płocko,
Zaświeciła stu gwiazdami
Świętojańską nocką!

A zasię spod Płocka
Pod ten Toruń stary
Złotym żytem i pszenicą
Podniosła galary.

Spod Torunia zasię
Do Gdańska leciała

Otwartymi ramionami
Gdańsko powitała.

I wzięła w ramiona
Wielu ziem przestworza,
Zaszumiała pieśnią życia,
Skoczyła do morza!

ŻUCZEK

Wyszedł żuczek na słoneczko
W zielonym płaszczyku.
- Nie bierzże mnie za skrzydełka,
Miły mój chłopczyku.

Nie bierzże mnie za skrzydełka,
Bo mam płaszczyk nowy;
Szyły mi go dwa chrabąszcze,
A krajały sowy.

Za to im musiałem płacić
Po dwanaście groszy
I jeszczem sie zapożyczył
U tej pstrej kokoszy.

Jak uszyły, wykroiły,
Tak płaszczyk za krótki;
Jeszcze im musiałem dodać
Po kieliszku wódki.

MUCHY SAMOCHWAŁY

U chomika w gospodzie
Siedzą muchy przy miodzie.
Siedzą, piją koleją
I z pająków się śmieją.

Podparły się łapkami
Nad pełnymi kuflami.
Zagiął chomik żupana,
Miód dolewa do dzbana.

- Żebyś kumo, wiedziała,
Com już sieci narwała,
Com z pająków nadrwiła,
To bys ledwo wierzyła!

- Moja kumo jedyna,
Czy mi pajak nowina?
Śmiech doprawdy mnie bierze...

Pająk... także mi zwierzę!

- Żebyś, kumo wiedziała!
Trzem pająkom bez mała,
Jak się dobrze zasadzę,
Trzem pająkom poradzę!...

- Moja kumo kochana!
(Chomik! dolej do dzbana!)
Moja kumo jedyna,
Czy mi pająk nowina?

Prawi jedna, to druga,
A tu z kąta coś mruga...
Prawi czwarta i piąta,
A coś czai się z kąta.

Pająk ci to, niecnota,
Nić - tak długą - namota!
Zdusił muchy przy miodzie
W chomikowej gospodzie.

Z TEKI ARTURA GROTTGERA: WOJNA

I

O, jak ja dzisiaj spojrzeć się odważę
W ten cichy błękit i w te ludzkie twarze,
Jak ja podniosę oczy gorejące
Na złote gwiazdy, na jasne miesiące,
Ja, co widziałem straszliwą rzecz ziemi:
Krew przelewaną rękami bratniemi,
Ja, co widziałem, jak słońce ją pije,
I nie upadłem w proch, i jeszcze żyję?

. . . .

Ktokolwiek jesteś, co nosisz oblicze
Mogące zblednąć albo żarem spłonąć,
Ktokolwiek jesteś, co znasz tajemnicze
Głębie boleści i umiesz w nich tonąć,
Ktokolwiek jesteś, co ludzką masz duszę,
Pójdź: jeśliś kamień nawet, ja cię wzruszę!

. . . .

Sam, w czterech ścianach, co mnie zamykały,
Z myślami mymi w świat smętkiem sczerniały,
Z dłonią na oczach, przed pustą sztalugą
Zadumałem się głęboko i długo.
Bo już mnie chwytał ten duch. co po ziemi

Mogił przelata skrzydłami mrocznemi
I krzywdy ludów, i stare cierpienia
W piorun przekuwa i w burzę zamienia,
A czarę pomsty na wody wylewa...
Już byłem harfą, co drży i co śpiewa,
I miałem serce, jak kamień spękany.
Co me ma krwi ni łez, ale ma rany.
A kiedym dumał tak, uczułem nagle
Gorący oddech, co mi podniósł włosy.
Jak łódź. tchem morza chwycona pod żagle,
Chwieje się, pręży i puszcza na losy,

Tak ja powstałem, już pełen płomienia
I wnętrznych głosów, i żaru, i drżenia,
I pędu w sobie...
Przede mną, u proga,
Postać się jakaś przejrzysta bieliła.
Ledwom ją uczuł, już była mi droga,
Już mi szły od niej moc jakaś i siła,

Już serce drżące z piersi mi się rwało
Za tą dziewiczą, milczącą i białą.
Ponad jej czołem, jak tchnienie wilgotne,
Gdy na zwierciadło rzuca pary mętne,

Takie się światło paliło ulotne,
Bez złotych blasków, przyćmione i smętne.

Wielem zapomniał od onej godziny;
Lecz dotąd widzę ten u jej warkoczy
Miesięczny płomyk, srebrzysty i siny,
A także głos jej pomnę - i jej oczy.
Oczy to były, jak gwiazdy, zgaszone
We łzach i były dziwnie zadumane;
Mogły przed Bogiem brać świat ten w obronę
I wzejść bławatkiem nad pola orane,
I duszy sięgnąć tajemną swą władzą...
Już czułem, że mnie te oczy prowadzą,
Choć jeszcze usta, jak pąki zamknięte,
Nie odsłoniły słów - ciche i święte.

Czy znasz anioły, które w polu głuchem
Nad mogiłami po rozstajach płaczą,
Jakoby brzozy szeptały tam z duchem
Albo wiatr trącał o lirę śpiewaczą?
Czy znasz anioły, które w pustych chatach
U wygaszonych ognisk siedzą ciche,
A głowy mają w piorunowych kwiatach
I usypiają dzieciąteczka liche
Pieśnią, co będzie im się kiedyś śniła

Aż po wiek życia?... Ona taką była.

Więc patrząc na nią strwożyłem się w sobie

I rzekłem: - Oto jest z tych bożych jedna,

Co w ciemnym lampy zapalają grobie

I zapomniane prochy biorą ze dna

Na siew przyszłości. - I wstrzęsło się moje

Serce nadzieją wielką - i omdlało.

Aż ona, widząc, że tak przed nią stoję,

Dłoń, jak mgła, lekką podniosła i białą,

A obróciwszy się na zmierzchy sine:

- Idź za mną - rzekła - pójdziem w łez dolinę.

II

...Jeszcze ta ręka przejrzysta i biała

W cichym powietrzu przede mną gorzała,

Jak srebrna chmurka, gdy słońcem wskroś świeci,

Kiedy mnie przestrzeń szeroka obleci

I chłód wieczorny, niesiony w powiewach

Po drżących wodach i po sennych drzewach.

Ziemia, już w rosach, pod nocną szła zorzę

I gwiazdy nagle tryskały w przestworze,

A dnia różaność, wsiąknięta w powietrze,

W przejrzyste tony szła, i w coraz bledsze.

Naraz psy wyciem obniosły się głuchem,

Z łąk się porwały żurawie łańcuchem

I, bijąc w skrzydła, leciały jęczące

Pod niewidzialne, zgaszone miesiące.

- O jasna! - rzekłem, bo takie jej miano

Dawało serce - o jasna, co pędzi

Z gwiazd starodawnych tę chmurę zerwaną,

Czerniącą niebios różane krawędzi?

Gdzie lecą owi powietrzni tułacze,

Rzucając ziemi jęk taki i płacze?..;

Jeszczem to mówił, gdy nagle nade mną

Dziwnie się cicho zrobiło i ciemno,

A ucisk taki w powietrzu był całem,

Że mi głos omdlał, zgasł, a idąc, drżałem.

Więc rzekła smętna moja przewodnica:

- Oto nie możesz wytrzymać bez lęku

Czerwonych cieniów martwego księżyca

I bicia skrzydeł, i jednego jęku

Ptaków lecących...

A mówiąc tak, stała,

Zwrócona ku mnie litośnie, i w twarzy

Ciszę uśpionych harf słowiczych miała,

I była jak kwiat, gdy się w rosach waży,

I dość mu tylko powiewu, co wzdycha,

By łez perłami posypać z kielicha.

. . . .

A już my wtenczas byli wśród zieleni

Lip rozkwieconych, z których pachty miody,

Już idąc śladem smętnej mojej ksieni,

W domostwo ciche wszedłem i w ogrody,

Gdzie spokój rozwiał swe pióra anielskie

Na serca czyste i na rzeczy sielskie.

Pod lipą niewiast gromadka zebrana

Gwarzyła, brzęcząc, by rój pszczelny w ulu.

Naraz - głos jeden pękł, jak struna szklana,

A w głosie taka była ostrość bólu,

Że oczy moje pobiegły jak strzały

Za krzykiem w górę - i w górze zostały.

Tam, na północy, jak złota głowica

Wyrzuconego w błękity sztyleta

I jako żagiew, co śmierć ją podsyca,

Trupią jasnością gorzała - kometa.

. . . .

Więc oczy moje, jak dwie mewy drżące,

Spadły z powietrza pełne wielkiej trwogi,

Już na niewieścich twarzach szukające,
Kto tu dom rzuci i nie wróci z drogi,

Po kim tu będzie żałoba noszona,
Kto tu godziny będzie we łzach liczył,
Czyje tu serce pęknie, czyj śmiech skona?...
Wtem biały anioł, co mi przewodniczył,
Przejrzystym palcem wskazał mi twarz jedne...
Była tak jasna objawieniem klęski,

Taki z niej duch szedł bolesny a męski,
I takie widzeń przyszłości ekstazy,
Że teraz jeszcze myśląc o niej - blednę.
A gdym w nią patrzał jak w święte obrazy,
Pod moim wzrokiem ból pięćkroć ją zmienił:
Najpierw ją zdrętwił strach i okamienił,

Potem wichr jakiś przeleciał ją drżeniem,
Potem buchnęła czerwonym płomieniem,
Potem ją bladość obeszła opłatka,
Hostię z niej czyniąc, a potem sczerniała
Jak święta ziemia - i tak już została.
. . . .
Schylił się anioł mój i szepnął: "Matka".

Ranek był wczesny, srebrny, skowronkowy,
Gdyśmy z pól zeszli, co pod rosą stały.
Za nami we mgłach tonęły parowy
Okwitłe tamiem, prószące kwiat biały,
I długie miedze stóp bosych śladami
Aż pod mur miejski goniły za nami.
A moja cicha, jasna Beatrycze,
Spokoju pełna bożego i ducha,
Ku zorzom miała podane oblicze
Jak ten, kto idąc, łkań dalekich słucha,
A gdzie stąpiła, tam rosy rzęsnemi
Sypały trawy rozchwiane przy ziemi.

Ja, patrząc na nią taką zadumaną,
Nie śmiałem pytać, gdzie wiedzie ta droga.
I tak nam wzeszło pierwsze owe rano
Wpośród gasnących gwiazd, pod okiem Boga,
Który snadź patrzał na ziemię tę smętny,
Bo wschód posępny był i mgłami mętny.
. . . .
O ziemio! jakie ty cudowne słońce
Mogłabyś rankiem widywać nad głową!
Jakie hejnały duchów latające

Pieśnią by ciebie budziły echową,
Gdybyś ty nie szła do swego zachodu
Drogą krzywd, gwałtów, ciemnoty i głodu!
. . . .

- Patrz - rzekła do mnie moja przewodnica -
Tak się zaczyna dzień, co do wieczora
Otrzęsie serca, jako nawałnica,
I we łzach stanie, jak pełna amfora...
Patrz, bo dziś padać będą gorzkie rosy,
A cisza będzie mieć łkające głosy.

A gdy mówiła, stanęliśmy w gmachu,
Przed którym widać było wielkie tłumy.
Po ścianach dreszcze chodziły przestrachu,
Mroczny strop wisiał wśród ciężkiej zadumy,
Jasność szła w okna przyćmiona i chmurna,
W pośrodku izby stół, na stole urna,
Przy umie on, syn...

Odgadłem po biciu
Serca w tej izbie głośnym, gdzieś od proga,
Po wytężonym w dwóch źrenicach życiu,
Gotowych wielbić lub przeklinać Boga,
Po tym uporze, który w drzwi otwarte
Jej siwą głowę pchał pomiędzy wartę,

Że tam jest matka.

...Przez noc tu szła całą,

Nie patrząc drogi, do gwiazd gadająca,

I podnosiła twarz wyschłą i białą

Jako opłatek na jasność miesiąca,

A choć na ustach nie miała pacierza,

Czuła, że wzrokiem w Boga gdzieś uderza.

Teraz stanęła w progu, chce do syna...

Puśćcież ją, ludzie! Niech rwie siwe włosy,

Niech łzami krwawych źrenic swych przeklina

Was i tę urnę, i dzień ten, i losy,

Niechaj na syna patrzy do ostatka...

Puśćcie! Wszak każdy matkę miał... to matka!...

Wyciągnął ramię...

- O, siedmiu mieczami

Przebite serce!... Synku... Jezu Chryste!

Synu! Synaczku!... O światło wieczyste!

Puśćcie mnie! Jezu, zmiłuj się nad nami...

A bogdajżeś ty kamień ten grobowy

Pierwej wyciągnął dla mej siwej głowy!

Bodajeś pierwej... Boże, mocny Boże!

Już, już wyciąga!... Puśćcież mnie! On może...

A!...

. . . .

...Urno! zimne, kamienne twe łono

Nie miało nigdy dzieci! Ty, przeklęta!

Grobie ty, kędy żywych pogrzebiono!

Czy ty wiesz, jak to płaczą niemowlęta?

Czy wiesz, jak długie noce przy kolebce

Matka przemarzy, prześpiewa, przeszepce?

O urno! Jaka ty straszliwie cicha!

O, krzycz i wołaj, że zrobiono z ciebie

Rzecz zgrozy pełną, co ręce odpycha,

Rzecz okropniejszą od mogilnych lochów!

Że ta, co niegdyś po synów pogrzebie

W dom powracała z garścią białych prochów,

Była mniej trupią niż ty i mniej chmurną,

Ty, serc pękniętych pełna, krwawa urno!

IV

A widząc mnie tak wzburzonym do głębi,

Jak mętna fala, gdy ją wicher tłucze,

- Oto polecą, jak stado gołębi

I jak żurawi wędrujących klucze -

Rzekła Beatryx i wielką tęsknotą

Nakryła czoło, niby chmurą złotą.

A pomilczawszy, rzekła: - Ale onym
Ptakom jest dano do gniazd wracać z wiosną;
Ci zaś na piasku zostaną czerwonym
I pod błyskami komet kędyś posną,
I żadne słońce już ich nie obudzi...
Zaprawdę, Bóg ma w nienawiści ludzi!

A wtem ją objął mrok, jak chusta mglista,
I szła tak, oczom moim zasłonięta,
Skargą tą ciemna, a łzami przejrzysta,
I tą żałobą przeciw Bogu święta.
I bił cień od niej, z światłem na przemiany,
Jako gdy z nocą świt walczy różany.

A ja, żem wiedzieć chciał ich dalsze losy,
Tych dzieci, rzekłem: - Kto czyni te żniwa?
Gdzie posieczone są zielone kłosy,
I kto ten zagon w runi zaorywa?
- Więc się zwróciła ku mnie i, spokojna
Jak śmierć, odrzekła dźwięcznym głosem:
- Wojna.

A gdy ten wyraz padł w ciche przestrzenie,
Jaskółki spod strzech porwały się czarne,
A z piór ich padły drżące, długie cienie

Na wód błękitność; i wyszły tchy parne
Z wody, jak z ludzkiej piersi, kiedy cicha
Przemówić nie śmie, tylko ciężko wzdycha.

. . . .

Nagle tętenty zagrzmiały po drodze.

Spojrzałem: w zwartym jechali szeregu,

Kaski na czołach, pałasze przy nodze,

Ludzie w kurzawie, a konie w pian śniegu.

Dobosze w bębny takt biją miarowo,

A jeźdźcy sadzą z zwieszoną w dół głową.

I tak przed nimi w podróżnym tym pyle

Kraj znikał... Kto wie, nikł może na wieki,

A żaden nie śmiał przyzostać się w tyle

Ani obrócić za siebie powieki;

I tylko jeden na koniu się zniżył,

Garść ziemi chwycił i do ust przybliżył.

A ta, którąśmy mijali, zagroda,

Wielkim w nas płaczem buchnęła i jękiem.

W sadzie, u płota, urodna i młoda

Stała kobieta z dzieciątkiem maleńkiem

U piersi, z oczu spuszczonych ku ziemi

Sypiąca łzami, jak skrami srebmemi.

Więc zapatrzony w Dolores tę białą

Stanąłem. Tętent ucichał w oddali.

Kurzawa spadła i tylko zostało

Drżenie w zbóż młodych chwiejącej się fali

I droga, w słońcu lekkim pyłem wzdęta,

I jakaś straszna pustka, i przeklęta...

A pani moja, która tam wraz ze mną

Stała, rzęsami nakrywszy źrenice,

Surową miała twarz i bardzo ciemną,

A ponad czołem wielką błyskawicę

Siną, od której ognie szły w czerwieni...

A kiedym milczał, rzekła mi:

- Straceni.

                    V

O, daj mi jeszcze raz przebyć ze sobą

Tę ziemię mogił, pokrytą żałobą,

O, daj mi jeszcze raz w drogi iść one,

Od kości białe, a od krwi czerwone,

I raz mi jeszcze daj na nie się rzucić

Twarzą zalaną łzami - i nie wrócić!

Bo gorszy powrót, niźli wyjście ducha,

I są najcichsze bez zmartwychwstań groby..

A jako ciężko znów iść do łańcucha
Temu, kto zażył ciszy onej doby,
W której mu serce zastygło w boleści
I żadnych z ziemi nie słyszał już wieści!

Dziś znowu muszę zranione mieć mózgi
Żądłem tych myśli, co pełzną w nie mrowiem,
I znów iść muszę przez wspomnień tych rózgi,
Z których jest każda maczana ołowiem
I z wężym sykiem nad sercem się zwija,
I szarpie żywą pierś, i nie zabija!
. . . .
W pół nieba słońce stanęło już w chmurze
Dymów armatnich, na kształt rudej plamy,
Kiedyśmy wyszli na małe podgórze,
Za mury w ogniu i za miejskie bramy,
Z których się tłumy waliły bezładnie,
Ginąc w popłochu onym, gdzie kto padnie.
Bo pędził ich huk, i trzask, i płomienie,
Jak archanielski miecz, od tego proga,
Gdzie mieli gniazda swe i odpocznienie.
I pełna była wielkich głosów droga,
Płaczu, i jęku, i klątw, i modlitwy,
A ponad wszystkim tym - huragan bitwy.

Jak z ogniów owych wyszedłem, nie pomnę.

Dym mnie ogarnął i żarł mi źrenice

I same nogi niosły nieprzytomne

Wskroś spaleniska, pomiędzy iskrzyce

Bomb pękających i przez gruzów kupy,

Z których sterczały groźne, sine trupy.

Jeden wyciągnął rękę i zagrodził

Drogę tę, którą szedłem, obłąkany,

Bo duch dopiero od niego uchodził

Czarną krwi strugą, sączącą się z rany.

Chciałem ratować, gdy wtem granat świsnął,

W górę go porwał i mózg mu rozprysnął.

Głuchy od huków, a od dymów ślepy,

U stóp mej świętej upadłem złamany;

A miałem w oczach lecące czerepy

Głów ziewających i krwawe łachmany

Ciał rozerwanych w powietrzu na ćwierci,

A w uszach świst i pisk, i wrzawę śmierci.

A pani moja zadumana siadła

Na onym wzgórzu i na złomie skały,

I patrząc na ów gród w płomieniach, zbladła,

A obłok szat jej, przejrzysty i biały,

Nagle się zaczął ćmić i w barwach mienić,
Ogniami złocić i mną czerwienić.

Więc rzekłem: - Otom wywiedzion jest w ziemię
Widzeń okropnych i piekła obrazów,
A znieść nie mogę i padam, jak brzemię,
U nóg twych i na piersiach leżę głazów,
I na kamieniach polnych, które jęczą...
Zmiłuj się! Twarz mi nakryj szat twych tęczą,

Ażby przeminął ten dzień i godzina
Przestrachów mocnych i śmierci wybuchów;
Bo serce we mnie drży i mdleć zaczyna,
I słaby jestem, i nędzniejszy z duchów,
A język wyschły mam i wargi słone,
Bom przeszedł morze krwi, morze czerwone...

Lecz ona, jakoby nie słysząc zgoła,
Trwała w milczeniu swej wielkiej zadumy.
I brew ściągniętą miała wpośród czoła,
Patrząc na owe pierzchające tłumy
Z bólem, który ją czynił dziwnie bliską
Tej ludzkiej nędzy...

Schyliłem się nisko

I do stóp jasnych przylgnąwszy ustami,

Rzekłem: - O święta moja! O przeczysta!

Jeśli ty płaczesz w sercu twym nad nami,

Błogosławiona bądź imieniem Chrysta!

Bo jest z nim świat ten na krzyżu rozpięty,

Żółcią pojony i włócznią w bok pchnięty...

I złamał mi się głos, i padłem z płaczem

Twarzą na ziemię, i łzami gorzkiemi

Zrosiłem pole krwią zapiekłe... Zaczem

Uderzył we mnie jęk i łkanie ziemi -

I czułem, jak drży i jako się trwoży

Cichy w swej kaźni, Baranek ten Boży...

VI

A wstawszy, szliśmy dalej.

...Kraj był pusty

I czarny, jakby po przejściu zarazy.

O, nigdy tego nie wypowiem usty,

Jakie mi drogę zabiegły obrazy

I jakie trupy spotkały mnie sine,

Otwarte mając oczy, aż przeminę.

I nigdy tego nie wydam językiem,

Jaka tam cichość była przeraźliwa
I z jakim ptastwo leciało w niej krzykiem
Od gniazd zburzonych, i jakie łuczywa
Z drzew osmalonych nad drogą tam stały
I nieżywymi gałęźmi kiwały...

Gwałt czyniąc oczom oślepłym prochami,
Szedłem tą drogą krzyżową i czarną,
Jako ów pielgrzym, idący znad Arno
Przez kręgi piekieł. A taki nad nami
Był ucisk, taka głuchość i martwota,
Jaka ma nastać przy końcu żywota.
. . . .
Od bolesnego odbiwszy się grodu,
Wyszliśmy w pole szeroko zdeptane.
A już się rosy perliły zachodu.
I wskroś nad ziemią lireczki szły szklane
Skowrończych głosów, które się na łuny
Niosąc, powietrzne potrącały struny.

A idąc onym polem we mgłach sinem,
Pod las my przyszli i pod wielkie drzewa,
Gdzie stercząc z zgliszczów sczerniałym kominem
Spalona chata stała. Smolne trzewa
Belek i tramów dym jeszcze dawały.

Przy chacie sad wiśniowy, kwieciem biały,

I długi żuraw studzienny. Pod płotem
W zgrzebnej koszuli i twarzą do ziemi
Leżał pastuszek mały, włosów złotem
Nakrywszy piasek, rękoma drobnemi
Rozkrzyżowany, jak orlik, szeroko
W tym polu, krwawym dziecięcą posoką.

Przy nim fujarka i nóż, i wierzbowe
Gałązki młode z zastygłą krwi rosą...
Przypadłem z jękiem i martwą mu głowę
Podjąwszy, niosłem tę dziecinę bosą,
By jej mogiłę dać i z mchów posłanie.
A niosąc brzemię to, wołałem: - Panie!...

I pod krzyż go tam złożyłem wioskowy,
I na pierś drobną upadłem sierocie.
A z krzyża Chrystus poglądał surowy
Z twarzą sczerniałą, z koroną w pozłocie
Blasków zachodnich, i zdał mi się krwawić
Pięciu ranami swymi...

Nie mógł zbawić,
O, nie mógł zbawić, ziemio, krzyż ten ciebie

I próżna miłość ta, i ta ofiara!

Ty jad przekleństwa pożywasz w twym chlebie

I zawsze jesteś pogańska i stara,

I nienawiścią żyjesz, a widomy

Twój znak to wilcze plemię i miecz Romy!

. . . .

. . . .

A gdyśmy weszli w las, uderzył we mnie

Płacz bardzo rzewny i kwilenie ciche.

Więc idąc na ten głos w najgęstsze ciemnie,

Ujrzałem w trawie dzieciąteczka liche,

Jak wyciągały wychudłe rączyny

Po kąsek chleba, a ten był - jedyny.

Tak z puchów gniazda dziobeczki pisklęce

Sterczą dokoła z wrzaskliwym szczebiotem,

Jako tych dwojga głowiny i ręce...

Na twarzy matki chmura: - A co potem...

Co będzie potem, gdy chleba zabraknie?...

Dokończyć nie śmie i sama - nie łaknie.

I nagle wielkie przejęło mnie drżenie

O ten drobiażdżek nędzny, o te dzieci...

Gdy wtem, przez ciemne drzew onych zielenie,

Czerwona strzała słoneczna nadleci

I głów tych dotknie krwawością zachodu...

. . . .

Pobladł mój anioł i rzekł: - Zginą z głodu.

VII

A gdyśmy zeszli nieco, rzekła pani:
- Oto jest rozstaj i krzyżowe drogi.
Chceszli, wywiodę cię już z tej otchłani,
Bo z prędka ciężkie tutaj przyjdą trwogi,
Od których więdnie wszelki duch człowieczy,
A gorsze od tych są poślednie rzeczy.

Rzekłem: - O jasna, ty wiesz. Ale ze mną
Jest miłość, która daje wielkie siły
I gwiazdą wschodzi tam, gdzie zewsząd ciemno,
I życiem dyszy na spodzie mogiły,
I na dnie śmierci. A jam zrodzon w płaczu
I usta ziemi mówią mi: "Tułaczu"...

A jeśli skrzydło jaskółcze się przetrze
Skroś burzy, tedyć ją i duch przeminie.
A ona, pilno patrząc na powietrze,
- Człowiek tam jeden - rzekła - nędzny ginie,
Jak Judasz, wielki ów przedawca Chrysta.

I szła, kwapiąca się i smętkiem mglista.

A ja, nie wiedząc, o czym by mówiła,
Za wiewem szat jej szedłem zadumany.
A wiodła nas tam ścieżeczka pochyła,
W dół spadająca od leśnej polany,
Na której łuny gorzały zachodnie,
Z wierzchołków sosen zatliwszy pochodnie.

A w dole, jako zroszone mrowisko,
Kiedy je oścień podważy od spodu,
Czerń widać było i obozowisko
Zbrojnego, różnych zawołań narodu,
Skąd, jak kipiątek z kotła i jak pary,
Huk bębna buchał i zmieszane gwary.

I wnet rozległo się przed nami pole,
Które w siności onej przedwieczornej,
Podobne wodzie wielkiej i jeziornej,
Pod oparami stało, a w półkole,
Białością płócien bijąc w zachód złoty,
Jak wzdęte żagle, bielały namioty.

A tam, gdzie pani moja mnie wywiodła,
Wzgórek był, wyspie podobny, nieduży,

A na nim w wielkich blaskach stała*jodła,
Strzaskany mając czub, jak maszt wśród burzy,
I bursztynowych żywic pełne wnęki,
I grube, smolne, z pnia sterczące sęki.

Ledwie objąłem wzrokiem to widzenie,
Gdy zabrzmiał hejnał, bo gasło już słońce,
I wnet z mrowiska tego wyszły cienie,
I pod trąb głosem szły roty milczące,
Wijąc się z wolna w przeguby ogromne.
Stanęli.

...Nigdy tych głów nie zapomnę,
Co się odkryły nagle pod jasnością
Grającej zorzy i pod łuną krwawą
I zaświeciły wygoloną kością
Czaszek, do których śmierć miała już prawo.
Bo z życiem o nie ciągnęła już losy
I ustawiła je - pod rozmach kosy.

Cisza przez chwilę, potem bęben. Potem
Buchnęła wielka pieśń z olbrzymią siłą
I pod tym niebem otwartym i złotym
Tysiąc się głosów, jako wicher, wzbiło
I tysiąc głosów, jak wicher, opadło.

Spojrzałem, słońce sczerniało i zbladło.

I znowu cisza, i znów bęben. Po czym
Znów się zerwała pieśń i jęk modlitwy
Z takim ogromnym natchnieniem proroczym
Śmierci i z taką dziką wrzawą bitwy,
I z takim płaczem, i z taką żałobą,
Że słońce łuny zgasiło za sobą.

A wtedy pod tą siną, trupią zorzą
Rozbrzmiało wielkie "amen", jak grzmot w górach,
I zobaczyłem nagle rękę Bożą,
Pięciu palcami rozwartą na chmurach,
Lecz nie ojcowską i błogosławioną,
Tylko gróźb pełną i krwi, i czerwoną.

Więc strach uderzył we mnie, jak błysk gromu,
I szat mej świętej chwyciłem się z trwogą.
A ona: - Oto idziesz z nieszczęść domu
I z domu gniewu idziesz czarną drogą,
A jeszcześ nie zwykł i mrużysz powieki:
Zaprawdę, ludzki duch - jest duch kaleki.

A gdy mówiła jeszcze, ono wzgórze,
Kędyśmy stali, tłum wielki otoczył,

Ciągnąc człowieka jednego na sznurze.
A człowiek miotał się i pianą broczył,
A ci, co bliżej byli, rudą błotną
Ciskali w niego i mową sromotną.

A kiedy przyszli na wprost onej jodły,
Która, drżąc w sobie, dawała szum mały,
Poznałem, iż był markietan, człek podły,
Jakich za każdym obozem psy gnały;
Ale u tego znalazły się sprawy
Insze, bo szpieg był i przedawczyk krwawy.

Ohydnie rwał się i rzucał na smyczy,
A z członków kręte uczynił gadziny;
Lecz choć znać było, że dusza w nim krzyczy,
Niemy miał język, zdrętwiały i siny.
I to widziałem, że go od powroza
Śmiertelniej dławi strach i trupia zgroza.

A święta moja, cofnąwszy się krokiem
I patrząc z wielką litością na tłuszczę,
- Prosiłam - rzecze - lecz Pan się obłokiem
Pomsty otoczył i rzekł: "Nie odpuszczę!
Straszną ten śmiercią tutaj zginąć musi..."
Zaprawdę, wojna Boga nawet kusi.

I szła, spuściwszy głowę, aby onej
Rzeczy nie widzieć, co się tam czyniła.
A była gwieździe podobna zgaszonej,
Bo u tych bożych nie zawsze jest siła.
A zaraz przypadł wichr i skłębił chmury
I mrok się rzucił nagły...

VIII

Piały kury
Na czas północny i na nowe straże
Gwiazd, gdy się pełnia odkryła księżyca.
A szliśmy wtedy przez stare cmentarze,
Nad których ciszą moja przewodnica,
Podniósłszy ręce w miesięcznej jasności,
Błogosławiła mogiły i kości.

- Błogosławieni, coście się wrócili
Do domu swego i swego początku
I którym oczy zmęczone nakryli
Garsteczką piasku i kwiecia użątku...
Błogosławiony głóg polny i zioła,
Co wam pierś martwą odziały i czoła!

Albowiem matce nie wróci nikt płodu,
Ani dziecięcia, aby je nosiła,
Jak w pierwszych czasach poczęcia i rodu.
A ta oddanych ma sobie mogiła,
A ziemia znów jest nimi obciążona,
Jako dni onych, nim wyszli z jej łona.

Błogosławiony grób cichy, co chowa
Umarłych prochy, iż wiatr ich nie miota.
Albowiem wielka spokojność grobowa
Jest im odpłatą za burzę żywota,
Co prędszy, niźli zawodnik w swym biegu,
Dobra nie widział, a już jest u brzegu...

Lecz tu nalezion wielki jest i mały
I wyzwolony jest jeszcze od pana,
A usta, które o grób swój wołały,
Już ukojone są i wszelka rana,
I wszelka żądza tutaj się popieli...
Błogosławieni, którzyście spoczęli!

A gdy mówiła, zapadłe mogiły
I opuściałe zdawały się kwiecić,
A brzozy szum swój i płacz uciszyły
I ze dna nocy szły gwiazdy im świecić;

I uciszyły się skrzypiące krzyże,
I wszystko stało w milczeniu i w mirze.

A dla mnie, którym szedł z onym aniołem,
Wielkim spoczynkiem były te momenty,
Bom był zmocowan dróg onych mozołem
I czułem w sobie krzyki i lamenty
Ducha, a one okropne widzenia
Głosem wołały we mnie - zapomnienia.
. . . .
Nagle pies zawył w oplotach, po rosie...
Ustał - i znowu zawył... Taka żałość
I taki ludzki ból był w onym głosie,
I taki jęk był, i taka omdlałość,
Że czułem, jak mnie skrzydłem nietoperza
Strach oblatuje i w piersi uderza.

A gdym miał mrowia tego pełne żyły,
Drugi się zaniósł i trzeci gdzieś wtórem;
I tak ku sobie te psy w pole wyły
Na wielki, srebrny księżyc. A dziś piórem
Nie wydam onej troski i nudności,
Jaka mi od nich do szpiku szła kości.

A zaraz potem wyszliśmy tu blisko

Na wieś spaloną i na zgliszczów kupy,
A za nią było świeże bojowisko,
Dokąd nam drogę wskazały dwa trupy,
Patrzące w księżyc bez zmrużenia powiek
I przeraźliwie ciche: koń i człowiek.

Dalej pięć było, dalej siedem, dalej...
Przestałem liczyć, bo wstały mi włosy,
Jak kiedy burza łan żytni powali,
A jedne w drugie wdeptane są kłosy,
Tak po batalii tej leżeli wałem,
Broń na broń wparta, a ciało pod ciałem.

A nim my przeszli te pierwsze okopy
Trupie, już na nas uderzył wiatr zgniły -
I w krwawej glinie zaczęły lgnąć stopy.
A ja, wspomniawszy na one mogiły
Ciche: - Uczyńmy - rzekłem - grób, o pani,
Iżby spoczęli ci nie pogrzebani!

A ona: - Nie jest mi to dozwolonym,
Ale ci wszyscy są tu w ręku Boga,
A Bóg ich w polu zostawia czerwonym,
Aby z nich zgniłość szła na świat i trwoga,
A iżby ludom te trupy się śniły,

Aż wszyscy cichej zapragną mogiły.

Lecz teraz idź a patrz! - I rękę jasną
Ściągnęła, kędy czarne jakieś mrowie
Pełzło na trupy...
...O, niechaj zagasną
Zgwałcone oczy w mojej nędznej głowie!
To byli... Chryste! Tą się hańbą spalę...
Nie! To nie ludzie byli! To - szakale!

Lecz jam ich widział i nic już nie zetrze
Tej okropności sprzed mojej źrenicy,
A choć dokoła tak czyste powietrze
I choć sam w sobie strzegę tajemnicy,
Czuję, że żyję i dycham w tym brudzie...
Nie! To nie były szakale... To - ludzie!

Cisi i szybcy, z worami zgrzebnemi,
Zdzierali trupy z odzieży do naga,
Piersi im gniotąc i szarpiąc po ziemi...
I nie wiem, skąd ta upiorna odwaga
I bezwstyd krwawy, i piekielne siły,
Bo i kobiety wśród tych hien były.

A tam, gdzie przeszli, pod jasność miesiąca

Bielała nagość ciał okropna, sina.

I zdało mi się, że noc sama drżąca

Ze zgrozy blednie i czas swój przeklina

I że trup który wstanie i zakrzyczy

Na te zmierzchniki, i nie da zdobyczy.

Jak nieprzytomny i jak obłąkany

Do mojej świętej tuliłem się z trwogą,

I tych pobitych czułem w ciele rany

I nie wiedziałem, gdzie stąpić mi nogą,

Bo wszędzie była krew, krew, krew i zbrodnia.

. . . .

A pani moja i gwiazda przewodnia,

W Boga wpatrzona, szła cicha i biała,

Lecz owa jasność nad czołem jej - drżała.

IX

O smętnej mowy i cichego lica

Pani! O pani zadumanych oczu!

Czy ty pamiętasz ten promień księżyca,

Co się na szaty twojej kładł przezroczu

I do stóp twoich padał, drżący cały,

Mniej od nich srebrny i mniej od nich biały?

235

Czy ty pamiętasz te miedze zroszone,
Po których szliśmy, objąwszy się społem,
Dwa cienie smętne i niepocieszone?
Bo są godziny, gdy człowiek z aniołem
Tak się porówna boleścią nad światem,
Że tych najczystszych czuć może się bratem.

Gwiazdy nad nami gasły mętne, sine,
I księżyc topniał, obliczem upiora
Wsiąkając w ciemną zachodu głębinę.
I tak my doszli na próg tego dwora,
Co stał jarzębin czerwienią nakryty.
Brytan nie bronił wejścia - był zabity.

A ja, com przeszedł ono bojowisko
I miałem oczy pełne widzeń śmierci,
Gdym spojrzał na to rozciągnięte psisko,
Z łbem rozpłatanym, jak granat, na ćwierci
I krwawym mózgiem plamiące próg domu,
Tom się tak wzdrygnął cały, jak od sromu.

Próżno on tutaj odprawiał swą wartę
Trupią i próżno zawalał tu drogę,
Bo drzwi zgwałcone i z haków wyparte
Widną czyniły w komnacie tej trwogę

Ostatniej walki i mord, i zelżywość,
I wielką przeciw rzeczom martwym mściwość.

Na wznak, z obliczem ściągniętym, zsiniałem,
Leżał trup jeden przez izby połowę,
Jakby nie wroga zabity wystrzałem,
Ale piorunem krwi rażony w głowę
Na widok jakiś szatański, piekielny,
Bo ogień w twarzy miał i gwałt śmiertelny.

Na pierś mu runął drugi, wystrzelone
Krócice cisnąc, ogromny i srogi...
I tak zastygły te ciała czerwone
W jakimś momencie zdumienia i trwogi,
Że takie głownie na gniazdo Bóg ciska
I patrzy na to, i gromem nie błyska.

Jeszcze mi oczy po izbie szły kołem
Od tych dwu trupów, leżących powałem,
Gdym jęk usłyszał; a choć się zaciąłem
Przez tę noc jedną, jak wilk, choć słyszałem
Krzyk mordowanych i batalii głosy,
Na ten jęk cichy powstały mi włosy.

Bo szedł nie z piersi ludzkiej, lecz z otchłani

Takiego piekła i z takiej czeluści,
Gdzie się z letargów budzą pogrzebani...
Więc pomyślałem: Jeśli Bóg dopuści,
Że z takim jękiem wstać mają wskrzeszeni,
Niech lepiej zaraz świat w garść prochu zmieni.

W izbie znów długa cisza... A wtem z ziemi
Trup jeszcze jeden przez pół się podźwignął,
Z twarzą zakrytą włosami lepkiemi
Od krwi... O, bogdaj lepiej był zastygnął
I leżał jako powalona kłoda!
Kobieta była, pewno żona młoda

Z tych dwu jednego, co tam w krwi kałuży
Leżeli, z krzywdą na licach przywarła;
A była zmiętej porównana róży
I chociaż żywa, zdała się umarłą,
I duch w niej zaraz począł mdleć i trwożyć
Sobą, i oczu nie mogła otworzyć.

Krzyknąłem... Chciałem biec z tej krwawej sieni
Do tego domu gwałtu i boleści,
Lecz pani moja i surowa ksieni:
- Zaniechaj - rzekła - bo Pan rękojeści
Sądnych szal trzyma w błękitach i waży

Wielkich krwie ludzkiej, a mocnych szafarzy.

A w ciszy niech trwa sąd, aż szale zniosą.

. . . .

A wtem skrzypnęły drzwi u drugiej ściany
I weszło dwojgo...W koszulkach, wpół boso,
Chłopczyk, trzylatek może, taki lniany
Jak ta kądziołka, i dzieweczka drobna,
Dziwnie do onej omdlałej podobna.

Weszli i, szyjki wyciągnąwszy cienkie
Jako wróbliki one, patrzą w trwodze
Na matkę, że ma tak zdartą sukienkę
I że tak leży na zimnej podłodze,
Takie stargane włosy ma, tak blada,
Nie patrzy na nich wcale... i nie gada...

Za nimi sługa stary, z niemowlątkiem
Na ręku, stanął i skostniał u proga.
Aż mu do oczu podeszła kipiątkiem
Wielka, gorąca łza i tak do Boga
Apelujący stał, z tą łzą na rzęsie
I z głową siwą, co się w ciszy trzęsie.

A takie na nas szły z ciszy tej jęki,

Takie obrazy i strachy czerwone,
Że święta moja, ściągnąwszy swej ręki,
Z szat oczom swoim zrobiła zasłonę
I blaski swoje przyćmiła u czoła,
Do grobowego podobna anioła.

A ja, gdym wyjścia z onej rzeźni dożył
I złote słońce ujrzał na rozświcie,
Tom czuł, że gdybym usta me otworzył,
Nie jęk by wyszedł ze mnie, ale wycie,
Jako więc psów tych, którzy tam przez rosy
Na pełny księżyc wyli wniebogłosy.

Bo już ustało we mnie człowieczeństwo
I jużem duszy nie władał językiem-,
A niepamiętna wściekłość i szaleństwo
Przez piersi szły mi z takim dzikim krzykiem,
Że gdybym wtedy go wypuścił z garła,
Rodzona matka by się mnie zaparła!

I tak mnie odwiódł anioł mój...

. . . .

O wojno!
Nie przeleciałaś ty nad ziemią cwałem,
Nie przeleciałaś ty nad polem zbrojno,

Ale wężowym i ohydnym ciałem
Do cichych wpełzłaś gniazd, aby je skalać
I oczy piskląt krwią matczyną zalać!

X

- Na miejsca puste, na miejsca bezwodne
Zawiedź mnie, jasna, a posadź mnie w ciszy!
Niechaj przepaście obejmą mnie chłodne,
Niech się pierś moja ciemności nadyszy,
I tam mnie zawiedź, skąd słońce ucieka,
Abym oblicza nie widział człowieka.
Rzekłem, a pani moja, bardzo cicha
I w tajnych myślach swoich pogrążona,
Szła przeciw wiatru małemu, co wzdycha*
W przydrożnych trawach, a miała ramiona
Jak zwiędłe lilie, a oczy na niebie...
I rzekłem: - Dozwól, a puść mnie od siebie.

Albowiem cięższe to jest, co zaznałem,
Od grobowego na piersi kamienia,
A dosiężony jestem w serce strzałem
Takiej żałości, co w jady krew zmienia,
A żywot sobiem zbrzydził...

Rzekła: - Mało
Już drogi onej przed nami zostało.

Bo nie jest wszystko tobie pokazanem,
A tylko rąbek uchyleń zasłony,
A świat się o to niech modli przed Panem,
Aby choć jeden z was był naleziony,
Który by całe piekło to obaczył
I wrócił z drogi tej, i nie zrozpaczył.

Albowiem przyszłość ziarn swoich nie siewa
Na polu ornym ani na ugorze,
Ale na sercu, co jej się spodziewa...
A ja wspomniawszy, com widział w tym dworze:
- Zaprawdę - rzekłem - są krwawe jej ziarna,
A rola ogniem spalona i czarna.

. . . .

A tam, gdzie z sobą mieliśmy te mowy,
Leżał niewielki grodek, snadż w pośpiechu
Opustoszały, jakby w czas morowy.
A ci, co uszli, zostawili echu
Dziwnie żałosne głosy, które drżały
Wśród pustych domostw, jęk czyniąc niemały.
A wszystkie one pogwałcone mury
Przeciw nam w bramy zdawały się cisnąć,
A stosy sprzętów, zrąbanych na wióry,

Na czterech rogach rynku miały błysnąć
Pożogą, która nie jest zwykłą klęską,
Ale haniebną zemstą i niemęską.

A gdyśmy, idąc, odeszli niewiele
Od tego miejsca, rozległy się dzwony
Na starym, dosyć wyniosłym kościele,
A świat się cały zdawał być ruszony
Tym wielkim głosem żałości i trwogi,
Który łkający był, a razem srogi.

Kościół sczerniały, lipami nakryty,
Nad których zieleń błyskały z wież krzyże,
Miał smukłe, pełne gniazd gołębich szczyty.
A gdy tak nad nim rozbrzmiały te spiże,
Zdawał się w niebo róść i iść przed nami
Razem z tym jękiem dzwonów - błękitami.

A dzwon przed sobą powietrzne gnał kręgi,
A ziemia pod nim jak pod grzmotem drżała,
Aż gdy najwyższej dosięgną! potęgi,
Nagły go zdławił huk, jakby huk działa...
Pękła spiżowa pierś i tylko długo
Serce zgrzytliwą jęków brzmiało fugą.

A wtedy stanął kościół oniemiony,
Jakoby we mgle i w chmurach zawisnął,
A ten krzyk trwogi, którym był niesiony,
Na wzdychające echa się rozprysnął.
I tylko dzwonnik martwy chwiał się w górze
Na tym, którego nie chciał puścić, sznurze.

A pani moja, wejrzawszy na niego:
- Oto się - rzecze - pozostał na straży
Jak kruk powietrzny u gniazda swojego...
A oto trup ten miastu gospodarzy
I jest pustego grodu hospodynem...
A on też patrzał na nią licem sinem.

A wtem z kościoła gwar buchnął i krzyki,
I śmiech hulaszczy, rozpustny, i wrzawa,
A między lipy, skąd pierzchły słowiki,
Konie wodziła pijana czerniawa
Obozującej wśród ognisk drużyny,
A u drzwi w kozłach stały karabiny.

Zaczem my na próg weszli...
Wielka nawa
W łuki gotyckie sklepiona, sczerniała,
Przez pół od ognisk rozpalonych krwawa,

A przez połowę w grubym mroku stała,
Podobna piekieł otwartej czeluści,

. . . .

A jeśli kiedy Bóg na mnie dopuści
Szatańskich widzeń mękę przed skonaniem
Tak, jako o tym mówią ludzie starzy,
Niechaj mi uszy napełni zgrzytaniem
Wszystkich piekielnych mar, lecz niechaj twarzy
Tych nie oglądam, które mi tam były
Zjawione, bobym skonać nie miał siły.
A to, co oczy moje tam widziały,
Nigdy nie będzie nikomu wiadomem.
To tylko powiem, że Chrystus sczerniały
Głowę na krzyżu odwrócił ze sromem
Od onej zgrozy i na pierś ją skłonił,
I wielkie, krwawe łzy po licu ronił.

A wtedy ono ciche światło boże
Zgasło nad czołem mojej Beatrycze
,1 zaszło, jako wieczorowe zorze...
A ona, czarnym kirem swe oblicze
Z głową nakrywszy, raz tylko westchnęła
I z oczu moich zeszła, i zniknęła.

XI

Nikt mi już nigdy z duszy nie wyrzuci
Tego, co krwawi i co mi ją smuci...,
Nikt mi już nigdy sprzed oczu nie zetrze,
Ani na żadnym rozwieje się wietrze,
Ani Bóg nawet odmienić jest w mocy
Tego, com widział i czuł owej nocy.

A kiedy teraz samotny usiadam,
To wiem, że przyjdą do mnie wielką rzeszą
I jęczeć będą, gdy do nich zagadam...
A jako chmury, za wiatrem gdy śpieszą,
Tak wskroś mnie idąc, w cień mnie swój ogarną
Te trupy, nocą gorącą i parną.

Są słowikowie, co po lasach jęczą
Nieutulonym każdą wiosną łkaniem;
Są tajne smutki, co przędzę pajęczą
Wskroś duszy snują z żałosnym wzdychaniem.
Lecz cięższą nad to jest boleść i trwoga,
Co w izbie mojej dziś stoi u proga.

I patrzę w ciemność, i słyszę wśród ciszy
Ust konających westchnienie i jęki,

A ciemność bierze kształt i ku mnie dyszy.

A gdzie wyciągnę ramię, tam się ręki

Zimnej dotykam i ze zgrozą czuję,

Jak mnie dech trupi wkoło oblatuje.

Wróciłem z drogi śmiertelnych przestrachów

I z drogi gwałtów, i z przerażeń drogi,

I wywiedziony jestem z śmierci gmachów,

A pełnym w sobie żałości i trwogi,

I jasność oczu moich mnie rzuciła

Z tą, co mi gwiazdą na drodze tej była.

W bezbrzeżny smutek i w niepocieszony

Myślą posępną zapadam i duchem,

A przy mnie stoi cień wojny czerwony

I gada do mnie milczeniem pól głuchem

I jękiem matek, co synów swych płaczą,

Iż ich już stare oczy nie obaczą.

I tak dziś siedzę, jak kruk osamiały,

Z dala od ludzkich zaprzątnień i wrzawy,

I słyszę onych czarnych rot hejnały,

I ów pobitych dworzec widzę krwawy,

I dzwony słyszę, bijące na trwogę...

I uciec od nich chcę precz - i nie mogę.

A kiedy o tym zadumam się smutnie,
Dusza się we mnie staje bardzo sroga...
I na ogromnym, rozciągniętym płótnie
Kreślę w obłokach siedzącego Boga,
A niżej głazy ofiarne i siny
Dym, co wstępuje w niebo z łez doliny.

A wtedy w izbie mojej słyszę łkanie,
Idące ku mnie z wieków głębokości.
Bo nie jest dotąd insze panowanie
Nad ziemią, jeno starej onej złości
I starych onych pierworodnych waśni,
A bracia dotąd walczą, jak zapaśni.

I słyszę huk i trzask zwalonych grodów,
Chrzęst pól deptanych i krzyk gwałtów słyszę,
I świst pożarów, i zgrzytanie głodów,
I wielką mogił po rozstajach ciszę,
I dziatek drobnych skwierk, i wrzask niewieści,
I skamieniałej milczenie boleści.

A nie nalezion jest czas w dziejach świata,
Co by nad piekłem tym zabłysnął tęczą.
I dotąd gołąb ów biały oblata

Ziemie, co płaczą, i ziemie, co jęczą,
A odpocznienia nie najduje sobie,
Bo potop krwi jest na całym tym globie.
. . . .
. . . .
O rodzie ludzki! O plemię Kaina!
Ten sam ty zawsze bratobójca stary,
Co na ołtarzach najświętszych zarzyna
Krwią wołające, niewinne ofiary...
Ten sam ty zawsze! A cień twej maczugi
Na całą ziemię padł czarny i długi.
Zabity brat twój siermiężny i cichy
Pasterz trzód białych i jagniąt swych trzody;
Skowronek oto zabity jest lichy,
Pszczoła nosząca do ułów swych miody,
A kłos, co ledwo zawiązał się w ziarno,
Wdeptany w ziemię i w rolę cmentarną.

O rodzie ludzki! O plemię Kaina!
W gniewie ty jesteś i w pomście poczęty...
Z dziada na ojca, a z ojca na syna
Siew starych zbrodni upada przeklęty,
I własna matka-ziemia cię przeklina...
O rodzie ludzki! O plemię Kaina!

. . . .

. . . .

A ty, któremum prawił te powieści,

Wstań a pójdź, niech cię uścisnę jak brata.

Boś uczestnikiem był mojej boleści

Nad wielką nędzą i nad zbrodnią świata.

A zaś jak pielgrzym idź, a wytrwaj w znoju,

A przepowiadaj wieść dobrą pokoju.

Also Available from JiaHu Books

Ziemia obiecana

Ludzie bezdomni

Quo vadis?

Pan Taduesz

Na wzgórzu róż

Osudy dobrého vojáka Švejka za světové války

Válka s molky

R.U.R.

Hordubal

Krakatit

Továrna na absolutno

Povětroň

Obyčejný život

Babička

Hiša Marije Pomočnice

Judita

Dundo Maroje

Suze sina razmetnoga

Чорна рада - 978-1-909669-52-9

Горски вијенац - 978-1-909669-56-7

Стихотворения и Проза Ботев 978-1-909669-86-4

Под игото — 978-1-78435-055-0

Епопея на забравените - 978-1-78435-087-1

Az arany ember

Szigeti veszedelem